수상한 나무

수상한 나무

초판 1쇄 발행 · 2019년 11월 27일
초판 2쇄 발행 · 2020년 8월 10일

지은이 · 우한용
펴낸이 · 한봉숙
펴낸곳 · 푸른사상사

주간 · 맹문재 | 편집 · 지순이 | 교정 · 김수란
등록 · 1999년 7월 8일 제2-2876호
주소 · 경기도 파주시 회동길 337-16 푸른사상사
대표전화 · 031) 955-9111(2) | 팩시밀리 · 031) 955-9114
이메일 · prun21c@hanmail.net
홈페이지 · http://www.prun21c.com

ISBN 979-11-308-1480-3   03810
값 15,000원

이 도서의 국립중앙도서관 출판예정도서목록(CIP)은 서지정보유통지원시스
템 홈페이지(http://seoji.nl.go.kr)와 국가자료종합목록 구축시스템(http://ko-
lis-net.nl.go.kr)에서 이용하실 수 있습니다. (CIP제어번호 : CIP2019046431)

25 푸른사상 소설선

수상한 나무

우한용 소설

푸른사상
PRUNSASANG

존경하는 소설가 우한용 선생님께

세네갈에서 선생님 뵌 지 6개월이 되어갑니다. 시간이 너무 빨리 지나가네요. 나이를 먹을수록 시간 흐르는 속도가 빨라진다면서요, 야속해요. 시간이 너무 빨리 흘러 내 기도가 하나님께 못 미칠까 조마조마하답니다.

그토록 빨리 흘러가는 시간 속에 선생님의 소설집 원고를 받고, 평생 받을 수 있는 선물을 한꺼번에 안겨주신 것 같았어요. 이런 경우는 아마 선생님이 처음 아닌가 몰라요. 저같이 문학 모르는 사람에게 원고를 보여주셔서 얻으실 게 별로 없을 거잖아요.

선생님께서 메일로 보내주신 「호숫가 소년」을 읽고 눈가가 새큰하니 젖어왔던 생각이 납니다. 어디나 소년의 성장은 애틋한 슬픔이 따르기 마련인 거 같아요. 성장은 그 대가로 순수를 상실해야 하잖아요. 여기 소년들도 현실에 눈뜨면서, 힘들지만 열심히 살아야 한다는 그 서글픈 깨달음을 얻어가겠지요. 지금은 '장미호수' 그 수면 위에 비가 내리고 있을 거예요. 세네갈은 이미 우기로 접어들었거든요.

선생님은 참 부지런한 분이세요. 세네갈에 다녀가기 전후해서, 한 달에 한 편씩 소설을 쓰신 거 같네요. 세네갈에 오시기 전에 서울서 뵈었을 때도 그런 느낌이었어요. 세네갈에 관광하듯이 그냥 다녀가지 않고 준비가 많으시더라구요. 부지런하자면 몸이 고단해요. 한국도 여름일 터인데 땀 너무 많이 흘리지 마세요. 온열병이라도 걸리면 바오밥나무는 누가 키워요?

선생님은 이것저것 관심이 아주 많은 분이더라고요. 세네갈을 중심으로 해서 시인 대통령 생고르와 그의 친구들에게는 물론, 이곳 현역 학자 랄리예 박사 그런 사람들이 소설에 나오네요. 한 사람을 깊이 이해하기도 힘든데 그렇게 많은 사람을 이해하는 건 너무 어려운 일인 것 같습니다. 보폭 조절이 마라톤 선수의 기량이래요. 무리하지 마세요.

그리고 선생님은 책도 많이 읽는 분 같아요. 마르그리트 뒤라스, 어니스트 헤밍웨이까지 선생님의 관심 영역에 연결되어 있더라구요. 내년에는 아마 흑인 노예혁명에 성공한 아이티공화국이나, 에메 세제르가 태어난 마르티니크 그런 데를 찾아가실 것 같은 느낌이 들어요. 그런데 가보면 실망하실 거 같아 걱정돼요. 식민지와 노예의 역사는 비애감을 불러오니까요. 그들이 흘린 피는 땅에 배어들어 바오밥나무를 키우는 게 아니라 가슴에 들어가 불꽃이 되었어요.

세네갈 대통령 선거 결과를 못 보고 가셨지요? 마키 살이 당선되었어요. 우연일 거예요. 그런데 선생님 말대로 1961년 프란츠 파농이 죽은 해, 마키 살은 태어났어요. 한국의 어느 대학에서 마키 살 대통령에게 명예박사 학위를 수여했더라구요. 공학박사 학위였대요. 세네갈의 민주화와 경제 발전에 기여했고, 환경 보호에 힘썼다는 게 학위를 준 이유라나요. 아무튼 한국과 세네갈의 우호관계가 잘 유지되면 좋겠어요. 그래야 선생님께서 세네갈에 다시 오실 거니까요.

보나바 마을 기억하시지요? 거기서 학교 세우고 길 닦고 하면서 선교 활동을 벌인 분들의 노고에 감동받았다고 하셨는데, 소설에서는 크게 안 다루었더라고요. 여기 세네갈에 사는 한인들이 선생님 소설 보면서 섭섭해하지 않을까요? 사람들은 자기 이야기는 우선 눈을 크게 뜨고 보기 마련이니 말입니다.

이곳 홍 목사님이 선생님 만나고 나서, 영성이 느껴지는 분이라고 얘기했어요. 영성이라는 게 뭘까 잠시 생각했어요. 편견 없는 인간에 대한 이해가 그런 느낌을 가져다주지 않을까. 온유한 언어로 공감하는 이야기, 자신의 한계를 알면서도 그걸 극복하기 위해 애쓰는 그런 심성이 영성에 가깝지 않은가. 저는 선생님의 영성보다는 살뜰한 인정에 더 끌리는 편이지만요.

세네갈은 우기로 접어들기 시작합니다. 기온이야 30도를 조금 넘지만, 대서양에서 밀려오는 습기로 인해 끈적끈적해요. 어쩌면 여기서 대서양을 통해 팔려간 노예들의 땀과 눈물이 소금기가 되었을까요? 의인화가 지나치다고 하실 건가요? 어떤 때는 의인화가 필요하기도 한 거 같아요. 바오밥나무는 거인이다, 그렇게 말하면 바오밥나무가 거인이 되어 사막을 걸어오기도 하고, 바다를 건너기도 한답니다.

선생님 소설을 쫀쫀히 읽으니까 재미있어요. 나태주 시인이 풀꽃은 자세히 보아야 예쁘고, 오래 보아야 사랑스럽다고 했어요. 선생님 소설들은 풀꽃인가 봐요. 자세히 오래 보아야 예쁘고 사랑스런 소설이 되는 거 같아요. 그렇다고 풀꽃처럼 작은 작품은 아닌 게 확실해요. 뭐랄까, 큰 이야기인데 작은 목소리로 말하는 느낌…… 그래요.

이 편지를 소설집에 넣는다고요? 소설집에 독자의 편지를 실어놓은 건 세상에 없던 일인 거 같은데, 저는 조금 부담스럽습니다. 인세 나오면 저한테도 1%만 떼어주세요. 이런 염치없는 소릴 하는 거 예쁘게 봐주시고요. 저 나름 존경을 표시하는 방법이니까 말이지요.

칠월에 한글학교 원장 회의가 있어서 서울에 갈 예정입니다. 그때, 박외서 교수님과 함께 뵙고 세네갈 이야기도 하고, 서울 이야기도 나눴으면 좋겠어요. 그사이에 선생님께서 말씀하신 '바오밥통신'을 개설할 수 있도록 해볼게요.

다시 뵐 때까지 더위에 지치지 마시고요, 사모님께도 안부 전해주세요. 요즈음도 사모님과 바오밥나무 아래서 찍은 사진을 바라보곤 한답니다. 그날 바람은 조용했고, 물결은 물고기 비늘처럼 반짝였던 기억나시는지요. 그런 풍경을 등지고 앉은 사모님의 화사한 얼굴이 더욱 고와 보였습니다. 아름다운 추억 속의 풍경입니다.

선생님과 사모님 내외분의 건강과 행복을 위해 기도하겠습니다.

2019년 7월 4일

세네갈 다카르, 바오밥나무 아래서 베로니카 드림

차례

그 공화국에 시인이 산다

세네갈, 투바의 이슬람 사원 주랑(촬영 : 우한용)

다만 차이가 있다면 유럽은 언어를 발전시켰고, 아프리카는 노래와 춤으로 생애에 활기를 불어넣으면서 살았다는 정도이다. 그런데 시대의 조류가 언어를 중심으로 하는 이성주의에 몰두했다. 그 언어중심주의는 과학이라는 걸 발달시켰고, 그 결과 힘이 강성해지면서 물질문명에 뒤떨어진 지역을 먹어 들어가기 시작했다.

그 공화국에 시인이 산다

1961년 12월 6일.

비서관이 전신문을 들고 대통령 집무실로 들어왔다. 프란츠 파농이 미국에서 죽었다는 내용이었다.

그가 소생이 불가능하다는 것은 이미 알고 있었다. 치료 방법이 없는 혈액암, 즉 백혈병이었다. 너무 아까운 나이였다. 서른여섯에 생을 마감하다니. 아, 프란츠 파농! 생고르는 자신도 모르게 신문을 집무실 대리석 바닥에 떨어트리고 흐느끼듯 울부짖었다. 평생의 친구 에메 세제르가 마르티니크에서 가르친 의기 있는 혁명아 프란츠 파농이 아니던가.

생고르가 프란츠 파농을 처음 만난 것은 1956년 9월이었다. 파리 소르본대학에서 개최된 제1차 흑인 작가와 예술가 대회에서였다. 프란츠 파농의 주제는 '인종차별주의와 문화'라는 것이었다. 인종차별주의의 현장인 알제리 해방을 위해서는 문화라는 한가한 개념을 걷어치우고, 무력으로 달려들어야 한다는 방법론을 내세웠다. 프란츠 파농의 연설을 듣고 있던 생고르는 '저건 위험한데' 하며 혀를 내밀어 입술을 적셨다. 그는 FLN(1954~1962), 즉 민족해방전선 멤버였다.

식민지 치하에서 살아남는 길은 세 가지가 있는 셈이었다. 프란츠 파농의 스승 에메 세제르처럼 자기 나라로 가서 자연에 은거하는 것, 프란츠 파농처럼 무력으로 맞서는 것, 그리고 하나 남은 것이 생고르 자신처럼, 보편주의 가톨릭 신앙에 바탕을 둔 평화주의였다. 평화주의는 인류 보편성을 전제하지만, 현실은 그렇지 못했다. 식민지 출신자는 아예 인간으로 취급하지도 않았다. 그게 현실이었다. 생고르는 프란츠 파농을 만나 설득을 시도했다.

"폭력은 또 다른 폭력을 낳고, 폭력을 행사하는 주체는 스스로 폭력의 대상으로 전화된다네. 그건 자네 자신을 희생하는 일이네."

"시간이 걸리겠지요? 가면이 더 두꺼워지기 전에 그 가면을 벗겨내야 합니다."

"하느님은 민족을 넘어, 국가를 넘어 계시다네. 그리고 살아서 역사하는 분이라네."

"내 몸 밖에 하느님을 두는 것은 망발입니다. 강자 편에 빌붙어 사는 노예의 도덕입니다. 신의 노예도 노예는 노예입니다. 저는 노예를 거부합니다."

"이슬람에서는 인류가 신의 노예라고, 그런 이야길 하겠지만, 가톨릭에서는 그렇게 규정하지 않는다네. 인류는 하느님의 자녀라는 말이지."

"저는 알제리에서 쫓겨날 겁니다. 그럼 튀니지로 갈 겁니다. 거기서 무력항쟁을 할 겁니다."

"프랑스는 자네 어머니 나라가 아닌가?"

프란츠 파농은 아무 대답을 하지 않고 묵연히 서 있었다. 어머니도 잘못된 어머니는 버려야 한다는 이야기는 차마 입 밖에 내지 못하는 것 같았다. 생고르는 자기 내면에 자리잡고 있는 프랑스 말, 그 거대한 유럽이라는 동상이 무너지는 소리를 들었다. 프란츠 파농의 어머니는 프랑스 스트라스부르 출신이었다. 생고르는 두 여자를 생각했다. 작년에 이혼한 지네트 에부에와, 지금 사귀고 있는 콜레트 위베르, 아프리카 여자를 버리고 프랑스 여성을 선택한 자신의 행동을 프란츠 파농이 비웃는 것 같았다.

아무튼 자기가 일하던 알제리에서 추방을 당하면서까지, 알제리 독립을 위해 헌신하던 젊은이였다. 프란츠 파농이 백혈병에 걸린 것을 안 지 겨우 한 해 만이었다. 그는 노예화된 개인들이 결국은 존재마저 식민화되어 사물로 전락하는 현실을 정확하게 포착하고 있었다. 노예란 인간이 아니었다. 노예는 삽이나 괭이 같은 연장이고 나아가 기계였다.

아프리카인들의 '존재의 탈식민화'를 위한 투쟁에 프랑스의 지성 사르트르가 공감했다. 사르트르는 프란츠 파농의 책, 『대지의 저주받은 사람들』에 서문을 써주었다. 그 서문이 아니라도 그의 책은 충분히 혁명적이고, 아프리카를 위해 파급력이 대단할 것이 예상되는, 금세기 획기적인 저작이었다. 생고르는 책표지를 손으로 쓸어보다가 휴지 케이스에서 휴지를 뽑아 코를 풀었다. 사실 생고르 자신은 노예를 직접 다룬 시를 쓴 적이 없었다. 어쩌면 프란츠 파농에게 절체절명의 명제였던 '노예'가 생고르에게는 직접 시로 다룰 대상이 아니었는지도 모를 일이었다. 인간을 다루기에 바빠 사물에 신경을 줄 짬이 없었다. 그건 역설이고 변명에 불과했다.

생고르가 13년 전, 『새로운 흑인들과 마다가스카르의 사화집』을 냈을 때, 사르트르가 「흑인 오르페」라는 서문을 써주었던 기억을 떠올렸다. 하늘과 땅, 초목과 짐승들까지 감동하게 했다는 신화상의 시인이 오르페우스 아니던가. 극찬이었다. 세제르와 함께 '네그리튀드' 이념 탐구에 밤을 새워 토론하던 시절의 일이었다. 생고르는 그 서문에 크게 만족했다.

그러나 세제르는 생각이 달랐다. 인류사가 진전되어 나가는 중에 프랑스를 중심으로 하는 유럽 문화가 테제에 해당한다면, 네그리튀드는 안티테제에 해당한다는 사르트르의 전제가 여전히 식민주의적이라는 것이었다. 백인의 우월성을 승인하는 자리라야 네그리튀드가 성립하는 거 아니냐면서, 못마땅해했다. 세제르가 보기에 사르트르의 논지는 자신들이 추구하는 궁극적 가치로 등록할 수 없는, 시시껍질한 문화적 허영이나 다름이 없었다.

생각해보니 벌써 30년 이전의 일이 되었다. 사람이 만나는 일은 우연만으로 되는 게 아니었다. 당시 마르티니크 출신 보석 같은 여성들이 있었다. 제인 나달과 폴레트 나달이 그들이다. 거기다가 같은 지역 출신 시인 에메 세제르와는 이미 친분이 있는 사이였다. 세네갈의 시인 생고르, 프랑스령 기아나에서 온 시인이면서 언어학자인 레온 공트랑 다마스, 그렇게 해서 나달의 말마따나 '세 아빠'라는 이들이 합류하여 하나의 문학살롱을 형성하게 된다. 잡지도 만들고 범세계적인 흑인문화운동의 핵심 역할을 해낸다. 이른바 '세 아빠'들은 1934년부터 준비해서 1935년 3월에 『흑인학생(L'Étudiant noir)』이라는 잡지를 발행하게 된다. 그들이 공통으로 내세운 네그리튀드 이념의 핵심은 흑인의 자기결정, 자기신뢰, 자기존중 등이었다. 그것은 식민 상황에 처한 흑인 지역의 새로운 개념의 종족주의를 선포한 셈이었다. 흑인들의 반흑인종족주의, 노예화, 식민화 등을 주제로 다루었다. 이들은 매주 폴레트가 운영하는 문학살롱에 모여 토론하고, 시를 읊고 자기들의 현실에 대해 비탄하면서 격정에 휩싸였다.

네그리튀드는 세제르와 생고르 둘이 제안해서 만든 신조어였다. 좋다, 우리는 흑인이다, 흑인으로서 흑인다운 태도와 성향을 정당하게 추구한다. 흑인을 뜻하는 프랑스어 네그르와 태도, 성향 등을 뜻하는 아튀튀드를 블렌딩해서 만든 게 '네그리튀드(négritude)'라는 말이었다.

아프리카 문화의 인류사적 보편성을 논의하기 위해 이집트가 아프리카 문화의 원조라는 주장을 내세웠다. 이집트에서 그리스로, 그리스에서 로마로 그렇게 문화는 전파되어 나갔다는 주장이었다. 유럽 문화라는 게 따지고 보면 아프리카와 같은 계보라는 것이고, 유럽인 자기들이 유럽 문화의 머리 자리에 앞서 나갈 수 없다는 주장이었다. 그런 논리를 전개하면서 생고르는 멈칫거리기도 했다. 꼭 그런가 하는 의문 때문이었다.

다만 차이가 있다면 유럽은 언어를 발전시켰고, 아프리카는 노래와 춤으로 생애에 활기를 불어넣으면서 살았다는 정도이다. 그런데 시대의 조류가 언어를 중심으로 하는 이성주의에 몰두했다. 그 언어 중심주의는 과학이라는 걸 발달시켰고, 그 결과 힘이 강성해지면서 물질문명에 뒤떨어진 지역을 먹어 들어가기 시작했다. 이른바 제국주의라는 게 그것이었다. 총칼로, 대포로 무장한 함대를 몰고 쳐들어오는 그들을 춤과 노래로 막아낼 도리가 없었다. 그들과 맞서서 살아남는 방법은 그들을 수용하는 것 말고는. 달리 어떤 통로도 떠오르지 않았다. 생고르가 주장하는 아프리카 문화의 보편성은 결국 백인들의 방법론에 묶여 있는 것인지도 몰랐다.

몇몇 지인들이 당신은 식민지 본국에 완전히 동화된 인간이라고 비아냥거렸다. 동화? 종이 주인인 듯이 착각하고 주인 행세를 하는 것, 그게 동화 아닌가. 생고르는 깊은 숨을 들이쉬었다.

그런 점에서 프란츠 파농이 파악하는 방법이 옳았다. 타고난 피부는 검은데, 흰 가면을 쓰고 사는 꼴이었다. 그러나 달리 생각해보면

하느님에게 피부와 가면이 따로 있겠는가, 또 달리 말하자면 표준어와 방언이 따로 있을 것인가, 하느님에게 올리는 기도는 진정성이 문제지 어떤 언어인가는 차후의 문제가 아닌가, 그런 생각이 들었다.

50여 개가 넘는 종족이 흩어져 사는 세네갈, 어떤 때는 자기들 종족 안에서도 소통이 안 되는 그런 언어를 구사하는 그들이 아니던가. 생고르의 생각은 '야곱의 사다리'처럼 지상에서 하늘에 이르는 것이었다. 언어가 안 통하니 서로 적대시해서 잡아다가 노예로 팔아먹고 분탕질을 해서 마을을 초토화하는 게 현실이었다. 그들을 교육해서 서로 잡아먹고 잡아먹히는 악순환의 고리를 끊기 위해서라도 언어의 통일이 필요했다. 프랑스 노예상들은 돈 몇 푼 집어주어 종족 간에 노예사냥을 하도록 한 다음, 파라솔 밑 벤치에 앉아 고개만 끄덕거리면 자기들끼리 아주 질 좋은 노예들을 수집해서 생-루이로, 다카르로 데려오는 것이었다. 그리고 그들은 '돌아올 수 없는 문'을 통해 대서양을 건너 남아메리카로, 카리브해 섬들의 사탕수수 농장으로 팔려갔다. 노예선의 참상을 이야기하는 것은 바야흐로 스캔들에 속하는 일이었다.

이런 인류사적 죄악을 앞에 두고 행동으로 직접 뛰어드는 것은 목숨을 걸어야 하는 일이었다. 시대 정황을 타개하기 위해 누구나 목숨을 걸 수 없는 일이었다. 그러나 결과는 목숨을 걸어야 했다. 목숨을 거는 일은 누군가 타인의 목숨을 요구하는 일이었다. 의식은, 이념은 목숨 밖에 있었다. 생고르가 대학에서 함께 공부한 퐁피두에게 평화를 위한 기도를 길게 써서 신년사로 보낼 때, 메를로 퐁티는 리용에서 현상학을 강의하고 있었다. 그리고 같은 해『지각의 현상학』이라는 대저를 출간하게 된다. 의식과 이념이 몸 밖에 있는 게 아니라, 그건 의식하는 몸으로서 몸의 자기실현 과정이나 다름이 없었다. 그런 강의를 듣기 위해 프란츠 파농은 리용에 머물고 있었다.

리용에서 메를로 퐁티에게 강의를 듣던 프란츠 파농이 자기 은사 세제르를 찾아 파리에 왔다. 그 무렵 세제르는 혁명을 생각하고 있었다. 혁명의 정치적 실현 방법으로는 공산주의가 하나의 길이라는 생각에 몰두했다. 혁명을 도모하는 데 프란츠 파농은 이미 앞선 논리와 방법을 터득하고 있었다. 혁명을 이야기하던 끝에 프란츠가 생고르를 향해 진지하게 물었다.

"선생님! 방법이 내용을 결정하는 거 아닙니까? 아프리카 전체를 통할할 수 있는 문화가 있다는 주장을 아무리 해도, 백인들이 펼쳐놓은 사고의 뜰에서 춤추는 꼴밖에 더 됩니까?"

생고르는 대답할 말이 없었다. 응원을 해달라는 심정으로 세제르를 쳐다봤으나 세제르는 담배 연기를 날리면서 창밖의 먼 하늘에 눈을 주고 있었다.

그때 방문 두드리는 소리가 났다. 세네갈에서 온 가정부 은마리가 아들 프랑시스를 안고 문앞에 서 있었다.

"마담께서 곧 아이를 낳을 거 같습니다. 산부인과 병원으로 모시고 가야 합니다."

가정부가 하는 이야기를 셋이 같이 들었다. 세제르는 생고르에게서 움직이라고 촉구했다. 프란츠 파농은 가정부가 안고 있는 아이의 이름을 물었다.

"프랑시스!" 생고르가 투박하게 말했다.

"프랑스의 아들이란 뜻입니까? 흑인 프랑스의 아들이 또 프랑스의 아들을 낳았다는 겁니까?" 따지듯이 되물었다.

"아니, 프란치스코에서 유래하는 이름이지요." 생고르는 자신이 가톨릭 신자라는 생각을 문득 떠올리며, 성호를 그었다.

"프란츠, 자네랑 형제간이군!" 세제르가 프란츠 파농의 어깨를 투덕거리면서, 너무 닦달하지 말라는 듯이 나왔다. 첫아이가 난산이었다. 결국 제왕절개 수술을 하고서 아이를 낳을 수 있었다. 세네갈에서 그런 일이 있었다면 산모가 죽었을 게 틀림없다. 의학을 발전시킨 프랑스 사람들이 고마울 수밖에 없었다. 생명을 살리는 기술. 그건 본래 하느님의 몫이었다.

프랑시스를 안고 현관에 서 있던 은마리는 택시를 불러놓았다면서, 자기는 산모 짐을 챙길 터이니 잠시 기다리라고 했다. 개인 일에 관용차 안 쓰는 것이 생고르의 원칙이었다.

"손님들 잠자리 먼저 챙겨주소."

"예, 잘 알았습니다." 은마리는 성격이 찬찬하고 일에 실수가 없었다. 은마리는 생고르가 당시 세네갈 제일의 식민도시 생-루이에서 데려왔다. '자르뎅 로제'라는 바에서 노래도 하고 춤도 추던 아가씨였다. 노예로 팔려가는 것을, 몸값을 대신 지불하고 데려온 데는 생고르 나름의 계산이 깔려 있었다. 자기가 쓰는 시에 아프리카 리듬을 실어줄 수 있는 음악적 자질을 생래적으로 타고난 아프리카인이었다. 시를 위해서는 아내보다 더 큰 역할을 할 수 있는 인물이었다. 생고르는 시를 쓰면 은마리에게 읽어보도록 했다. 글이 좀 익숙해지면 리듬을 넣어 낭송하라고 했다. 그러고는 시를 낭송하면서 연주해야 하는 악기를 사들였다. 시는 복잡한 보법에 따른 '음악은 아니어도 노래'는 되어야 하며, 나아가 '시란 노래이며 말이며 동시에 음악이어야만 완성된다'고 생고르는 믿는 편이었다. 그러나 문제가 없는 것은 아니었다. 춤과 노래가 몸을 울린다면, 그 울리는 방향을 통어하는 이성의 나침반은 어떻게 마련하는가 하는 문제.

아내가 입원하고 있는 병원으로 가는 중에, 생고르는 대통령 취임 선서를 하던 때를 회상했다.

성경에 손을 얹고, 대통령으로서 나라를 수호하고 국민의 생명을 지켜나가며, 문화 증진을 위해 헌신할 것을 선서했다. 그게 지난해 1960년 8월이었다. 이슬람 신자가 대부분인 세네갈에서 가톨릭 신자가 대통령이 된다는 게 마음이 쓰였다. 마음에 걸리는 건 또 하나 있었다. 식민 본국의 언어 프랑스어를 세네갈어 대신 쓰는 일이었다. 시를 써본 자신의 경험으로 본다면 아프리카인의 정서 밑바닥을 프랑스 말로 표현한다는 것은 거의 불가능에 가까웠다. 리듬과 춤으로 상징되는 아프리카 문화를 이성 중심의 투명성을 강조하는 프랑스어로 표현한다는 것은『성서』의 무게와『코란』의 무게를 저울에 달아보는 것만큼이나 우스운 일이었다. 그러나 경향이 그렇달 뿐, 인간사를 전적으로 어느 하나의 논리로 설명하기는 논리 그 자체가 속 좁은 계산일지도 모를 일이었다.

나라라는 게 무엇인가? 생고르는 취임식이 진행되는 동안 내내 그런 생각을 되풀이했다. 나아가 자신이 추구하던 네그리튀드 이념이라든지, 자신의 생애를 대통령의 자리까지 몰아가게 할 수 있었던 프랑스라는 존재는 무엇인지 하는 생각이 거듭되었다. 축포가 울리고 국가가 연주될 때서야 생고르는 사념에서 벗어났다. 그 국가는 생고르 자신이 작사한 것이었다.

경적을 울리면서 앰뷸런스가 달려갔다. 어떤 생명 하나가 죽어가는 모양이었다. 인간 생명이 태어나고 죽는 사이, 그 사이에 삶이라는 게 초록빛 벌판으로 펼쳐지는 게 아닌가. 그것은 어떤 이념으로도 거부할 수 없는 환희의 초원이었다. 그러나 고향은 거부할 수 없는 '재즈 가락의 유럽'으로 눈물지게 했다. 축복된 날에 눈물은 가슴이 아려도 감추어두어야 했다.

노래야 월로프어로 불러도 될 일이었다. 그러나 토속어 월로프어로 나라를 운영한다는 것은 턱에 닿지 않는 일이었다. 생각해보면 나라다운 나라가 세네갈에는 없었다. 작은 부족들이 부족장을 내세워 싸움을 벌이느라고 서로 잡아 죽이고 파괴와 학살과 인간 모멸의 악행을 일삼는 날들을 보내온 역사였다. 언어는 분열의 악마였다. 분열의 악마를 없애고, 하느님의 경건한 보살핌 가운데 나라를 운영하기 위해서는 온 국민이 잘 아는 언어를 확보해야 했다. 그런데 안타깝게도 그런 언어를 길러오지 못했다. 행정을 하고 교육을 하기 위해서는 국민 모두가 두루 쓰는 언어가 필요했다. 그리고 대학을 세워 운영하자면 각 분야의 전문적 학술 용어가 필요했다. 조상들은 학술 용어를 만들지 못했다. 집을 짓고 다리를 놓고 무기를 만드는 데 필요한 말들을 생산하지 못했다. 눈물겨운 일이지만, 프랑스어를 공용어로 쓸 수밖에 없는 형편이었다. 아 하느님, 내 나라 말을 갈고 닦지 못한 죄를 용서하소서!

다시 앰뷸런스 달려가는 경적이 울렸다. 생고르는 15~6년 전, 정초에 간절한 기도를 올렸던 일을 떠올렸다. 그때의 기도는 "주 하느님, 백인의 유럽을 용서하소서!" 하는 것이었다. 소르본에서 같이 공부했던 미테랑을 생각하면서였다. 사실 미테랑은 자신보다는 오히려 에메 세제르와 더욱 가까웠고, 사회주의 이념을 신봉하는 인물이었다. 생고르보다 나이가 열 살 아래였다. 그러나 세상을 바라보는 안목은 한결 앞서간다는 생각을 하게 했다. 앞서가는 안목이지만 생고르가 수용하기는 사뭇 어려웠다.

자신들은 십자가 위에 걸려 있는 역사의 죄인 같았다. 유럽이라는 구대륙이 있고, 아메리카라는 신대륙 사이에서 문화적 절충지대로서 자기 역할을 다하기 위해서는 다부진 각오가 필요했다. 그 가운데 '폭군 앞에서 감히 인간을 선포한 아이티'가 있었다. 거의 150년 전공화국을 선언한 아이티는 네그리튀드의 역할모델이기도 했다.

택시가 병원 앞에 이르자 생고르는 하던 생각을 멈추었다. 아내는 남편을 붙들고 울었다. 첫아이처럼 난산이었다. 제왕절개 수술로 아이를 낳았다. 더는 아이를 낳을 수 없다는 이야기를 하면서, 아쉬워했다. 아이 이름을 필리프 마킬렝이라고 붙였다. 필리프는 '말의 친구'를 뜻하는 그리스 어원에서 온 말이었다. 마킬렝은 생고르의 조상 가운데 현자로 일컬어지는 족장의 이름이었다.

생고르는 자신이 대통령 선서를 하던 무렵으로 기억의 사다리를 타고 있었다. 남쪽 코리아에서는 같은 해 4월 학생혁명이 있었다. 승만 리라는 사람은 1948년에 대통령에 취임하여 4대에 걸쳐 대통령으로 집무하다가, 1960년 학생혁명으로 퇴각했다. 생고르는 자신은 그런 말로를 걷고 싶지 않았다.

독재정권이 물러나고 새 정부가 들어섰다. 그 불길이 전세계로 번질 것을 그는 알고 있었다. 그래서 코리아와 연관된 뉴스를 주시하며 지냈다. 세네갈에서 선거가 이루어졌고, 프랑스의 식민지를 벗어나 세네갈이라는 나라가 독립하는 것이었다. 가슴 벅찬 일이었다. 가슴 벅차기는 아내도 마찬가지였던 모양이었다.

아내 콜레트가 그가 서성이고 있는 거실로 찻잔이 놓인 쟁반을 들고 들어왔다. 비서가 아니라 아내였다. 자기 일은 자기가 한다는 게 아내의 원칙이었다. 생고르는 이제는 이혼해서 소식조차 전하지 않고 지내는 전처 지네트 에부에를 생각했다. 전처는 자신이 어느 시에서 노래한 것처럼 '고전적 얼굴'이었으며 '나의 암사자'였다. 기실 '네그리튀드'라는 말도 그녀의 암사자 같은 생명력 넘치는 검은 나신에서 비롯된 것이었다. 아프리카의 생명력을 그녀는 지니고 있었다. 그런데 생고르는 그녀를 버렸다. "나를 이론에서 살롱에서 궤변에서 기교에서 구실에서 타산적 증오에서 인간화된 살육에서 해방시키는 밤" 그 밤의 주인공은 '나의 암사자'였다. 그러나 암사자가 모든 것은 아니었다.

에부에 대신 프랑스 노르망디 출신의 콜레트를 아내로 받아들였다. 그녀는 '열두 해의 방황에도 늙지 않는 어린이'였다. 생고르는 아내를 끌어안았다. 로즈마리 향이 번졌다.

"이제 당신을 뭐라 불러야 하지요?"

"낮과 밤의 호칭이 달라야 할 거요. 낮에는 프랑스어로 밤에는 월로프어로!"

"나는 프랑스어밖에 모르는데 어떻게 하지요?"

생고르는 이 자리에서 아무 말도 하지 않았다. 월로프는 하나의 종족일 뿐이었다. 세네갈의 용감한 전사로 유명한 뚜꿀레르족이 있고, 세네갈의 집권층으로 군림한 월로프족 외에 레부족, 세레르족은 국가 엘리트층을 형성하고 있었다. 생고르 자신은 세레르족의 후예였다.

"우리 집안은 당신 종족의 원수잖아요, 용서가 될까요?" 종족의 원수라는 것은 자기가 식민지 종주국 프랑스 국적이라는 뜻으로 짐작되었다.

생고르의 아내 콜레트는 퍼스트레이디가 되어 남편의 관심사를 면밀하게 살펴주었다. 코리아가 일본의 식민지를 당했는데 어떻게 그렇게 신속하게 식민지 언어를 청산하고 자기 언어를 회복했는지, 참으로 이해가 안 간다면서 다카르대학교에 인류학과 서양어를 가르치는 사부아 교수를 불러들여 자문을 구했다.

"피식민국으로서 세네갈과 꼬레, 혹은 코레아는 바탕이 다릅니다. 꼬레는 단일 민족국가였는데, 한국어라는 한 가지 언어를 쓰고, 그 언어를 표기할 수 있는 한글이라는 문자가 있습니다."

"식민지가 끝나고 되돌아갈 언어가 있었다는 말씀이군요."

"그렇습니다. 일본어를 쓰지 않아도 자국어로 대학을 운영할 수 있는 문화자본을 가지고 있는 나라입니다. 정확한 건 아니지만, 역사가 5천 년이 된다는 나라입니다."

콜레트는 눈을 반짝이면서 사부아 교수의 말을 경청했다.

콜레트는 코리아에 대한 뉴스는 빠지지 않고 스크랩을 하기도 하고, 또 기회를 봐서 생고르에게 전달했다. 생고르는 아내가 스크랩해주는 기사를 통해 코리아에 대해 많은 정보를 습득할 수 있었다.

생고르는 대통령에 취임한 이후 군부 세력에 대해 촉각을 예리하게 다듬고 지냈다. 그것은 일찍이 라민 구에예가 귀띔해준 사항이기도 했다. 그는 사회주의 정당 지역 지도자였다.

"시인은 군인을 조심해야 합니다. 시인의 언어는 군인의 영혼을 움직이지만, 군인의 총탄은 시인의 목숨을 앗아갑니다." 구체적으로 무엇을 두고 하는 말인지 알기 어려웠지만, 장래를 길게 내다보는 안목에서 하는 말인 것은 틀림없었다.

세네갈 장기 발전계획을 수립하여 시행 책임을 맡았던 마마두 디아에게 총리 자리를 맡겼다. 그런데 생고르가 외무에 전념하고 있는 동안, 쿠데타를 모의한 혐의가 발각되었다. 생고르는 자신의 귀를 의심했다. 그를 투옥한 채 12년이 흘렀다. 사형을 명할 수 없었다. 하느님의 뜻이 거기 있지 않다는 게 생고르의 신념이었다.

생고르의 정치노선과 신념의 갈등은 그의 종교와도 연관되어 있었다. 생고르의 집안은 대대로 가톨릭 신앙을 가지고 있었다. 특히 그의 어머니는 독실한 신자였다. 생고르는 가톨릭을 자연스럽게 수용했다. 그리고 그가 공부한 프랑스는 유럽 가톨릭의 본거지나 마찬가지였다. 그러나 가톨릭에 안주할 수 있는 여건은 아니었다. 프랑스 식민지 치고 가톨릭 사제들이 앞서서 식민지 흑인들을 박해하지 않는 데가 없었다. 그 반작용으로 가톨릭 사제들이 희생되었다. 그런데 생고르가 대통령으로 다스려야 하는 나라, 세네갈은 무슬림이 95%를 차지하는 압도적인 세력이었다. 대통령이 국가행사인 '이드 알 아다', 다른 말로 타바스키라는 희생제의 축제에서 연설을 하게 되었다.

"참된 신앙은 하느님과의 약속을 이행하는 일이기 때문에 아무런 희생이 없습니다. 아브라함이 하느님의 명령에 따라 아들 이삭을 제단에 올리고 칼을 뽑았을 때, 한 마리 양이 나타나 이삭의 희생을 대신하게 했던 것처럼, 깊은 신앙은 희생을 모면하게 해줍니다. 가톨릭과 이슬람은 신앙의 연원으로 거슬러 올라간다면 공동의 조상을 모시고 있는 것입니다. 그러나 분파가 이루어진 나머지…… 인간들은 갈등을 거듭하고, 심지어는 우리 흑인을 노예무역 상품으로 삼아……."

청중들 사이에 술렁임이 일기 시작했다. 생고르의 머리 한 곁으로 찌잉 하는 전류가 흘러갔다.

축제 참석자 가운데 한 젊은이가 생고르를 향해 권총을 겨누었다. 경호원이 날쌔게 달려들어 총을 낚아채는 바람에 총알은 발사되지 않았다. 생고르는 헛헛하게 웃었다. 자기희생을 자기가 이야기하는 꼴이 되었다. 그러나 자신을 대신할 양은 숲에서 나와주지 않았다. 대신 저격병이 생고르의 목숨을 노리고 있었다. 젊은이는 반란죄를 선고받고 사형에 처해졌다.

혁명을 평화로 마무리하게 하는 방법은 무엇인가, 생고르는 그런 생각에 몰두했다. 쿠데타에서 다시 쿠데타로 이어지는 역사에서, 피해자는 자기 자신과 민중들뿐이었다. 혁명을 하고 뒤가 두려워 도망칠 계책으로 재산을 긁어모으고, 실각하면 다른 인사가 나타나서 쿠데타를 하고 다시 재산 모아 외국으로 도주하고, 그런 일이 거듭되는 한, 정당한 의미의 혁명은 영원히 불가능한 것이다. 생고르가 찬양해 마지않은 아이티공화국이 독립한 해는 1804년이었다. 그런 논리가 선다면, 너무 이른 독립이었다. 이후 군부의 발호와 경제 파탄 등은 식민지 뒤끝이 어떠한지를 보여주는 처참한 사례였다.

혁명의 가능성을 점치게 했다는 꼬레 또한 예외가 아닌 듯했다. 1961년 5월 16일이었다. 꼬레에서 군사 쿠데타가 일어났다는 외신이 전달되었다.

"각하, 각하의 통치 방식에 불만을 품은 자들이 저 꼬레에서 발생한 쿠데타를 모방해서, 반역을 도모하고 나설 위험이 있습니다. 계엄령을 선포하는 게 후환을 없게 하는 방책입니다." 국방장관이 달려와 보고 겸 그런 조언을 했다.

"우리는 꼬레와는 사정이 다릅니다. 꼬레는 남북이 둘로 갈린 특수 상황입니다. 그러나 양쪽이 사용하는 언어가 같고 언어 수준이 세계적입니다. 한국전쟁이 남북한 분단을 못질했지만, 아마 10년 안으로 복구할 겁니다. 우리가 외교관계를 맺는다면 아마, 꼬레 뒤 쉬드(남한)와 먼저 해야 할 겁니다."

국방장관은 텔레비전 화면에서 눈을 떼지 못한 채, 지역 사령부의 상황판을 주시하고 있었다.

"친애하는 애국동포 여러분! 은인자중하던 군부는 드디어 오늘 아침 미명을 기해서 일제히 행동을 개시해, 국가의 행정 · 입법 · 사법 3권을 완전히 장악하고, 이어서 군사혁명 위원회를 조직하였습니다." 쇳소리 섞인 마이크 음성은 소름이 돋게 하는 것이었다.

"오천 년 역사를 가진 나라의 끝장에 저런 일이 터지다니⋯⋯." 생고르가 혀를 찼다. 국방장관이 탄띠에 매달린 권총을 권하면서, "이거 쓸 일이 없기를 바랍니다." 하고는 거수경례를 하고 집무실을 나갔다.

"군부가 궐기한 것은 부패하고 무능한 현 정권과 기성 정치인들에게 더 이상 국가와 민족의 운명을 맡겨둘 수 없다고 단정하고, 백척간두에서 방황하는 조국의 위기를 극복하기 위한 것입니다."

"프레지당, 당신 저거 보고 있었군요." 콜레트가 집무실로 들어오면서 숨찬 소리를 했다.

"앞으로 크게 참고할 사건이 될 것 같소."

"무슨 뜻으로 하는 말씀이지요?"

"아프리카 대륙에 식민지 탈출의 물결이 지치고 지날 것 같소." 콜레트는 식민지에서 벗어나면, 식민지 시대 식민 본국에 충성했던 이들이 목숨 부지하기 어려울 거라는 생각을 했다. 등으로 오싹하니 소름이 끼쳤다. 더구나 생고르는 프랑스가 길러낸 인물이 아니던가. 거기다가 종교까지 가톨릭이라서 이슬람과 대립하는 게 사뭇 조심스러웠다.

군사혁명 위원회에서 내거는 공약이 발표되고 있었다. 내용은 프랑스어 자막으로 처리하여 보여주었다.

첫째, 반공(反共)을 국시(國是)의 제일의(第一義)로 삼고, 지금까지 형식적이고 구호에만 그친 반공 태세를 재정비 강화한다.

둘째, 유엔 헌장을 준수하고 국제협약을 충실히 이행할 것이며, 미국을 위시한 자유 우방과의 유대를 더욱 공고히 한다.

셋째, 이 나라 사회의 모든 부패와 구악을 일소하고, 퇴폐한 국민도의와 민족정기를 다시 바로잡기 위하여 청신한 기풍을 진작시킨다.

넷째, 절망과 기아선상에서 허덕이는 민생고(民生苦)를 시급히 해결하고, 국가 자주경제 재건에 총력을 경주한다.

다섯째, 민족의 숙원인 국토 통일을 위하여, 공산주의와 대결할 수 있는 실력 배양에 전력을 집중한다.

여섯째, 이와 같은 우리의 과업이 성취되면 참신하고도 양심적인 정치인들에게 언제든지 정권을 이양하고 우리들 본연의 임무에 복귀할 준비를 갖춘다.

공약은 육군참모총장 장도영 중장의 이름으로 발표되었다. 그 장면을 지켜보고 있는 소장, 별 둘은 검은 안경을 쓰고 있었다. 생고르 자기처럼 왜소하고 단단한 몸매였다.

생고르는 비서관에게 내용을 복사해두라고 일렀다. 생고르는 쩍쩍 입맛을 다셨다. 저게 하느님의 뜻일까. 하느님의 뜻이라고, 그래서 화해할 수 있고, 용서할 수 있을 것인가. 역사의 섭리라는 게 무슨 뜻인지를 음미했다. 콜레트가 남편을 위로하듯 말했다.

"꼬레 민족이 오랜 식민지 벗어나더니, 이제 군부 세력의 독재 아래 고통 받을 게 안쓰러워요." 콜레트는 독일군이 점령한 프랑스를 해방하기 위해 노르망디에서 벌어진 작전을 생각하고 있었다. 노르망디는 콜레트의 고향이었다.

"그러게 말이요. 꼬레, 꼬레아라는 나라는 수준 높은 자기 언어가 있기 때문에 잘 극복할 거 같소. 허나 그 언어를 사용하는 사용 범위가 너무 좁아서 국제적으로는 힘을 발휘하기 어려울 것 같아요."

"혁명이 시라도 되는 줄 알아요? 또, 언어 사용 범위를 일부러 늘리고 줄이고 할 수 있어요?"

"노력 여하에 따라 가능하기도 할 게 아닌가 싶소. 예를 들자면 프랑스어를 사용하는 권역을 묶어서 하나의 문화 단위로 조직하는 방법이 있을 거 아닌가 그런 생각이 들어요." 이미 복안이 마련되어 있다는 듯, 자신감에 넘치는 어투였다. 꼬레의 혁명과 생고르의 언어 정책은 이가 맞지 않는 톱니바퀴처럼 삐걱거리는 셈이었다.

"그게 당신 구상인가요?" 콜레트가 물었다.

"프랑스어는 네그리튀드보다 더 큰 개념망을 형성할 수 있지 않을까? 그런 생각인데, 들어볼라우?"

"꼬레의 혁명에는 관심이 없고 딴소리를 합니까?" 들어봅시다 하는 어투였다.

"자유 · 평등 · 박애, 그게 프랑스의 국가 표어지 않소? 자유와 박애는 정신적인 표어지. 그런데 식민지와 연관지어서는 평등이 강조되어야 할 거요. 프랑스나 아이티공화국이나 평등해야 하고, 우리 세네갈과 프랑스도 평등해야 한다는 뜻이라오. 그 평등이 보장되지 않는다면 식민지 상황이 지속될 수밖에 없다는 말이지요." 생고르의 어투는 자못 진지했다.

"도무지, 식민지에 평등이 어디 있어요?" 콜레트는 반박하는 투로 나왔다.

"그게, 그런 생각이 식민지인이란 증거라 할 수 있지 않소?" 생고르는 프란츠 파농을 생각하면서 한마디를 박아 넣었다.

"그렇다고 합시다. 그런데 식민지 언어와 본국의 언어가 상호보완 적이라야 한다는 건 무슨 뜻으로 하는 말씀인지요?" 콜레트는 생고 르를 올려다보며 조심스럽게 물었다.

"같은 언어라도 지역에 따라 방언이 있는 것처럼, 프랑스어도 세계에 널리 퍼져 쓰이다 보면, 원형에서 벗어나는 말들이 생기게 마련입니다. 그렇게 생긴 일종의 크레올어는 프랑스어를 왜곡하고 훼손하는 게 아니라 프랑스어를 풍부하게 한다는 겁니다. 나는 그렇게 생각하오. 낱말의 원형이 살아 있고, 어순이 달라지지 않으면 조그만 변화야 본래 언어의 어감을 달리해주는 정서 환기적 기능을 한다고 봅니다. 당신도 잘 알겠지만, 브르타뉴 말이 프랑스 말에 합류하여 프랑스 말을 더욱 풍부하게 하는 것처럼 식민지 언어도 마찬가지라고 생각하오." 원래 박식한 걸 모르는 바 아니지만, 구체적인 언어 운용 구상은 놀라웠다.

"아카데미 프랑세즈에서 당신 생각을 그대로 놔둘까요?"

"그러니까 연대해야지요. 프랑크폰을 사용하는 지역 국가끼리 연대해서 하나의 세력권을 구축하면, 프랑스 본토에서도 그 가치를 인정하고 지원하고 연대하려 들지 않겠소?"

"이미 구상이 다 되었네요." 그런 일을 누가 나서서 추진할 것인가 물으려다 뒤로 물러섰다. 시인이면서 정치가이고 학자인 사람은 아프리카 전체로 보아도 그리 흔치 않았다. 콜레트는 남편이 그 작은 체구로 어떻게 대통령의 자리에 갈 수 있었는지 의문을 가지고 있었다. 그 의문이 풀리는 순간이었다.

아내가 집무실을 나가고, 생고르는 잠시 눈을 들어 창밖을 바라보았다. 에메 세제르도 창문을 열고 하늘 바라보기를 잘 했다. 서가에서 세제르가 서명해서 전해준 책을 하나 뽑아들었다. 10년 전에 나온 책이었다. 책의 첫머리부터 머리를 치는 문장이 배치되어 있었다.

"스스로 초래한 문제를 해결할 능력을 잃은 문명은 부패한 문명이다. 가장 핵심적인 문제에 슬그머니 눈을 감아버리는 문명 역시 병든 문명이다. 스스로를 지탱하는 원칙을 속임수나 사기의 목적으로 사용하는 문명은 물론 사멸해가는 문명이다."

자신은 '유럽은 무기력 그 자체다.' 하는 식자들의 비난을 별다른 반성 없이 이상 세계를 노래하는 것은 아닌가, 의혹이 들었다. 보편주의를 지향하는 가톨릭의 교리가 그런 방향으로 이끌어간 것인지도 모른다는 생각이 들었다. 그래서 에메 세제르의 비판이 더욱 아프게 다가왔다. '기독교는 문명이고, 이교도는 야만이라는 부정한 방정식을 성립시킨 기독교.'(p.11) 그 안에 자신은 정신적 둥지를 틀고 있는 셈이었다. 그것은 달리보면 프랑스가 지향하는 '동화의 이념'에 복무하는 일이었다. '식민주의=사물화' 그런 공식을 보면서 생고르는 프란츠 파농이 옳다는 생각을 했다.

그러나 기도를 멈출 수 없는 일. 생고르는 15년 전(1945년 1월) 퐁피두에게 보낸 「새날의 기도」라는 시를 읊고 있었다. 자신도 모르게

"아아, 주여 프랑스 인민을 축복하소서!" 하면서 노예를 해방하고, 자신에게 인식의 가슴을 열어준 프랑스를 칭송하고 있었다. 그 바탕에는 가톨릭이 자리잡고 있었다. "아아! 나는 압니다. 당신의 숱한 사자들이 나의 사제들을 사냥하듯이 몰아세웠고 경건한 초상들을 마구 부수었음을. 그러나 우리는 화해할 수 있었습니다. 가톨릭의 마음으로." 생고르는 오래된 시 구절을 기도처럼 읊고 있었다.

세속의 논리를 넘어설 때라야 구원과 용서가 가능한 게 아닌가. 인류사는 배반과 우매함의 역사 아니던가. 인간 내면에 지닌 광기와 아둔함을 몰아내고 마침내 평화에 다다르는 길은, 인간 자신의 초월을 통해서만 가능한 것이었다. 그렇다면 식민지를 경영한 유럽만 욕할 일이 아니지 않는가. 유럽도 피와 고통의 땀을 흘리며 자기초월을 향한 몸부림을 하고 있으며, 아시아와 아프리카, 아메리카의 모든 백성이 불쌍하기는 정도를 가늠할 수 없는 일. 인류를 보편적으로 끌어안을 수 있는 가슴이라야 식민지와 노예를 넘어설 수 있다는 생각은 여전했다. 생고르는 에메 세제르의 책을 훌훌 넘겨보았다. 마지막 단락에 밑줄이 그어져 있었다.

현재, 책을 쓸 당시 식민지로 되어 있는 아프리카, 남태평양군도, 마다가스카르, 서인도제도 등 다양한 국가와 민족, 그리고 그들의 문화를 인정하는 정책을 펴지 않는 한, '서유럽은 자신의 관을 스스로 져야 할 것'이라는 내용에 이어지는 단락이었다. 유럽에 진정한 혁명이 필요하다는 논지였다. 이상으로 말하자면 자신보다 한결 윗길을 가고 있는 게 세제르였다. 허나 노예 없는 사회라면 몰라도 계급 없는 사회는 어불성설이었다. 책의 결론은 이런 당찬 문장으로 마무리되었다.

"진정한 혁명이 필요한 것이다. 계급 없는 사회가 도래할 때까지 비인간적인 부르주아의 왜소한 독재를 걷어내고 여전히 지구적인 의무를 가지고 있는 유럽의 계급에게 미래를 넘겨주는 혁명 말이다. 왜냐하면 이 계급은 역사상의 모든 오류를 그리고 지구상의 모든 악행을 온몸으로 견디어낸 계급이기 때문이다. 이름하여 프롤레타리아가 그들이다."

생고르가 책을 펴서 읽은 시점에서는 물론, 책이 나온 시점에서 본다면 낡은 주장이었다. 프롤레타리아 자신이 세계를 경영하는 일은, 생고르가 보기에 불가능했다. 프롤레타리아 혁명은 위선을 가장하고 있는 폭력이나 다름이 없었다. 러시아가 그 예를 여실히 보여주고 있었다. 레닌의 혁명을 이어 정권을 잡은 스탈린, 스탈린을 비판하고 나선 흐루쇼프 또한 독재의 전형이었다. 프롤레타리아가 혁명에 성공하고, 그들이 지배하는 세상이 되면, 그들 가운데 다시 부르주아 영웅이 나타날 것이고, 그 영웅이 다시 프롤레타리아로 떨어져 내려가면…… 끝없는 혁명의 고리를 끊을 수 없는 악순환…… 그걸 역사발전의 기본 구도로 삼아 주인과 노예의 변증법이란 논리를 구축한 헤겔은 오류였다. 역사가 굴러가는 힘의 근원을 알지 못했던 것 같았다.

그러나 식민지와 식민주의가 식민 본국 사람들을 식민화한다는 부메랑효과에 대한 설명은 설득력이 있어 보였다.

"우리는 식민주의가 식민주의자들을 어떻게 탈문명화시켰고, 피폐하게 했으며 동시에 비인간화됐는지를 심각하게 따져보아야 한다. 뿐만 아니라 어떻게 식민주의가 식민주의자들의 잠들어 있는 본능을 일깨워 탐욕과 폭력과 인종적 증오와 도덕적 상대주의로 나아가게 했는지도 연구해 보아야 한다." 그리고 그들의 악행을 폭로해야 한다는 대목 끝에 "문명이란 다른 누군가의 육체를 필요로 한다는 사실." 인간이 인간의 육체를 파멸시키는 메커니즘 위에 식민주의는 존재 근거를 두고 있다는 지적은 깊은 통찰이었다. 자신은 그런 비판과 폭로에서는 거리를 두면서 지낸 편이었다. 생고르는 잠시 눈을 감았다. 그러고는 책상 옆에 놓여 있는 소파로 자리를 옮겼다.

소파에 등을 기대고 앉아 지난 한 해를 생각했다. 하루도 마음 편할 날이 없었다. 긴장과 조바심 속에 보낸 한 해였다. 더욱이 프랑스에 대해서는 마음을 놓을 수 없었다. 식민지라는 레이블을 떼준 것은 고마운 일이었다. 자율이라는 게, 자치라는 게, 독립이라는 게……. 네게 자유를 주었으니 네가 벌어서 우리한테 세금 바치고 남은 거 가지고 먹고살아보라 하는 고단한 시험이었다. 국민을 통합하는 데 필요한 프랑스어는 세금을 걷고 그 세금을 프랑스로 돌려보내는 데도 편리한 언어였다. 생고르는 눈이 알알해서 소파에서 몸을 일으켰다.

"마르티니크 포르 드 프랑스에서 전신을 보내왔습니다." 비서관의 손에 전신용지가 들려 있었다.

세제르가 보낸 소식이었다. 프란츠 파농을 그가 의사로 일하던, 그리고 그 나라 독립을 위해 헌신하던 알제리에 묻히게 하도록 프랑스에 제청하자는 내용이었다. 알제리에서는 민족해방전선 단원들이 프랑스에 항거하는 운동이 한참 전개되고 있었다. 프랑스의 국내 분위기는 알제리를 독립하도록 국정기조를 조율하고 있는 중이었다. 그리 어려운 일은 아닐 듯했다. 더구나 당시 프랑스 대통령은 알제리 국민해방위원장을 역임한 적도 있는 샤를 드골이었다. 그리고 1961년 당시 알제리 민족자결정책을 수립하고 있는 중이었다. 가는 김에 프랑코포니 정책 구상을 상의할 생각이었다. 생고르는 비서관을 불렀다.

"사모님이 밖에 와 기다리십니다."

콜레트는 은마리에게 아이를 안게 해서 대통령 접견실로 안내되었다. 피부가 꺼무스름한 아이가 눈을 반짝이고 있었다. 생고르는 아내 콜레트를 다시 쳐다보았다. 아내는 소녀처럼 보였다. '6월의 습기찬 태양 속에 사자의 승리를 노래하는 소녀'였다. '사랑의 짙은 젖으로 시인 양육에 헌신한 여신'이었다.

"당신은 아름다운 소녀 같소. 그대의 황금 목청은 시인의 음성으로 어린 나뭇잎을 돋우도다." 생고르는 아내 콜레트와 은마리를 번갈아 쳐다보았다. 생고르는 한숨을 크게 내쉬었다.

"아버지 병환이 위중하시답니다." 콜레트가 생고르를 건너다보면서 말했다. 마지막이 될지도 모르는 장인을 먼저 만나러 가야 하나,

드골 대통령을 만나 프란츠 파농의 무덤 이야기와 프랑코포니 이야기를 먼저 해야 하나 갈피가 잡히지 않았다. 잠시 멈춰 있다가 생고르는 읊었다.

"말들은 동풍의 입김에 날아가 구겨져버린다. 인간의 기념비들이 투하된 폭탄에 날아가버리듯. 허나 시는 어미젖 머금어 육중하고, 시인의 심장은 티 없는 불꽃을 사른다." 시인의 눈길이 창밖 하늘에 굳어박혀 있었다.

"파리를 다녀오면서 노르망디에 들르세요." 공적인 일을 먼저 하고 개인적인 일은 나중에 해도 된다는 배려였다.

"고맙소 부인……!" 생고르는 아내의 어깨에 손을 얹고, 은마리와 아이를 번갈아 쳐다봤다. 정원에서 비둘기 떼가 날아오르고, 바오밥 나무 가지가 펼쳐진 하늘에는 무지개가 우람하게 걸렸다. ✿

호숫가 소년

세네갈, 보나바 마을 근처에서(촬영 : 우한용)

그리고는 손을 모아 소금을 움켜쥔 것 같은 간판 옆에 '소금 채취 금지' 팻말이 하나 더 섰다. 소프는 간판을 다시 읽어보았다. 다른 건 몰라도 'PATRIMOINE MONDIAL' 하나는 읽을 수 있었다. 대강 '세계의 재산'이라는 것 같았다.

호숫가 소년

　소년은 마당에서 들려오는 닭 울음에 눈을 떴다. 일어나서 아버지를 따라 호수에 나가야 할 시간이었다. 남들보다 먼저 호수로 나가야 소금을 좀 더 건져 올릴 수 있었다. 힘든 일이었다.

　오늘은 호수에 나가고 싶지 않았다. 어제 학교에서 받은 크레파스로 그림을 그리고 싶어서였다. 그림을 그리기 위해서는 학교에 가야 했다. 학교에는 한국에서 온 선생님들이 몇 있었다. 그 가운데 그림을 가르쳐주는 남윤주라는 선생님은 뽀얗고 폭신한 손으로 아이들 손을 잡고 그림 그리는 방법을 가르쳐주었다. 남윤주 선생님한테서는 백합꽃 향기가 났다.

　엊저녁 잠들기 전에, 소년 소프는 크레파스 갑을 열었다. 풀냄새 닮은 향이 풍겨나왔다. 스물네 개나 되는 크레파스는 하나하나가 무지개에서 따온 것처럼 색이 고왔다. 아버지와 어머니는 아이들 들을까 조심하는 듯 소곤거렸다. 소곤거리는 소리가 샛문을 넘어왔다. 동생은 색색 코를 골며 자고 있었다.

"몸 너무 심하게 쓰면 소금 건지는 일 오래 못해요."

아버지가 쿨룩쿨룩 기침하는 소리가 들렸다.

"인제 소프도 일할 나이가 됐지 않수?"

"걔 이제 겨우 열 살예요."

"나도 열 살부터 소금일 했어."

"그래서, 지금 행복해요? 애들 장래를 위해서 내가 애들 데리고 나갈 테니까 당신 혼자 죽을 때까지 소금일이나 할라우?"

이어서 어머니가 훌쩍거리는 소리가 들렸다. 그리고 문 여는 소리. 아마 아버지는 마당에 나가 달을 쳐다보며 쿨럭쿨럭 기침을 하고 있을 터였다.

낮이었다. 소프는 소금을 건져 바구니에 담아 머리 위에 올리고 물에서 나오는 아버지 손바닥에서 피가 흘러 팔꿈치로 떨어지는 것을 보았다. 아버지의 바구니를 받아 소금을 배에 쌓는 일이 너무 힘들어 어이씨, 투덜거리는 중이었다. 저러다가 아버지가 일찍 죽을 수도 있다는 생각이 들었다. 겁이 더럭 났다. 호수 가운데 시체가 되어 떠올랐던 코론의 아버지는 소금 바구니를 인 채 다리가 풀려 물에 가라앉았다. 호수는 염분이 많아 사람이 둥둥 떴다. 코론의 아버지는 소금 바구니를 끌어안고 물에 빠지는 바람에 한참 뒤에 떠올랐다. 사람들은 '딱 내 꼴이네.' 하면서 시체를 호수 밖으로 끌어냈다. 얼굴이 물에 불어 유럽인처럼 허옇게 변색되어 있었다.

본래 레트바 호수인데, 언제부턴가 '라끄 호스'라고 하는 사람들이 늘어났다. 아마 프랑스 사람들이 장밋빛 호수라고 해서 그렇게 부르는 것 같았다. 건기에 장밋빛으로 색깔이 돋아나는 것과는 달리 염도가 아주 높은 소금호수였다. 호수 바닥에는 질 좋은 소금이 가라앉아 있었다. 주민들은 그 소금을 건져 팔아서 생활했다.

소프는 그 호수를 유난히 좋아했다. 호수 안에서는 어른들이 일을 하고, 호숫가에는 갈매기들이 몰려와 무리를 이루어 먹이를 찾았다. 특히 건기에 물빛깔이 장밋빛으로 변하는 것은 신비했다. 아침저녁으로 호수 위로 안개가 끼어 조용히 흘러가는 모습은 소년을 꿈에 젖게 했다.

그런데 언제부턴가 자동차가 호숫가를 마구 치달리고, 동네 어머니들은 숲 건너 바다에 나가 조개껍질을 주워다가 목걸이며 팔걸이 같은 것을 만들어 팔았다. 소프는 어머니들이 아기를 업고 다니는 대신 기념품을 머리에 이고 다니면서 팔고, 낯선 사람들과 히히덕거리는 게 보기 싫었다. 낯선 남자들이 와서 어머니들의 어깨에 손을 처억 걸치고 사진을 찍기도 했다. 그런 모양을 볼 때마다 소프는 호수 서쪽을 바라보고 멍하니 서 있곤 했다. 멀리 바오밥나무가 하늘에 가지를 뻗고 있는 지평선 뒤로 해가 가라앉곤 했다.

해가 지는 지평선 저쪽으로는 다른 세계가 있다고 했다. 그 다른 세계로 가는 뱃길은 할아버지들이 잡혀가 못 돌아온, '형벌의 섬'이 있다는 이야기도 들었다. 소프의 어머니 야람은, 고혹이라는 이름처럼 아름다웠다. 한번은 바다에 가서 조개껍질을 주워왔다. 아버지는 조개껍질이 든 바구니를 호수에 쏟아붓고는, 어머니를 향해 핏발 선 눈을 부라렸다. 이후 야람은 동네 여자들과 어울리는 적이 거의 없었다. 그리고 말수도 줄었다. 아버지와도 꼭 필요한 말만 했다.

"이 호수는 악마의 늪이 될 게다."

유네스코에서, 소금을 움켜쥔 손 모양을 한 팻말을 세우는 걸 보고, 어머니 야람은 그런 저주 비슷한 말을 했다. 그 팻말을 세운 뒤부터 관광객이 몰려들고, 소금 건지는 일은 구경거리로 변했다. 낯선 사람들이 자기를 향해 카메라 셔터를 눌렀다. 어떤 낯선 남자는 1달러 지폐를 쥐어주며 소금배 앞에 서서 소금 바구니를 들고 웃어보라고 했다. 소프는 달러를 흙바닥에 던져버리고 도망치곤 했다.

챙을 옆으로 말아 올린 모자를 쓴 한국 사람들 몇이 마을에 왔다. 보나바 마을에 들어가는 길은 모랫길이었다. 바다에 가고 싶어도 모랫길을 뚫고 가는 게 너무 힘들어 못 갔다. 보나바 마을 뒤편 바다까지 길을 내는 데 일꾼들이 필요해서 일꾼을 구하러 왔다고 했다. 소프의 아버지에게도 제안이 왔다.

"나는 이 호수 떠나면 못 삽니다."

어머니는 소금을 이고 나르던 바구니를 도끼로 찍어버리고 공사장에 나갔다. 모래밭 옆의 숲 잔다란 나무를 베는 일을 했다. 소프는 어머니를 따라가서 어머니가 베어놓는 나뭇가지를 가지런히 정리해서 치우는 일을 했다. 소프도 어른 한 몫 착실히 한다고 수당을 받았다.

"이 길은 네가 학교 다닐 길이야."

한국에서 온 선생님 메트르 옹은 — 그들은 홍씨 성을 '옹'이라고 발음했다. — 소프의 머리를 쓰다듬어주면서 이야기했다.

모래밭에다 차진 황토를 깔아 길을 내는 데 3년이 걸렸다. 소년 소프와 어머니 야람이 받은 돈이 꽤 모아졌다. 아버지는 그 돈으로 호숫가에다가 집을 짓자고 했다. 어머니는 말도 안 되는 소리라고 아버지를 눌러버렸다. 정 그렇게 우기면 갈대집을 불태워버리겠다고 나왔다.

보나바 마을에 갈대로 겨우 바람을 가리던 집들이 벽돌집으로 바뀌고, 학교가 들어섰다. 학교는 초등학교와 중학교가 나란히 세워졌다. 얼굴 까만 아이들은 입에 하얀 햇살을 물고 모여들었다.

소프는 열세 살에 초등학교 6학년에 들어갔다. 메트르 옹 선생님과 같이 온 젊은 선생님들에게서 한국어를 배웠다. 집에서 식구들과는 물론 친구들과도 월로프어를 썼다. 학교에서는 프랑스어로 가르치고 배웠다. 거기다가 한국어를 배웠다. 우리 소프가 착실한 국제인이네, 그런 칭찬을 받기도 했다.

소프가 "선생님 사랑해요", "저는 호수 좋아해요" 그렇게 사랑해요와 좋아해요를 구분해서 쓸 수 있을 만하게 되었을 때였다. 호수에서 이상한 일이 벌어지고 있었다. 호수에 몰려와 끼룩대면서 놀던 갈매기들이 죽어서 물에 떠다니기 시작했다. 가슴에 'WHO'라는 마크가 새겨진 옷을 입은 이들이 와서 유리 대롱에다가 물을 떠가고, 하루 내내 배를 타고 호수 안으로 들어가 무슨 조사를 했다.

그러고는 손을 모아 소금을 움켜쥔 것 같은 간판 옆에 '소금 채취 금지' 팻말이 하나 더 섰다. 소프는 간판을 다시 읽어보았다. 다른 건 몰라도 'PATRIMOINE MONDIAL' 하나는 읽을 수 있었다. 대강 '세계의 재산'이라는 것 같았다. 호수가 세계의 유산이니 더럽히거나 훼손하지 말라는 뜻 같았다. 손을 모아 네모를 만든 것 같은 모양의 간판 뒤에서 친구 코론이 얼굴을 대고 혀를 낼름 내밀면서 메롱, 꼬레, 꼬레! 소프를 놀렸다. 호수에서 어떤 일이 일어나는지를 모르고 있는 모양이었다.

"건강하게 살려면 깨끗한 물 마셔야 합니다."

마을 공동우물을 파고, 물이 콸콸 나오는 것을 축하하던 날, 메트르 옹 선생이 한 말이었다. 학교를 마치고 집으로 돌아갈 때마다, 물을 져 나르는 것이 소프의 일과가 되었다. 학교가 끝나면 바닷가에 나가 수평선을 바라보고 앉아 있곤 했다. 어떤 때는 미술을 가르치는 남윤주 선생이 같이 나가기도 했다.

"바다 저쪽에 누가 살까?"

"거기, 선생님이 살겠지요."

남윤주 선생은, 소프가 많이 컸구나, 그렇게 말하려다가 멈칫했다. 다음 달에 '홍진혁'과 함께 한국으로 돌아갈 예정이었다. 약혼식을 올리기로 되어 있었다. 파도가 몰려왔다가 부서져서, 모랫벌에 긴 여

운을 끌고 밀려나갔다. 그 밀려나가는 물결 위로 다시 물굽이가 덮쳐와 무너졌다. 메트르 옹과도 그런 감정의 기복이 지속되었다. 그러다가 감정을 잡아매는 말뚝을 박기로 했다.

"소프가 울고 있네. 내가 허그해줄까?"

"아녜요."

"왜, 싫어?"

"아빠가 아파서 물 떠다 드려야 해요."

"내가 도와줄까?"

"아녜요. 혼자 할래요."

소프는 발딱 일어나, 안녕가세요, 하고는 학교 쪽으로 잰걸음을 놓았다. 곁으로 소금기 섞인 모래바람이 지났다. 남윤주 선생이 학교로 돌아왔을 때였다. 평화촌으로 이어지는 언덕길 나무 밑에 소년이 혼자 걸어가는 모습이 보였다. 남윤주 선생은 핸드폰을 꺼내 나무 밑으로 걸어가는 소년에게 앵글을 맞췄다.

소년이 발을 멈추고 학교 쪽을 돌아보았다. 남윤주 선생은 손을 들어 흔들어주었다. 소년은 남윤주 선생이 손 흔드는 걸 보았는지, 못 보았는지 언덕을 넘어 천천히 걸어가고 있었다. ✱

수상한 나무

세네갈 다카르 고레(Gorée)섬 '노예의 집' 앞 동상(촬영 : 우한용)

커튼 자락을 잡은 채 그 자리에 굳어붙어 서고 말았다. 작은 탁자 위에 해골이 하나 덩그렇게 놓여 있었다. 문바오는 해골! 하면서 두 손으로 얼굴을 가렸다. 손 밑으로 자신의 해골이 만져졌다. 자기가 자신의 해골을 끌어안은 셈이었다.

수상한 나무

하숙 들어오는 학생치고는 짐이 꽤 많았다. 짐이 1톤 트럭으로 굴썩했다. 저 많은 짐을 어떻게 끌고 다니는 것인지 이해가 안 되었다. 종족이 다르니 사는 모양이 우리 같지 않을 수 있겠거니 했다. 한편으로 단칸방에다가 저 짐을 어떻게 다 흩어놓고 살까, 의문이 들기도 했다.

문바오가 하숙생을 받기 시작한 것은 남편이 세네갈에 지질 탐사를 갔다가 종적을 감춘 이후 생계가 막연해서였다. 하숙생 너댓 명 두면 그런대로 한 달 생활은 꾸려갈 수 있었다. 그런데 세상일 맘대로 되는 게 없다고, 쐐기라도 박듯 하숙생이 끊겼다.

황해대학에 학생기숙사 신축이 마무리되자 하숙하던 학생들이 대부분 기숙사에 들어갔다. 기숙사 공사를 시작할 때부터 예상했던 일이긴 하나, 집만 하나 덜렁 차고앉아서는 생계가 막막했다. 부모가 이혼하는 바람에 오갈 데가 없어진 조카가 딸려 있었다. 외숙모 일을 도와주던 조카 바비가 걱정을 앞세웠다.

"하숙생 없으면, 외숙모 뭐 먹고 살아?"

"이 집 팔면 한 십 년이야 먹고살겠지. 그딴 걱정 잊어라."

만일 외숙모가 집을 팔아버리고 어디로 달아난다면, 바비는 다시 한번 오갈 데 없는 처지가 될 판이었다. 외숙모를 떠나면 어떻게 한다는 아무런 작정이 없었다.

"하숙할 사람 하나 있기는 한데……."

"있기는 한데, 어떻다는 거냐?"

"흑인 여자앤데, 괜찮겠어?"

"흑인이 하숙하는 집에 백인은 안 올라고 할까……. 상관없지 뭐."

한국인 학생이 아니라 왜 백인을 먼저 생각하는지 이해가 안 갔다.

며칠 전이었다. 외숙모 문바오는, 내가 애 서는 것도 아닌데 웬 도다리쑥국이 먹고 싶다냐? 그렇게 투덜거리다가 바비를 불렀다. 자기는 쑥을 뜯어 올 터이니 바비더러는 도다리를 사 오라는 것이었다. 말로는 애를 서는 게 아니라고 능청을 부렸지만, 문바오는 남자를 간절하게 바라고 있는 눈치였다.

장바구니를 들고 어시장을 향해 언덕을 내려가면서 외숙모한테 소개할 만한 남자 없을까, 그런 생각을 했다. 혼자 늙기는 아까운 나이였다. 올해로 겨우 삼십에 차는 나이였다. 옆으로 자전거를 몰고 가던 젊은이가 바비 쪽을 돌아보면서 헤이, 봉주르! 소리를 질렀다. 얼굴 멀끔한 백인이었다. 전에 외숙모와 '라 메르 블루'에 앉아 와인을 마시던 프랑스 남자였다. 이름이 콩스탕이라고 했다. 벌써 아이를? 바비는 자기가 아직 어리다는 생각을 했다.

복덕방 앞에 흑인 여자가 쪼그리고 앉아 담배를 피우고 있었다. 바비를 보자마자 발딱 일어서서 다가왔다. 손을 내밀어 악수를 청했다. 손등과 손가락은 까만데 손톱은 봉숭아물을 옅게 들인 것처럼 분홍빛을 띠었다. 손이 부드럽고 손가락은 길쭉길쭉했다. 문득, 맥락 없이 오르페우스의 아내 에우리디케를 연상하게 했다.

"되 미니트, 실부플레!" 프랑스어로 잠시만 보자는 거였다. 바비는 좋다, 해놓고는 흑인 여자 옆에 앉았다. 여자에게서는 파이프 담배 냄새가 풍겼다. 외삼촌이 가끔 피우던 파이프 냄새였다. 외숙모가 반했다는 그 냄새.

"나는 아이티공화국에서 유학온 학생인데요……." 그렇게 시작한 자기소개는 한국에서 방 구하기가 참 어렵다는 이야기로 이어졌다. 여자가 담배나 피우고 그러니까 그렇지, 바비는 입을 닫고, 섣부른 타박을 참았다. 여자와 담배? 그게 어때서…… 그보다는 피부가 검다는 게 거부감의 더 큰 원인일 듯했다. 황해시는 서해안의 구석진 해안도시였다. 항구를 끼고 있으니 좀 깨임직도 한데, 외부와 단절되어 주민들의 의식이 외진 편이었다. 피부색에 대한 관념이 완악스런 데가 있었다. 항구지만 낡아서 그런지 개방성이랄까 포용성이 적었다.

"내가 알아봐 줄까요?"

"메르시 비앙!" 고맙다는 인사를 하면서 명함을 내주었다. 이름이 은데이 페파(Ndey Peepa)라고 했다. 낯선 작명이었다. 월로프어로 '엄마의 씨앗'이라는 뜻이라고 설명했다. 바비는 월로프어라는 말이 귀에 와 박혔다. 외삼촌이 세네갈강 탐사에 나갔다가 실종된 나라, 세네갈이 월로프어를 쓴다고 했던 기억이 떠올라서였다. 월로프어는 세네갈 사람들이 일상 쓰는 소통이었다. 세네갈의 공식언어는 프랑스어였다. 외삼촌은 세네갈강 하구의 쓰나미 원인을 찾아 나섰다가 안 돌아온 지가 삼 년이 되었다.

은데이 페파의 주소는 아이티공화국 포르토 프랭스 개선문가 123번지였다. 의문이 한꺼번에 몰려왔다. 월로프어를 하는 프랑스계 아이티 국적 흑인 여성? 가족사 내력이 좀 복잡스러워 보였다. 바비는 갑자기 호기심이 일어 눈을 반짝였다. 전화 있어요? 한국에서 전화 없이 못 살아요. 은데이 페파는 자기 명함에다가 핸드폰 번호를 적어 바비에게 건네주었다.

그렇게 인사를 나누고 며칠이 지났다. 바비는 외숙모 문바오에게 아이티공화국 학생 은데이 페파 이야기를 했다. 흑인 여학생이 하숙을 구하는데 받으면 어떤가 하는 제안이었다.

"다 좋은데, 뭐냐, 걔한테 노린내 안 나던?"

뜻밖의 질문이었다. 설령 암내나 노린내가 난다고 해도, 생활 공간이 분리되어 있어서 그리 문제될 일은 아니었다. 외숙모가 냄새에 민감하다는 것은 대강 아는 일이었다. 바비는 외삼촌에게서 노린내를 느낀 기억이 아스무레하게 떠올랐다. 외삼촌은 바비를 끌어안고 볼을 비볐다. 그게 인사였다. 파이프 담배 냄새와 옅은 비린내가 풍겼다. 그런 냄새가 외숙모와 어떤 추억으로 얽혀 있는지는 비밀에 싸여 있었다.

외국 학생 하나를 들여서는 수지타산이 맞지를 않았다. 그러나 손 놓고 지내는 것보다는 낫겠다 싶어 조카 의견을 따라 은데이 페파라는 흑인 여학생을 받아들이기로 했다.

하숙생치고는 짐이 너무 많았다. 누구랑 동거를 하다가 파탄이 난 건가, 그런 의문이 들 지경이었다.

짐을 옮기는 날 바비가 나서서 도와준다고 해도 은데이 페파는 손사래를 쳤다. 자기 짐은 자기가 정리해야 한다고 우겼다. 하숙방이지만 거기는 자신의 성역이니 접근하지 말라는 그런 태도였다. 뭔가 숨기고 있는 건 아닌가 미심쩍기도 했다. 문바오는 은데이 페파가 과도한 짐을 지고 산다는 생각이 들었다. 하기는 세상에 짐 없이 사는 이가 어디 있을까 싶었지만.

"학교 기숙사는 왜 안 들어간다더냐?"

"학교 기숙사가 금연시설이기 때문일 거야."

문바오의 남편 신축성은 '스모크 프리 빌딩'을 담배 자유로운 건물이라고 말하곤 했다. 그러면서 한다는 소리가 담배는 인류문화유산이기 때문에 잘 보존해야 한다고 억지 주장을 폈다. 아메리카 인디언들이 집단 안의 결속을 위해 담배를 피웠다는 연원을 이야기하기도 했다. 잘 나가는 문화는 다양한 종류의 억압을 견뎌야 하기 마련이라고 토를 달았다. 넘쳐나는 것은 모자라는 것과 동격이라는 주장이었다.

하숙이라고는 하지만, 아침, 저녁 두 끼 식사와 잠자리를 제공하는 게 전부였다. 침구는 하숙생이 장만해야 했다. 은데이 페파는 식사가 끝나면 설거지를 거들었다. 개수통에 어지럽게 흩어진 식기를 유난히 세심하게 살폈다. 한국 도자기 예뻐요, 그런 말에 이어, 그런데 왜 도자기 만드는 사람이 천민이었는지 이해가 안 간다고, 고개를 갸웃거렸다.

세탁기를 쓰자는 이야기는 하지 않았다. 빨래가 섞이는 것을 싫어한다는 눈치를 챈 것 같았다. 그림자처럼 움직이고 말을 섞는 일도 드물었다. 곱슬머리는 양쪽으로 갈래를 타서 깔끔하게 묶고 다녔다. 실한 몸매에 비하면, 아니 몸매가 그래선지 옷도 별로 유별나게 입지 않았다. 담배를 피우러 내항까지 갔다 오는 눈치였다.

아침에 부엌이나 마당에서 만나면, 먼저 인사를 건네 왔다. 하얀 이를 드러내고, 봉주르! 프랑스어로 인사하는 모양이 성격 살가운 느낌을 주었다. 문바오는 불편한 건 없는지 묻는다든지, 그런 한두 마디 말고는 말 건넬 기회가 많지 않았다. 혹시 남편 신축성이 세네갈의 여자를 만나 잠적하고 실종을 가장하는 것은 아닌가, 허황된 의문이 들기도 했다.

문바오는 프랑스어를 하는 흑인 여성? 그렇게 자기 말에 의문부를 달았다. 그런데 아이티공화국이라? 그게 어디 있는 나라지? 그 나라를 외돌려놓고 지냈다는 생각이 들었다. 기억을 더듬어보니 2010년 아이티에 지진이 일어나 25만 명이 죽고 비슷한 숫자의 사람이 부상을 당했다고 해서, 구호금을 냈던 기억이 떠올랐다. 25만 명이 지진으로 매몰되었으면 문바오가 사는 황해시 전체를 흙더미 속에 쓸어 넣은 꼴이었다. 재앙? 지구가 본래 그렇게 위험한 별이라는 생각이 들었다. 남편 신축성은 지진과 해일의 관계에 대한 연구를 하고 있었다. 세네갈에 간 것도 예측할 수 없는 해일을, 사례를 통해 연구하는 프로젝트 때문이었다.

조카 바비가 친구를 만난다고 서울에 간 날이었다. 콩스탕이 문바오를 찾아왔다. 그의 손에 잡지 『내셔널 지오그래픽』이 들려 있었다. '위험한 지구'라는 기사를 특집으로 다루었다. 세네갈의 엠바케에 있는 회교사원 미나레트에서 떨어져 죽은 동양인 소식도 전하고 있었다. 혹시? 문바오는 콩스탕의 눈을 유심히 살폈다.

"남편이 세네갈에서 실종된 게 사실이야?" 콩스탕은 그렇게 질러 물었다. 남편이 세네갈에서 실종된 것은 삼 년 전의 일이었다. 남편은 이따금 꿈에 나타났다. 남편 만나는 꿈이 사라지려면 시간이 걸리겠지, 십 년 넘게 살 섞고 산 사람의 기억이 금방 사라지지 않을 것은 의당 그러할 터였다. 그간 별스런 꿈은 없었다. 콩스탕은 코를 킁킁거리며 무슨 냄새를 맡을 듯, 은데이 페파가 쓰는 방을 쳐다보다가 고개를 저었다. 뜻을 짐작하기 어려웠다.

콩스탕은 해양학 전문가였다. 아프리카 해안의 해양지질을 연구한다고 했다. 한국에는 서해안 갯벌을 연구하러 왔는데 황해대학에서 강의도 한다고 했다. 문바오가 황해문화센터에서 그를 만났을 때, 프랑스 사람답지 않게 남편에 대해 쪼근쪼근 물었다. 문바오는 콩스탕과 남편을 찾아 나서야겠다는 생각이 고개를 들었다. 한번은 바오밥나무 열매를 들고 와서 세네갈 이야기를 늘어놓았다.

"글이 없는 사람들은 노래하고 춤추지요." 세네갈이 그렇다는 것이었다. 저건 재즈 리듬인데⋯⋯. 콩스탕은 은데이 페파의 방쪽으로 귀를 주었다. 은데이 페파의 방에서 들려오는 음악소리 같았다. 하늘에서 내려오는 소리처럼 들리는 듯도 했다.

방향을 종잡을 수 없이, 어디선가 색소폰 소리가 들렸다. 재즈를 연주하는 색소폰 소리가 은데이 페파 방 문틈으로 흘러나오는 게 확실했다. 학교에 간다며, "다녀와요!" 하고 나가는 것을 분명히 보았는데, 이해가 안 가는 일이었다.

컴퓨터를 끄지 않고 그대로 나갔나 하면서 방문을 슬그머니 열었다. 색소폰 소리는 방에서 나는 게 틀림없었다. 그런데 책상 위에 컴퓨터는 보이지 않았다. 책상 옆 벽 모서리에 기역자로 하얀 천 커튼을 드리워놓은 게 보였다. 그 안에 음향기기가 장치되어 있을 법했다. 문바오는 약간 긴장되어 가볍게 떨리는 손으로 커튼을 제쳤다. 커튼 자락을 잡은 채 그 자리에 굳어붙어 서고 말았다. 작은 탁자 위에 해골이 하나 덩그렇게 놓여 있었다. 문바오는 해골! 하면서 두 손으로 얼굴을 가렸다. 손 밑으로 자신의 해골이 만져졌다. 자기가 자신의 해골을 끌어안은 셈이었다. 그러나 야들야들한 얼굴은 해골이 아니었다. 언젠가는 자기와 똑같은 인간이었을 그 해골의 주인 공…… 그러다가 손을 풀고 탁자 위를 자세히 살폈다.

해골 주위로는 밧줄, 식칼, 말꼬리털, 옥수숫대, 작은 라디오, 낡은 등산모, 휘발유 랜턴, 약병들…… 구둣솔, 어린이 운동화…… 자기가 쓰던 것인지 남의 것인지 재래식 생리대도 한구석에 처박혀 있었다. 반들반들 윤이 나는 트럼펫과 색소폰도 놓여 있었다. 저 색소폰이 제 스스로 음악을 연주한 것인가. 어느 사이에 멈추었는지 음악 소리는 들리지 않았다.

문바오는 방문도 닫지 못하고 물러서서, 하늘을 쳐다보았다. 햇살이 눈을 찔렀다. 손으로 눈을 가리고 잠시 서 있었다. 쇳소리 섞인 탁한 음성의 노래가 흘러나왔다. 흑인가수는 '얼마나 경이로운 세상인가' 노래하고 있었다. 뜰에는 남편이 심어놓은 장미가 눈을 틔우는 중이었다. 그것은 잠시 스치고 지나는 환상 같기도 했다. 그런데 어디선가 애 우는 소리가 들렸다. 문바오는 탁자 위에 놓인 트럼펫을 다시 들여다보다가 눈길이 해골로 옮겨갔다. 다시 애기 우는 소리가 들렸다. 그것은 흑인가수가 부르는 노래의 한 구절이었다. 애기 우는 소리와 해골, 연결이 잘 안 되었다. 전에 콩스탕이 루이지애나에 다녀왔다면서, 루이 암스트롱의 시디 몇 장을 사다 준 적이 있었다. 루이 암스트롱은 트럼펫을 하도 힘주어 불어서 윗입술이 일그러져 보였다. 마치 노예의 낙인처럼. 저녁에 하숙생 은데이 페파를 불러 이야기를 들어야 하겠다면서, 방문을 닫았다. 문의 새시 갈리는 소리가 트럼펫 소리를 갈라먹었다.

저녁식사가 끝나고 셋이서 응접실 둥근 테이블에 둘러앉았다. 라운드 테이블은 좌장이 없어서 좋지, 남편 신축성의 말이었다. 집안의 자유로운 질서를 위해서는 라운드 테이블에 둘러앉아야 한다고 우겨서 사 온 물건이었다. 콩스탕도 모난 테이블을 좋아하지 않았다. 라 보테 세 롱드, 아름다움은 둥글다, 그런 알아듣기 어려운 소리를 했다. 둥근 아프리카에 프랑스 사람들이 모서리를 세웠다는 것이었다. 모성도 둥글지요, 물론 사랑도 둥글어요. 콩스탕은 그런 말을 하면서 문바오를 둥글게 끌어안았다. 작은 신전에 들어와 폭 안긴 느낌이었다.

"그러니까, 기숙사에다가 신당을 차렸다가 쫓겨났단 말이지?"

"우리 어머니의 종교가 부두교거든요."

"혼교하는 그 사교 말이지?"

은데이 페파는 아니라고, 그렇지 않다고, 농, 메 농, 농 압솔뤼망 절대 그렇지 않다고 자신의 종교를 옹호했다. 그러면서 한국의 '천지신명'을 자기도 안다고, 그게 부두교의 신 개념과 거의 같다고 이야기했다. 그렇다고 해도 해골을 하숙방에다 모셔두는 것은, 좀 거시기하지 않은가, 이야기하려다가 문바오는 딴 생각을 했다. 친구 소광수는 정액을 짜서 물감에다 섞어 그림을 그렸다. 물감에 섞인 정액이 그림의 향취를 더한다는 것이었다. 그림은 자기의 성생활이라는 희한한 소리도 했다.

"내가 징그러우면 남도 징그럽지 않아? 저 해골 주인이 누군데……?" 문바오가 이해할 수 없다는 표정으로 말했다.

"세 이스투아르 롱(이야기가 깁니다)." 그렇게 전제하고 들어보실래요? 물었다. 문바오는 남편과 같이 마시던 럼주 '캡틴 로건'을 내놓았다. 그걸 마시면서 이야기를 들을 참이었다. "긴 이야기 들어주는 건 인간의 미덕 가운데 보석이라구요." 은데이 페파가 자기 조상이야기를 꺼내놓았다. 부두교는 아이티 혁명을 가능하게 한, 흑인 결속력을 도출한 에너지원이었다는 이야기에 이어서 소설인 듯 보고를 하는 듯, 이야기를 풀어갔다.

어둠이 짐승의 숨소리처럼 스며들면서, 카누의 노꾼이 배를 움직이기 시작했다. 낮에는 배에 실린 사람들이 길을 알아 도망칠 궁리를 했다. 그리고 카누와 카누가 가까이 다가가거나 서로 비낄 때, 거기 탄 사람들이 서로 자기들 말로 몇 마디씩 주고받을 수 있기 때문에, 모략의 빌미를 제공하기도 한다. 밤길 수로를 이용해야 짐짝들이 숨을 죽였다. 카누에 손발이 묶이는 순간 그들은 짐짝이 되었다. 인간이 아닌데 지위와 계급이 존재할 턱이 없었다.

카누 바닥에서 물이 스미기 시작했다. 은데이 마가는 노예를 실어가는 배에 물이 들기도 한다는 것을 남편한테 들어서 알고 있었다. 팔다리가 묶인 채로 등짝에서부터 젖어오는 물기는 몸을 뒤틀게 했다. 몸을 움직일 때마다 팔다리 맨 쇠사슬이 살을 파고들었다. 세가, 세가! 남편을 불렀다. 남편은 이름이 세가였다. 월로프 말로 호랑이 라는 뜻이었다.

"닥치고 조용히 있어!" 배꾼은 은데이의 얼굴에다가 오줌을 갈겼다. 은데이는 입으로 흘러드는 오줌을 뱉어냈다. 정력이 센 놈은 오줌에도 정충이 들어 있다는 이야기가 떠올랐다. 그나마 사타구니에다가 오줌을 싸대지 않는 것만도 다행이었다. 몸을 뒤틀다가 엊저녁 일을 떠올렸다.

"회상과 추억은 도주의 통로가 되기도 해요." 남편이 아내에게 하는 말이었다.

남편 세가는 아내 은데이에게 거세게 달려들었다. 격렬한 사정을 세 차례 하고 나서 돌아누웠다. 잠시 호흡이 멈췄다가는 분기 어린 투로 말했다.

"당신 알 듯이 나는 성격이 불이오. 몽둥이질은 견디지만, 내 얼굴에 침 뱉는 건 못 참아. 자빠트려놓고 낯짝에 오줌을 갈기기도 한답디다. 차라리 죽는 게⋯⋯. 나는 성미 때문에 아무래도 먼저 죽을 것이요. 당신은 끝까지 살아야 해."

"말이 안 돼요. 나도 죽을 겁니다."

"무어야!" 남편 세가의 두툼한 손이 은데이의 뺨을 후려쳤다. 그러고는 꺽꺽 흐느끼다가 말을 이어갔다. 십장과 감독 같은 놈들에게 붙으란 말이지. 놈들한테 붙어서 애를 낳아줘. 사내애들은 돈이 되니까 저들이 거둘 것이오. 딸을 낳으시오. 딸이라야 생명을 이어갈 수 있소. 그 딸이 대를 이어가면서 애를 낳으면, 그 가운데 감독의 마누라도 나올 것이고 왕비가 나오지 말라는 법이 없소. 당신은 애 낳을 수 있을 때까지, 목숨 버리면 안 되오. 오늘 우리가 만든 아이 또한 딸이길 바라오. 대를 이어가면서 조금씩 달라지는 세상을 볼 것이오. 한다섯 대쯤 내려가면 세상을 확 바꾸어놓을 당신 자손이 나타날 수도 있다오. 씨는 아무래도 상관없어. 당신의 자식 가운데 프랑스나 미국 대통령이 나올 수도 있을 거요. 죽지 말아야 하오. 그렇게 말하다가 세가는 꺽꺽 목을 놓았다.

"저 할아버지가 고향 떠나면서 울었던 그분입니다." 은데이 페파는 해골을 가리켰다.

어떻게든지 살아야 하오. 그리고 원수의 씨를 배서라도 원수를 갚아야 하오. 그러자면 웃어야 하오. 당신은 얼굴이 곱고 몸이 건강해서 웃으면 남자들이 덤벼들 것이오. 그리고 적들의 말을 배우시오. 프랑스어는 어느 정도 될 것이고, 스페인어, 포르투갈어는 물론 영어를 배워두시오. 세상의 모든 개는 모국어로 짖는다오. 자기 모국어로 꼬리 흔드는 여자는 남자가 품에 안겨들기 마련이오. 대들지 마시오. 사랑한다 말하시오. 당신은 몸으로 하늘에 기도하시오. 나는 칼로 응징할 것이오. 남편 세가의 말은 성인의 말처럼, 말이 울려퍼지는 파장을 따라 환한 빛이 일렁거렸다.

"그런 밤이 지나고 할아버지 할머니 내외는 끌려나가 카누에 실리

게 되었어요." 카누가 뱃머리를 떠나자 어둠 속에서 사촌들이 낄낄거리는 소리가 들렸다. 그리고 이어서 총성이 세 번 울렸다. 노예 선적에 성공했다는 프랑스 노예무역상들의 축포였다.

"저런……." 문바오는 어금니를 사려 물었다.

"왜 하필 럼주래요? 거기다 이름까지 캡틴 로건이네요." 은데이 페파는 노예선을 생각하는지, 얼굴이 일그러졌다. 문바오는 잔을 든 손이 자기도 모르게 떨려왔다. 남편이 세네갈로 떠나면서 나누어 마시던 술이었다. 술이 남으면 콩스탕과 같이 마시게 될지도 몰랐다.

"할아버지 세가도, 그 럼주를 마시고 고통을 견뎠을 거예요." 사실은 사탕수수 농장에서 작업 능률을 올리기 위해 노예들에게 억지로 먹인 술이었다.

동녘이 훤하게 밝아오고 있었다. 밤새 강을 따라 내려오는 동안, 등짝으로 물이 괴는 속에서 하늘의 별은 유난히 맑았다. 배가 강가로 접근해서 내려가는 중이었다. 뱃전 넘어 저쪽으로, 뱃전에 가려 중도 막 없이 하늘에 떠 있는 것 같은 바오밥나무들이 서서히 다가왔다가는 물러갔다. 머지않아 항구에 닿을 모양이었다. 은데이는 프랑스인들이 와서 처음 정착한 생-루이 근처에 바오밥나무들이 무성하다는 것을 들어서 알고 있었다. 멀리서 물새 우는 소리가 들렸다.

아랫배가 터질 듯이 부풀어 올랐다. 은데이는 오줌, 오줌 소리를 쳤다. 거기다 싸는 거야, 미련한 년. 그건 이웃 마을 아저씨의 목소리였다. 오줌을 가리는 것, 인간과 짐승의 갈림길 같은 것이었다. 대변도 그렇게 싸야 할 일이 끔찍했다.

"그렇게 동족에게 잡혀가지고, 노예무역선에 실려 대서양을 건너갔다 그런 이야긴가?"

"그 이야기는 이제 너무, 알라모드, 상투화되어 애깃거리가 못 돼요." 은데이 페파가 문바오를 건너다보면서 말했다. 하기는 아프리카 노예들이 어떻게 남미로 팔려갔는지 하는 이야기는 식상할 만큼 널리 알려져 있었다. 노예는 고대부터 있었다는 학자들의 주장도 마찬가지였다. 이집트, 그리스, 로마로 내려오면서 노예들이 존재했다. 그리스 문화는 노예 빼고 설명이 안 된다는 주장도 있는 터였다. 아프리카에서, 다른 종족끼리 전쟁이 벌어지면 패배한 나라 백성들이 노예로 끌려갔다는 것은 상식이었다. 상식이 아니라 전쟁의 보편적 잔학상이 일상화된 결과였다. 그리고 동족끼리 이웃 사람을 잡아다가 노예로 팔아먹었다는 이야기도 진부한 화제에 불과했다. 노예무역선 이야기는 엽기성과 관음증적 폭력을 숨긴 채 되풀이되곤 했다. 할아버지 해골을 모시고 다니는 손녀딸……. 문바오는 자기도 모르게 고개를 꺾었다.

"세가 할아버지, 르 티그르(호랑이) 그분은 자신의 말대로, 저항하다가 죽었어요."

세가는 자신의 아내에게 부탁했던 것처럼 언제 써먹을 수 있을지 모른다는 계산으로 프랑스어를 짬짬이 익혔다. 자신이 적들의 소굴에서 벗어나기 위해서는 적들의 언어에 익숙해야 했다. 그것은 때로 위험하기도 한 양면 칼날이었다. 주인과 동료들 양편에서 오해를 살 수 있었기 때문이었다. 양편에 협조적인 인간은 양편의 적이기도 했다.

사탕수수 농장은 농장주들에게는 '하얀 황금'을 캐내는 광산이었다. 일이 날로 고되게 치달리기 시작했다. 숲에 불을 놓아 나무를 태우고 나면 그 나무를 잘라 옮겨다가 쌓아놓아야 했다. 나무를 자르는 일은 주로 건장한 남자들이 했다. 잔가지를 모아다가 정리하는 일은 나이 어린 노예와 그 어미들 몫이었다. 가끔 늙은이들도 그런 잔일을 했다. 늙어서 몸을 못 쓰는 이들이 생겨나기 시작하면서, 작업 성과가 떨어졌다. 십장은 늙은이 젊은이 가리지 않고 일이 늦어지면 채찍을 휘둘렀다. 동료 노예들이 세가에게 부탁했다.

"우리 젊은 사람들이 일을 더 할 겁니다. 노인들은 쉬다 죽을 수 있게 해달라고 감독한테 얘기해주십시오." 간절하고 진정 어린 목소리였다. 세가는 감독을 찾아가 동료들의 사정을 이야기했다.

"더러운 노예 놈들이 이제 흥정을 하러 들어? 너희들은 일터가 곧 무덤이야. 일하는 건 천국에 가기 위한 기도야." 썩 꺼지라고 소리치면서 채찍을 휘둘렀다. 채찍 끄트머리가 세가의 목줄기를 감았다. 감독이 채찍을 당기는 바람에 세가는 앞으로 고꾸라져 머리를 기둥에 들이받았다. 그러시면 안 돼요! 언제 나타났는지 아내 은데이가 감독의 옷자락을 이끌었다. 세가는 혀를 깨물었다.

피가 흐르는 목을 손으로 쓸어가면서 숙소로 돌아왔을 때, 동료들은 이제 막 숨을 거두는 웅가로 노인을 굽어보고 둥그렇게 둘러서 있었다. 세가가 웅가로 노인 앞으로 다가서서 핏발선 눈을 감겨주었다.

동료들이 물었다. 감독이 뭐라 하던가? 일하다가 죽는 자리가 우리 노예들 무덤이랍디다. 뭐라고 얘길 했는데, 그 따위 대답을 갖고 오나? 열혈당이라는 탕고르가 자기 팔뚝을 물어뜯었다. 팔뚝에서 피가 흘렀다. 탕고르는 피를 빨아 입에 물었다가 세가의 얼굴을 향해 뿜었다.

"프랑스어 아는 자식, 네가 감독에게 빌붙는 걸 누가 모를 줄 알아. 하이!(개자식)"

세가가 탕고르에게 달려들어 허리를 잡아 제쳤다. 탕고르가 나가 떨어졌다. 한참 엎치락뒤치락을 했다. 다른 동료들이 뜯어말려 겨우 떨어졌다. 세가는 탕고르에게 자기가 어떤 사람인지 보여주겠다고 나섰다. 세가가 감독을 찾아간 것은 자정 무렵이었다.

"별이 운명처럼 빛나는 밤이었어요. 세가 할아버지가 안녕을 고하는 날……."

감독 프랑수아는 갈리페 농장의 총감독 아래서 사탕수수 생산량을 높이는 노동영웅 칭호를 받았다. 그리고 남달리 온정적이었다. 그는 여자 노예들에게 자기가 낳은 자식 젖을 먹일 수 있도록 해주었다. 다른 감독들은 어미 노예가 자식에 정을 붙이면 일을 못한다는 핑계로, 아이들은 유모들에게 맡겼다. 유모들은 감독들이 자기 씨를 뿌린 밭이나 다름이 없었다. 첫아이를 낳아야 젖이 나왔기 때문에, 강제 임신을 시켰다.

"손님입니다."

프랑수아는 막 두려움에 떨고 있는 수잔나를 끌어안고 유두를 어르기 시작한 참이었다. 한밤에 손님이 있다는 것은 불길한 조짐이었다. 프랑수아는 바지를 끌어올려 어깨띠를 죄고, 총을 챙겼다. 프랑수아가 문을 빙긋이 여는 순간이었다. 문 옆에 섰던 세가가 머리로 프랑스와의 하복부를 들이받아 밀치고 들어갔다. 감독의 총이 옆으로 빠지면서 테라스 천장으로 발사되었다. 보초의 총이 감독 프랑수아를 향해 발사된 것은 그와 거의 동시였다. 세가는 바닥에 구르고 있는 프랑수아의 총을 빼앗아 그의 얼굴을 향해 겨누었다. 그러고는 방아쇠를 당겼다. 이어서 보초를 향해 두 발을 발사했다.

"봐라!" 세가는 반쪽이 휑하니 달아난, 감독 프랑수아의 머리통을 탕고르 앞에 집어던졌다. 탕고르가 세가 앞에 무릎을 꿇었다. 그리고 세가는 그 밤에 농장을 떠났다.

"증오는 증오를 통해 또 다른 증오를 낳지요."

그것은 이간질이기도 했다. 서로 증오하도록 조종하는 이간질은 주로 프랑스인들의 머리에서 나오는 책략이었다. 적을 대적하기 위해서는 적에게 다가가야 했다. 갈리페 농장에서 자기를 증명하기 위해 감독을 죽인 세가는 앞길이 막막했다. 가장 깨끗한 방법은 자기 스스로 자기 목숨을 결단하는 것이었다. 그때 아내 은데이의 얼굴이 떠올랐다. 세가의 발길이 자기도 모르는 사이, 아내가 있는 감독의 관사로 향하고 있었다.

감독관의 병사들이 횃불을 밝혀들고 말을 몰아 세가의 막사를 향해 달려오고 있었다. 막사 문에 못질을 하고 막사를 통째로 불태울 작정인 게 뻔했다. 세가는 발길을 돌려 막사를 향해 달려갔다. 모두들 피하시오, 막사가 불탈 겁니다. 세가는 막사 사이를 뛰어다니면서 불길을 피하라고 외쳐댔다. 감독관 병사들은 관사 앞에 이르러 말을 세웠다. 맨 앞에 은데이가 탄 말이 보였다.

"용서하세요. 치욕을 견디는 건 운명이 아닙니다. 당신이 치욕을 당하기 전에 내가 왔습니다." 은데이는 세가를 향해 총을 겨눴다. 은데이의 얼굴에 눈물이 흘렀다. 그리고 총성이 두 차례 울렸다.

은데이는 세가의 머리를 보자기에 싸서 병사들에게 맡기고 말을 달려 막사를 떠났다.

탕고르가 목 없는 세가의 시신을 골짜기로 옮겼다. 매장을 하기 전에 세가의 손가락을 잘랐다. 손가락 뼈로 묵주를 만들 참이었다.

은데이는 생도맹그로 끌려올 때를 회상했다. 동족에게 붙잡혀 왔던 게, 가슴에 칼을 꽂는 것처럼 아픈 기억으로 떠올랐다. 옆에 잠들어 있는 딸을 내려다보았다. 딸 피리 잔은 다섯 살이었다. 말을 배워 한참 귀염을 떨 때였다. 은데이는 앞으로 아이를 몇 더 낳을 수 있을까 손가락을 짚어보았다. 어느 딸이든지 애 잘 낳을 만한 딸을 골라 남편의 두개골을 전하리라고 마음먹었다. 남들 몰래 두개골을 탄헤르라고 하는 수리봉에다가 봉안해두었다.

은데이 페파는 손에 비즈를 들고 천천히 굴리고 있었다. 깨끗한 상아를 꿰어 만든 묵주 같은 모양이었다. 그런데 단순히 상아가 아니었다. 마디 끄트머리가 뭉툭뭉툭한 손가락 마디를 닮아 보였다. 저 애가 자기 손가락 뼈를 뽑아서 묵주를 만들어 굴리는 건 아닌가 싶었다.

"할아버지는 이 두개골을 남기고 갔어요." 은데이 할머니가 할아버지 세가의 머리를 안고 와서 감추어두고 지내다가 딸에게 넘겨주고, 또 그 딸은 다른 딸에게 넘겨주고, 그렇게 하기를 거듭해서 오늘에 이른다는 것이었다.

"누 나봉 파 레 바아이." 우리한테는 아버지가 없어요, 그렇게 말하면서 은데이 페파는 눈가에 물기를 적셔냈다. 아버지가 없다는 것은 누가 아버진지, 그건 그렇게 중요하지 않다는 뜻이라고 했다. 어머니들은 살아남기 위해, 생명을 이어가기 위해 몸을 내준 것일 뿐, 거기에 윤리 감각이라는 것은 증발해버린 그런 세월을 살아왔다는 것이었다. 그래서 어머니가 남겨준 씨앗을 전하는 역할로 생애가 마감되는 그런 사람들이라는 이야기였다. 고유명사보다는 월로프 말로 '은데이', 어머니라는 보통명사로 이름을 삼는다는 유래가 그렇다고 했다.

"한국, 이상해요, 아버지 없으면 못 살 것처럼 난리잖아요." 문바오와 바비는 은데이 페파를 다시 쳐다보았다. 문바오는 '애비 없는 호로자식'이라는 말을 떠올렸다. 자신도 그런 아이를 낳게 되는 게 아닌가, 가슴이 뭉클했다.

"어어, 왜 이렇게 어지럽지?" 문바오가 화장실로 가면서 중얼거렸다. 은데이 페파는 알겠다는 듯이 낄낄낄 웃었다. "애기는 알코올을 수용하지 못 해." 도다리쑥국을 먹고 싶다던 외숙모의 의뭉스런 말이 떠올라 바비는 혼자 웃었다. 사실은 애가 서는 것이었고, 도다리쑥국 끓일 쑥을 뜨러 간다는 게 콩스탕을 만날 시간을 마련하려는 계략이 틀림없었다. 자기 아이를 갖고 싶어서? 바비는 외숙모를 이해할 수 있을 듯싶었다.

"할아버지 할머니가 세네갈인이라면, 거기로 왜 안 돌아가고?" 바비가 물었다.

"너무 오래된 어른들이고, 거기는 나라의 목표가 이상해요. 한 민족, 한 목적, 한 믿음을 강조하는 나라라서." 바비는 월드컵 경기에서 세네갈이 프랑스를 1 : 0으로 이기고 아프리카 최강의 축구나라라는 평을 들을 때, 그들의 국가문장을 자세히 본 적이 있었다. 바오밥나무와 갈기를 세운 사자를 휘장으로 두르고 통일된 인민, 일관된 국가 목표, 국민 모두 공감하는 신앙, 그런 단어들이 찍혀 있었다. 피식민국이 식민지 본국을 이겼다는 축구 승리는, 아이티공화국의 노예혁명이 성공한 데 비견할 만한 일대 사건이었다. 문바오는 한일전에서 한국이 이기면 어떨까, 생각을 해보았다.

"나의 어머니는 베냉의 왕족 출신 노예였어요." 왕족 출신이 노예가 된다니? 바비가 공중에다가 손가락으로 물음표를 그렸다.

"노예가 되는 순간 계급 개념이 사라져요." 그것은 계급 개념이라기보다는 계급 의식이라는 게 옳다고, 바비는 생각하고 있었다. 총칼로 다스림을 받는 자들이 계급 의식을 가질 수 있을까? 바비는 고개를 갸웃했다.

"한국에 공부하러 온 이유가 뭐야?" 문바오는 양치질을 하고 얼굴을 훔치면서 거실로 나와 은데이 페파에게 물었다. 이 물음 또한 이야기가 길어요, 대답을 할 때마다 양해를 구하는 꼴이었다.

자신의 핏줄이 아프리카에 닿아 있는 것은 물론인데, 세네갈은 말한 대로 그렇고, 베냉은 정국이 불안해서 갈 수 없고, 아무튼 한국에 와서 왕족과 결혼을 해서 왕족의 아이를 낳겠다는 게 은데이 페파의 소원이었다.

"지금이 어느 시댄데, 왕족이 어디 있어?"

"전주 이씨가 왕족이잖아요? 이승만 대통령도 왕족인걸요." 그렇게 내놓으면서, 한국에서 공부해서 세네갈의 초대 대통령 레오폴드 세자르 생고르와 한국의 초대 대통령 우남 이승만을 비교하는 글을 쓰겠다는 포부를 털어놓았다.

"꿈이 야무지네, 꿈을 꾸어야 희망이 성취되지. 좋아!" 그런데 둘의 무얼 비교하려는 거냐고, 문바오는 벽시계를 흘금거리면서 물었다. 은데이는 거침없이 말했다. 식민지인, 외국 유학파, 외국인 아내, 시인, 식민국의 지식인 등등, 비교할 수 있는 항목이 제법 풍부했다.

"그럼 한문도 알아야겠네."

"그렇지요, 이승만 박사는 한시도 썼다고 하더라고요."

한국어 익히고 한문도 공부해서, 생고르와 이승만을 비교하는 글 쓴다는 포부가 꼭 이루어지기를, 문바오는 속으로 빌었다.

"한국에서 왕족과 연을 맺으려면 저 해골부터 치워야 할걸……" 은데이 페파는 고개를 숙이고, 한 손으로 비즈를 굴리면서 묵연히 앉아 있었다. 그때였다. 문바오의 핸드폰에서 카톡, 카톡 메시지 전달을 알렸다.

세네갈에 진출해서 어업을 하는 한인 교포가 올린 사진을 콩스탕이 전달하는 것이었다. 대지가 온통 화염으로 타오르는 것 같은 배경에 거대한 바오밥나무가 시커먼 몸통에 가지를 사방으로 드리우고 있었다. 동쪽으로 뻗은 가지에, 교수형을 당한 사형수처럼, 목이 걸린 사내의 모습이 다가왔다.

문바오는 그 사내가 혹시 남편 신축성은 아닐까, 그런 의문에 휩싸이면서 탁자에 머리를 처박고 있다가, 몸이 스르르 무너져 내렸다. ✻

말씀의 유령

세네갈, 라크 호스(장미호수) 근처의 여인들(촬영 : 우한용)

언어제국주의는 식민주의, 노예제도, 억압적 신분제도 등을 포함한다. 그리고 이
는 언어의 중심부와 주변부를 가르게 하고, 우월한 언어와 열등한 언어로 차등화하
는 결과를 가져온다.

말씀의 유령

1. 의문이 여행을 낳고

현장은 눈을 딱 감았다. 두 놈이 달려들어 팔을 뒤로 돌려 밧줄로 묶었다. 그러고는 바오밥나무까지 끌고 가서 나무 둥지에 동여맸다. 동네 개들이 주위를 어슬렁거리다가 컹컹 짖었다. 이른바 노예로 팔려가는 꼴이 되고 말았다. 꿈에도 생각지 못한 일이 현실로 다가오는 참이었다. 천만 그렇지 않기를 바라지만, 그것은 현실이었다. 그는 식민지에 살고 있었다. 친구 문이당 교수가 채찍을 들고 서서 낄낄거리며 웃었다. 여행을 앞두고 기분 잡치는 환상이었다.

2019년 2월 17일부터 28일까지 서아프리카 세네갈을 여행하기로, 현장은 계획을 세웠다. — 뭐 하러 아프리카까지 찾아간대요? 그 돈 있으면 저 스포츠카나 하나 사주세요. 사성그룹에 근무하는 큰아들 윤중의 요청이었다. 대충 잡아 한 2억은 들어야 하는 물건이었다. 여행비를 따진다면 윤중이 요구하는 돈의 100분의 1도 안 되는 푼돈이었다. 아프리카 여행은 사실, '한국 포스트콜로니 학회'에서 발표할 준비를 위한 것이었다. 현장은 큰아들 윤중이 그렇게 나올 줄 알았다는 듯이, 사무적으로 대답했다.

여행의 일차적인 목적은 아프리카 노예들의 삶을 재구성해보고자 하는 것이다. 노예제도와 노예무역은 인류사의 3대 범죄 가운데 하나이다. 내가 생각하는 인류사의 3대 범죄란 지구 자체를 파괴하는 환경오염, 전쟁을 비롯한 각종 폭력과 테러, 그리고 인류 최초의 인종차별로 규정되는 노예제도이다. 그건 식민지와 연결되어 있다.

— 남의 나라 식민지 걱정 치우고 우리나라 현실이나 고민하는 게 국민된 도리 아닐까요? 저는 외국어연수 비용이 없어요. 작은아들 윤걸이 그렇게 치고 들어왔다. — 나라 세우는 거, 그게 얼마나 대단한 일인지 너희들 아냐. 그것만도 벅찬 일이다. 너희 아버지 백 사람 모여도 그거 못한다. 그런데 세네갈 대통령 생고르는 그걸 해냈단다. 그러나 현실은 한국에 있다. 아내 장미란도 아들들과 같은 톤이었다. 거기다가 위험하지 않은가, 아내 장미란은 걱정을 들이대었다. — 위험한지 위험하지 않은지는 따라와보면 알 게요. 현장은 약간은 속이

꼬인 어투로 말했다. 늙은 교수가 낡은 노트를 들고 들어와 읽어주던 것처럼, 공식적인 어투였다.

노예제도는 식민지와 연관된다. 세네갈은 프랑스의 식민지를 체험한 나라다. 세네갈의 공식언어는 프랑스어로 되어 있다. 프랑스어는 유럽의 상층언어, 정치, 외교, 경제 방면의 고급언어로 자타가 공인하는 바이다. 정치, 경제, 사회는 물론 학문과 문학 등 높은 수준의 언어문화를 형성하고 있는 것이다. 프랑스어가 이렇게 높은 위상을 유지하는 데는, 오래전부터 펼쳐온 프랑스의 언어정책이 기여한 바가 크다. 프랑스의 자국어 정책이 식민지 언어정책과는 어떤 연관이 있는가 하는 점도 현장의 관심 영역으로 들어왔다.

— 세네갈, 갈치 많이 잡히는 나라잖우? 거기다가 원룸 빌딩 하나 세우면 어떨까요? 아내 장미란이 주부다운 관심을 보였다. 세네갈 가서 갈치조림을 먹고 싶다는 이야기도 했다. — 괜찮은 나라 같아요. 축구도 잘하고요. 윤걸이 덧붙였다. 윤중이 맞다고 맞장구를 쳤다. — 캐나다가 어학연수 비용이 덜 든다던데. 식구들 모두 한꺼번에 손을 내미는 건 아닌지. 현장은 가슴에 돌이 얹힌 것처럼 내려앉았다. 현장은 자판을 두드려 입력하는 방식으로 대화를 이었다.

아프리카, 식민지, 식민지 언어, 언어정책 등과 노예무역으로 구체화된 인간에 대한 인간의 차별(인종차별) 등, 매우 복잡한 문제가 얽혀 있는 나라가 세네갈이다. 세네갈은 서부 아프리카 노예무역의 중심지 역할을 했다. 그러면서도 정치적으로는 안정되어 아프리카 나라 가운데, 쿠데타가 없던 나라라는 기록도 세웠다.

— 시인이 대통령을 했다고, 쿠데타가 없었다고 당신이 이야기했는데, 그게 뭔 관계요? 현장은 아내 장미란의 목에 주름이 진 것을 흘깃하다가, 앞으로 몇 번이나 아내와 같이 여행을 할 수 있을까, 그런 생각과 함께 아내를 다시 쳐다봤다. — 두 사람 여행비 한 천은 들어요? 오피스텔 꼭 천만 원이 있어야 하는데. — 그건 그렇고…… 세네갈의 인물은 누가 있어요? 윤걸이 물었다. 말로 해도 되는 것과 글로 써야 전달이 되는 언어 행위는 차원이 서로 달랐다. 감정 돋구지 않고 글로 풀어내는 것이 편하기도 했다. 현장은 생고르에 대해 대충 정리해서 말했다, 논문 원고를 입력하듯이.

잘 알려진 것처럼, 세네갈은 시인이 대통령을 한 적이 있다. 그는 식민 본국 프랑스로 유학하고 프랑스에서 교사로 근무한 적이 있었다. 레오폴드 세자르 생고르(Léopold Sédar Senghor, 1906.10.9.~2001.12.20.)가 4회에 걸쳐 대통령으로 나라를 운영했다. 그는 프랑스어로 시를 쓴 시인이었다. 그리고 그가 내세운 정치기구, 아니 문화연대 가운데 하나가 프랑코포니(Francophonie)이다. 이는 통상적으로 프랑스어권 연합으로 불린다. 그런데 특정 권역에 한정되는 것이 아니라 전세계에 흩어져 있는 프랑스어 상용 권역을 묶은 조직이다. 즉 프랑스 본토를 포함한 '프랑스어권 연합'이라는 정치 연합체였다.

생고르는 세네갈이라는 한 나라보다는 아프리카를 대상으로 하여 네그리튀드(Négritude, 흑인정신, 흑인성)라는 정신가치 발양에 노력을 기울였다. 아프리카 중심의 흑인들이 지닌 문화적 독자성과 특성, 그리고 삶의 철학 등을 발굴하는 일종의 정신특성 구명을 위한 작업이었다. 그것은 범아프리카주의를 지향하는 이데올로기였다.

— 왜 꼭 아프리카에서도 세네갈이라야 한대요? 아내 장미란이 딱부리 눈을 치떴다. — 세네갈 여행을 하는 동안 노예 문제를 소설로 쓸 자료를 찾아보려고 그러오. 아울러 식민지, 언어정책, 식민지 언어에 대한 대응 논리로서 언어 주도권 문제를 생각해보고자 하는데, 우리가 겪고 있는 언어 현실에 대한 자각적 인식과 연관되는 사항이라서 중요한 과제라오. 마침 어느 학회에서 발표도 있고. — 아프리카 가려면 황열병 예방주사도 맞아야 하고, 골치 아파요. 큰아들 윤중의 배려심 있는 말이었다. — 황열병, 그거 걸리면, 치사율이 99.9%래요. 현장은 왜들 이러나, 섭섭한 마음이 들기까지 했다. 아무튼 세네갈은 현장에게 궁금한 게 많아 꼭 가봐야 하는 땅이었다.

2. 〈말모이〉 — 말을 삼키는 괴물

— 요새 말모이가 한참 뜬다는데, 말로 벌어먹는 당신은 꼭 보아야 할 거 아니에요? 당신은 돌아다니는 것만 문화인 줄 아는데 그건 동네 계꾼 아줌마들도 해요. — 하긴 영화관에 언제 갔던가 기억도 없네. — 그러니 아프리카 포기하고 서울서 한국을 즐기자구요. 현장은 모처럼 자기 지갑을 열어 입장권을 사서 영화를 보았다. 영화가 진행되는 중에 아내 장미란은 간간 눈물을 흘리는 기색이었다. 현장은 코끝이 찌잉하기는 했지만, 눈물을 흘릴 정도는 아니었다. 영화를 보고 와서 현장은 자기가 본 영화에 대해 대강 정리를 해두었다.

〈말모이〉는 국어사전이란 뜻이었다. 이 영화의 기본적인 소재는 '조선어학회사건'이다. 조선어학회사건은 식민지 시대 한국이 한국어를 수호하기 위한 사전 편찬 작업 과정에서 발생한 사건이기 때문에, 식민지와 언어의 문제를 생각할 수 있는 소재를 몇 가지 제공한다.

이 작품의 소재가 된 조선어학회사건은 '1942년 10월부터 일제가 조선어학회 회원 및 관련 인물을 검거해 재판에 회부한 사건'으로 규정된다.

한말에 일어났던 한글운동이 3·1운동 후 다시 일어나면서, 1921년 12월 뒤에 조선어학회로 이름을 고쳐 부르게 된 조선어연구회가 창립되었다. 1929년 10월에는 조선어사전편찬회가 조직되었다.

이로써 민족의 숙원이며, 문화민족의 공탑이요 민족정신의 수호인 사전을 만들기 위한 일이 시작되어, 사전 편찬의 바탕이 되는 '한글맞춤법통일안', '표준어사전', '외래어표기법' 등을 제정하는 등 우리말과 글을 연구하고 정리해서 보급하는 일을 계속하고 있었다.

일제 탄압이 점점 가혹해지자 조선어학회는 사전의 편찬을 서둘러 1942년 4월에 그 일부를 대동출판사(大東出版社)에 넘겨 인쇄를 하게 되었다. 기차 안에서 한국말을 한 여학생을 검거하여 취조하는 중에, 조선어학회가 민족주의 단체로 독립운동을 한다는 사실이 밝혀진다. 이후 1943년까지 33인이 구금되고, 취조 재판을 거쳐 옥살이를 하게 된다. 이들에게 적용된 죄목은 "고유 언어는 민족의식을 양성하는 것이므로 조선어학회의 사전 편찬은 조선민족정신을 유지하는 민족운동의 형태"라는 것이었는데 이는 당시 '치안유지법'의 내란죄에 해당하는 것이었다.

— 영화를 보고 뭐가 기억에 남소? 현장이 아내 장미란에게 물었다. — 나 졸지 않았다구요. "말은 민족의 정신이요, 글은 민족의 생명이다." 그런 대사가 기억나는데, 말이 민족의 정신이라는 건 이해가 가는데, 그게 생명은 아니잖아요? 공연히 생명을 낭비하는 거 같

아서 좀 거시기해요. — 그런 건, 사실 여부를 따질 일이 아니라오. '언어민족주의'를 환기하는 내용인데 그건 언어 도구관에 맞서는 이념이랄까 그런 거지. — 당신은 이제 나한테도 뭘 설명하고 가르치려 하는구려, 그거 직업병 아니랍디까? 말하자면, 부동산을 잃은 집안의 오갈 데 없는 동산, 그 너절근한 살림살이 그게 언어라는 거 아뇨? 엘에이에 가서 부동산 하자면 영어 빠싹하게 해야 하는데, 그거 못하는 이들이 한인들 빤히 올려다보면서 복덕방이나 하고 그래요. 현장은 그럴지도 모른다고 입맛을 다셨다.

교육제도를 통한 언어 통제, 사회적 관행을 개조하는 언어 통제, 나아가 민족어 말살로 이어지는 식민정책을 어떻게 이해할 것인가 하는 생각을 거듭했다. — 작중인물들이 부르는 노래, 특히 〈반달〉은 가슴을 에는 슬픔이 배어 있어요. — 노래에 가슴 베이는 여자, 그래서 노래는 식민지 억압 속에서 민중이 버텨나가는 힘이 되는 거라오. — 세네갈은 프랑스 식민지였다지요? 현장은 고개를 끄덕였다. 작은아들 윤걸일 데리고 가서 거기서 어학연수 하라 하면 어떨까 하는 생각이 들기도 했다. 그러나 한국과 세네갈은 언어 상황이 달랐다. 한국의 식민지 시대 언어 상황은 현장이 찾아가는 세네갈의 언어 상황과는 상거(相距)가 있는 게 아닌가 하는 생각을 불러왔다. 세네갈의 공용어가 프랑스어라지만 식민지 프랑스어라는 족쇄가 걸린 언어였다.

프랑스 식민지를 당하는 동안, 세네갈은 프랑스어를 적극 수용하여 프랑스 유학파 대통령을 뽑기도 하고, 프랑스어로 쓴 시가 그 나라 현대 고전문학으로 통용되는 상황을 만들어냈다. 물론 세네갈을 겨우 며칠 여행하는 과정에서 확인하고 평가할 수 있는 사항은 아니다. 그러나 식민지 체험이라는 공통점을 바탕으로 생각을 정리해나갈 수 있었다.

영화를 보고 나서 확인한 사실 가운데 하나는 세계 여러 언어 가운데, 자기 나라 말로 된 사전을 가지고 있는 나라가 전세계에서 20여 개국밖에 안 된다는 점이었다. 자국의 언어로 교육을 해나가는 경우는 몇 나라나 되는가 하는 점도 관심의 하나였다. 연변 조선족 자치주가 독자성을 유지해갈 수 있는 것은 소수민족의 언어인 한국어를 바탕으로 '대학'을 운영할 수 있다는 능력이 기반이 되기도 한다. 세계적으로 한국어의 언어 인구와 언어 역량에 대한 고려가 있어야 하리라.

— 식민지 겪은 한국어 문제를 연구하는데 꼭 세네갈까지 갈 필요가 있어요? — 같이 안 간대도 당신 여행비 현금으로 돌려줄 건 없소. — 내가 비행기 안 타면 내 여행비는 당신 지갑에 있을 거고, 나한테 손 안 벌릴 거잖수? — 맘대로 하소, 가는 김에 마누라 넷 데리고 사는 사내들도 만나볼 참인데, 맘대로 하라고. — 말이 그렇다는 말이지요. 아내 장미란이 현장의 팔뚝을 집어 뜯었다. 현장이 악 소리를 지르자, — 날씨는 어떻대요? 천연덕스레 화제를 돌렸다. — 당

신이 찾아보소. 난 전천후니까. 전천후, 그것은 한때 현장의 별명이었다. 현장은 어디선지, 날씨가 돈이다, 그런 말을 들은 기억이 떠올랐다.

3. 불법적인 기도

— 아버지 문법은 법인가요 아닌가요? 막내 윤걸이 집에 들어오자마자, 서재에서 작업을 하고 있는 현장에게 다가들며 물었다. — 법이니까 법이라고 이름을 달지 않았겠느냐? — 법적 구속력이 있느냐 말이지요? — 왜 그러는데, 뭔 일이 있었냐? — 우리 학교 교수가 한국어 존대법을 폐기해야 한다는 논문을 썼걸랑요. 그런데 학회에서 그 논문을 발표했다가, 양천향교 재장의 지팡이에 얻어맞고 머리가 터졌어요. 졸라 웃기는 사람들이지요? 그 재장인가 교장인가 하는 사람은 법 없이 살 사람이라고 섬김을 받는 인물이래요. 현장은 입을 다물지 못했다. 자신의 말이 곧 법인 사람에게 다른 법이 필요할 까닭이 없었다. 자신은 모국어고 젊은 것들은 외국어인 셈이었다.

우리 언어(국어, 한국어)가 외국어로 덧칠해져 정체성을 상실하고 있다는 비판은 프랑스의 자국어 정책을 환기하게 한다. 프랑스의 경우, 17세기부터 추진해온 프랑스어 운용과 유지 향상 문제에 대한 법제화를 바탕으로 프랑스어의 규칙과 사용 방법 등을 법으로 규제하고, 이 법을 어겼을 경우 처벌하는 법을 시행하고 있다. 그러나 우리는 그러한 법적 규제를 하고 있지 않다. 언어가 혼란스럽다는 한탄은 의식 있는 인사들이 자주 입에 올린다. 문법은 법적 강제력을 가지지 못했다.

프랑스의 경우 자국어에 적용하는 법적 규제를 프랑스 식민지 지역에도 동일하게 적용한다. 이는 프랑스의 식민지 언어정책인 동화정책(l'assimilation)과 연관되는 사항이다. 무력으로 한국어를 말살하고 일본어 사용을 강제하던 한국과는 상황이 같지 않음은 물론이다. 식민지를 벗어나 자국어로 나라를 운영하는 우리의 언어혼란과 프랑스의 언어정책은 같은 논리로 규정하거나 평가하기 어렵다.

다만 우리 국어(한국어)에도 법적인 통제를 하고 있다. 그게 '국어기본법'이다. 국어기본법은 2008년에 공포되었고, 그 후 부분적인 개정이 있었다. 2011년 4월 14일에 개정 공포된 '법'의 총칙에는 다음 사항이 포함되어 있다.

제1조(목적) 이 법은 국어 사용을 촉진하고 국어의 발전과 보전의 기반을 마련하여 국민의 창조적 사고력의 증진을 도모함으로써 국민의 문화적 삶의 질을 향상하고 민족문화의 발전에 이바지함을 목적으로 한다.

제2조(기본 이념) 국가와 국민은 국어가 민족 제일의 문화유산이며 문화 창조의 원동력임을 깊이 인식하여 국어 발전에 적극적으로

힘씀으로써 민족문화의 정체성을 확립하고 국어를 잘 보전하여 후손에게 계승할 수 있도록 하여야 한다.

제3조(정의) 이 법에서 사용하는 용어의 뜻은 다음과 같다.

(1) "국어"란 대한민국의 공용어로서 한국어를 말한다. (2) "한글"이란 국어를 표기하는 우리의 고유문자를 말한다. (3) "어문규범"이란 제13조에 따른 국어심의회의 심의를 거쳐 제정한 한글 맞춤법, 표준어 규정, 표준 발음법, 외래어 표기법, 국어의 로마자 표기법 등 국어사용에 필요한 규범을 말한다. (4) "국어능력"이란 국어를 통하여 생각이나 느낌 등을 정확하게 표현하고 이해하는 데에 필요한 듣기 · 말하기 · 읽기 · 쓰기 등의 능력을 말한다.

제4조에는 이 법에 대한 국가와 지방자치단체의 책무가 명기되어 있다. ① 국가와 지방자치단체는 변화하는 언어 사용 환경에 능동적으로 대응하고, 국민의 국어능력 향상과 지역어 보전 등 국어의 발전과 보전을 위하여 노력하여야 한다. ② 국가와 지방자치단체는 정신상 · 신체상의 장애로 언어 사용에 어려움을 겪고 있는 국민이 불편 없이 국어를 사용할 수 있도록 필요한 정책을 수립하여 시행하여야 한다.

이 법에서 국어, 한글, 어문규범 등 용어에 대한 규정을 하고 있지만, 언중들의 의식은 못 미치는 걸로 보인다. 한 예가 언어와 문자를 혼동하는 경우를 자주 보인다는 점이다. '국어=한글'이라는 인식을 퍼트린 것은 '한글'에 대한 과도한 가치부여 때문으로 보인다. 물론 우리말을 지키는 일이 우리글을 지키는 일과 동등한 의미를 지녔던 역사체험이 그러한 인식을 불러왔을 것이다.

— 문화란 본래 그렇게 요란하게 굴러가는 법이다. — 문화가 '동사'라는 말이지요? 막내 윤걸이 대학에 들어가 부쩍 독서에 매달리는 게 신통했다. 문화가 동사라는 것도 독서 결과 얻은 지식으로 보였다. — 아버지는 '한글전용'과 '한자혼용' 어디에 찬성하세요? — 언어정책과 연구는 다른 길이다. 말하자면 정책으로 결정되면 오래 지속해서 그걸 유지하는 게 좋다. 그런데 우리는 너무 자주 정책을 바꾼 데 문제가 있다고, 나는 본다. — 어른들은 외국어를 너무 사용해서 한국어의 순정성이 훼손된다고들 하는데, 아버지도 그렇게 생각하세요? — 그렇지. 일상생활은 물론, 문화 실천과 학술활동에도 외국어를 과도하게 사용한다는 지적은 딱 맞는 말이다. 내가 예를 들 테니 볼래? 현장은 자기 눈에 거슬리는 외국어 부스러기를 예로 들었다. The#(아파트), 더뉴스(뉴스 시간), NH 농협, LH, KT&G, K-water, POSCO(Pohang Iron & Steel Company Limited),…… 예를 들기로 하면 끝이 없을 듯했다.

근간에 한국의 대중노래, 케이팝(K-pop)은 가히 세계적인 열풍을 불러일으키고 있다. 예컨대 '방탄소년단'의 노래는 빌보드 차트 1위를 기록하기도 했다. 그들 앨범 〈LOVE YOURSELF 轉 — TEAR〉 가운데 〈FAKE LOVE〉란 제목의 가사를 '유튜브'에서 찾아 막내 윤걸과 함께 들었다.

널 위해서라면 난/ 슬퍼도 기쁜 척할 수가 있었어/ 널 위해서라면 난/ 아파도 강한 척 할 수가 있었어/ 사랑이 사랑만으로 완벽하길/ 내 모든 약점들은 다 숨겨지길/ 이뤄지지 않는 꿈속에서/ 피울 수 없는 꽃을 키웠어

I'm so sick of this/ Fake Love Fake Love Fake Love

I'm so sorry but it's/ Fake Love Fake Love Fake Love

I wanna be a good man just for you/ 세상을 줬네 just for you/ 전부 바꿨어 just for you/ Now I dunno me, who are you?/ 우리만의 숲 너는 없었어/ 내가 왔던 route 잊어버렸어/ 나도 내가 누구였는지도 잘 모르게 됐어/ 거울에다 지껄여봐 너는 대체 누구니

— 아유, 왜 이렇게 시끄러워요? 애들하고 뭘 하는 거예요! 유튜브에서 방탄소년단의 노래를 찾아서 듣고 있는 중이었다. — 영어랑 한국어를 둘 다 공용어로 하면 어때요? 캐나다는 공문서가 모두 영어와 프랑스어 두 가지를 쓰던데, 그래서 캐나다 몬트리올로 어학연수를 가려는 거라구요. 저한테 투자하세요, 아버지. 형이 스포츠카 몰고 다니다가 사고 치는 것보다 한결 알찬 투자라니까요. — 아직두 그놈의 음악 안 끄고, 시끄러워서 기도를 할 수도 없네. — 엄마의 감수성이 낡아서 그래요. 막내 윤걸이 들이치는 투로 말했다.

— 걔들, 국제적인 반향을 고려해서 영어 쓰는 거라구요. 노래는 내용이 우선이 아니라 노래가, 리듬이 우선이라니까요. 이런 노래 원어로 부르기 위해 '한국어'를 공부하는 외국 팬(애청자)이 얼마나 많은데요. 그게 돈이라니까요. — 그게 어디 정당한 의미의 '한국어'냐, 잡탕밥이지. 현장은, 이렇게 어지러운 현상을 한국어를 풍부하게 하는 일이라고 가치부여를 할 방법은 없을까? 식민지 시대 일상어에 일본어 단어를 섞어 쓰던 버릇이 영어로 옮겨 붙은 것은 아닐까? 프랑스어권 출신 가수들이 영어로 노래해야 세계적인 가수가 되는 그런 맥락과는 어떤 관계가 있을까? 현장은 머리가 어지러웠다. 아무래도 아직 식민지 상황을 벗어나지 못하고 있다는 생각을 떨쳐버릴 수 없었다.

4. 불개미의 식성

아들 둘이 번갈아 집에 드나들었다. 스포츠카와 해외 어학연수 티켓을 들이대면서였다. 아내 장미란은 큰아들 윤중과 작은아들 윤걸, 둘을 낳고는 단산해버렸다. 중간은 없었다. 그리고 아내 장미란은 늘 아들들 편이었다. 현장은 자신이 어떤 식민지 가정의 늙은 가장이 된 것처럼, 무기력에 빠져 지냈다. 이번 여행에 대해서도 형편이 다르지 않았다.

— 세네갈에 가시면 어떤 언어로 소통하세요? 작은아들 윤걸이 물었다. — 요새 영어 몇 마디 하면 세계 어딘들 못 가겠냐? 아내 장미란이 그렇게 작은아들을 눌러놓는 시늉을 했다. 그건 정말 시늉이었다. 현장은 세네갈이 프랑스 식민지였다는 이야기를 했다. — 그럼 아버지 프랑스어 실력이면, 밥 굶지는 않겠네요. 비아냥거리는 투가 분명했다. 캐나다로 같이 가자는 이야기는 하지 않았다. 현장의 관심은 아프리카 지역 식민지, 그 역사에 가 있었다. 식구들의 시비조 말투는 귀곁으로 흘리기로 했다. 그것은 고독으로 가는 길이었다.

현장은 자신이 여행 준비를 얼마나 철저하게 하는지 보여주기라도 하려는 듯이, 인터넷 자료 찾아 파일에 묶어두었던 것을 모자 앞에 내놓았다. 아프리카 대륙의 식민화 과정을 기술한 글 가운데 프랑스 관련 항목들이었다.

사하라 이남의 아프리카에 내항한 최초의 유럽인은 1364~1365년의 프랑스인이었다는 설이 있다. 이후 16세기에 들어 유럽인들의 아프리카 진출은 항해, 탐험, 제국주의 등으로 구체화된다.

1530년대 이후 프랑스를 비롯하여 네덜란드·영국·덴마크 등 여러 나라가 아프리카 서해안에 무역기지를 개설하기 위해 배를 타고 와서 달려들었다. 당시 항해가들은 금을 찾아 나섰으나, 여의치 않자 상아(象牙)와 노예를 유럽으로 실어 날랐다.

세네갈의 생-루이(Saint-Louis)를 전진기지로 삼고 있던 프랑스는 적도아프리카로 진출하기 시작한다. 현재 가봉의 수도인 리브르빌에 전진기지를 세우고 노예무역과 영토 확장에 전력투구하였다.

1776년 미국의 독립, 1789~1794년 사이 프랑스혁명의 결과 노예해방의 움직임이 나타났다. 노예 대신 영토 쪽으로 관심이 전환된다. 프랑스는 영국, 미국과 함께 아프리카 대륙 내부를 침략하기 위한 교두보(橋頭堡)를 만드는 데 부심한다. 여기 동원되는 이들이 탐험가들이다. 1818년 세네갈강 유역을 탐험한 프랑스인들은 적도아프리카로 진출을 시도한다. 1870~1880년대에는 프랑스인 브라자(Pierre Savorgnan de Brazza, 1852~1905) 등이 동부에서 콩고강 유역을 거쳐 남부 아프리카 등의 내륙을 탐험했다. 현재 그 콩고의 수도는 탐험가의 이름을 따서 브라자빌이 되었다.

이와 같은 탐험과 병행하여 프랑스와 영국, 독일은 서부 아프리카에서, 영국과 독일은 동부 아프리카에서 식민지 확보에 열을 올렸다. 그러나 영국에서는 1850년 무렵부터 산업자본이 발전하여 자유무역론이 굳어졌기 때문에 식민지를 강탈해 통치하는 데는 소극적인 태도를 보였다. 서부 아프리카에서 영토를 획득하는 데는 프랑스가 우세하였다.

북부 아프리카에서는 1798년 나폴레옹이 이집트를 원정하고, 이집트의 요청으로 군대를 파견한 영국이 1801년 카이로를 점령하여 북부 아프리카에 관심을 가지기 시작한다. 프랑스는 1830년 알제리를 점령한다.

적도아프리카에서 각축하던 프랑스, 영국, 독일은 차드호(湖)를 집어먹기 위해 전쟁을 벌인다. 수단을 점령하려는 프랑스와 영국 군이 충돌한 것이 파쇼다 사건(Fashoda Incident)이다. 1898년 7월에서 9월 사이, 영국의 남북 종단정책과 프랑스의 동서 횡단정책이 남수단의 코도크 지역 나일강 계곡에서 충돌한 것이다. 프랑스는 모로코를, 영국은 이집트를 점유하는 걸로 일단락된 이 사건은 아프리카 분할 경쟁의 시발점이 된다.

그 결과 제1차 세계대전 직전에는 아프리카 대륙은 에티오피아와 라이베리아 두 개의 형식적인 독립국을 제외하고는 식민지 대륙으로 바뀌었다.

— 아버지, 자료 보니까, 아프리카 역사 훤히 꿰고 계신데, 아프리카에 직접 찾아가는 여행은 낭비 아닐까요? 인류학을 하는 것도 아닌데, 꼭 돈 들여서 현지답사를 해야 돼요? 현장은 흠칫했다. 기회가 주어진다면 '서사인류학' 같은 걸 구축해보고 싶었다. 인간과 이야기의 구조적 뒤얽힘, 이야기가 인간의 의식을 지배하고, 이야기가 만든 의식에 따라 행동하며, 문화를 창출하는 과정에 대한 논리적 설명을 도모하는 학문이 '서사인류학'이라는 것이었다. 굳이 프랑스어로 용어를 만들어 본다면 'anthropologie narrative' 쯤이 될 터였다. — 소설이 허군데, 허구적 상상력을 작동시켜 소설을 만들어야지, 대상이 있으면 오히려 소설 잘 안 써지잖아요. 그러니 아프리카 포기하고, 저

랑 엄마 캐나다 어학연수 보내주시지요. 현장은 네 속 다 안다, 하는
식으로 입을 닫았다.

5. 언어라는 포획망

　작은아들 윤걸이 다녀간 다음 날이었다. ― 아무래도 맘이 안 놓여
요. 아프리카 가서 거기 흑인들하고 지내야 할 텐데, 어떻게 맘이 편
해요? 윤걸이가 그러는데 한국인 관광객은 돈 뜯어내는 표적이래요,
위험해요. 아내 장미란은 현장이 글을 쓰고 있는 서재로 들어와 걱
정이 그득한 얼굴로 아프리카 여행을 만류했다. ― 흑인들하고 지낸
다는 게 무슨 뜻인데? 뭘 어떻게 하는 걸 생각하고 있는 거요? ― 내
가 성폭력을 당한다든지 당신이 테러라도 당하면 어떡해요? ― 항공
권까지 사놓았는데, 지금 취소하면 항공료 다 날린다니까. 아내의 행
복은 남편에 대한 신뢰에 비례한다오. 날 믿고 맘 놓구 다녀옵시다.
― 당신을 믿고? ― 못 믿으면 말고. ― 그런 말이 어디 있어요? ―
이거나 봐주소. 프랑코포니 자료인데, 당신도 어학 공부했으니 참고
가 될 게요. 아내 장미란이 안경을 찾아 쓰고 자료를 읽었다. 현장은
내일은 더 미루지 말고 항공권을 결제해야 하겠다는 생각을 했다. 식
구들 때문에 미루어나갈 일이 아니었다.

프랑스 식민지를 경험한 나라들의 조직체 가운데, 우리는 프랑코 포니(francophonie)를 비껴갈 수 없다.

프랑스어권 국제기구는 프랑코포니 정상회담에서 정한 기구 목적에 따라 정치 활동 및 국가간 협력을 지휘한다. 정상회담에서는 가맹국 수뇌들이 모여 국제 정세 및 세계 경제, 프랑스어 지위 신장을 위한 협력, 인권 문제, 교육, 문화, 민주주의 발전 등의 주제에 대해 논의한다. 프랑코포니의 활동은 4년 단위로 계획되며 그 가맹국들이 자금을 댄다.

기구의 역할 및 목적은 '프랑코포니 헌장'에 명시되어 있다. 현재의 프랑코포니 헌장은 2005년 11월 25일 마다가스카르 수도인 안타나나리보에서 채택된 것이다. 2004년 11월 26일~27일 와가두구 정상 회담에서는 2004년에서 2014년까지의 활동 계획서를 채택했다.

프랑코포니 정상 회담에서 정한 4대 목적은 다음과 같다.

(1) 프랑스어와 프랑스어권의 문화 및 언어 다양성 신장 (2) 세계 평화 및 인권과 민주주의의 신장 (3) 고등 교육과 과학 연구 지원 (4) 지속적인 발전을 위한 협력 확대

식민지를 벗어나 자율적인 국가운영이 가능해지긴 했지만, 언어적으로 종속된 상황에서 이런 목적이 정당하게 달성될 수 있을지는 의문이다. 언어 측면에서는 1항과 3항이 주목된다. 1항의 문화다양성과 언어다양성이란 무엇인가. 자국어(종족어)와 프랑스어를 어떻

게 공존하도록 하면서 상호 발전을 기할 수 있을까. 여기서 고려할 다른 문제는 세네갈이라는 하나의 나라 안에 부족 혹은 종족에 따라 다른 언어를 사용하고 있다는 점이다. 한 국가 안에 다중적인 언어교착이 어떻게 해결될 수 있는가. 공식 언어로 프랑스어를 선택할 경우, 부족의 언어 소통을 위해서는 부족에 따라 각기 다른 판본을 첨부해야 하는 난제가 생기게 마련이다. 그래서 생고르 같은 경우, 세네갈을 내세우기보다 아프리카를 프랑스어권과 맞서는 문화 대타항으로 설정한다. 그게 네그리튀드이다.

— 세네갈에 가면 바오밥나무 볼 수 있는 거지요? 장미란은 남편을 끌어안으면서 물었다. 어색한 포옹이었다. 현장은 바오밥나무는 어쩌면 모든 아프리카인들이 끌어안아도 충분할 만큼 우람하고 포용력이 클 거라 생각했다. 이념의 나무는 그렇게 품이 큰 법이다. 바오밥나무는 아프리카인을 위한 '세계수'라야 했다. 생고르가 세네갈인들이 다 기댈 수 있는 거목인지는, 확증할 자신이 없었다. — 작은애 캐나다 여행비는? — 알바 나가기로 했대요. — 공연히 갑질이나 당하다 기어들어오는 건 아닌가. 아내 장미란은 대답이 없었다.

6. 임페리얼 호텔과 양주 임페리얼

현장의 생일이었다. 두 아들과 아내가, 가장인 현장이 생일을 맞았다고 한턱 쏘기로 했다는 것이었다. 스포츠카나 캐나다 어학연수 열풍은 잦아든 모양이었다. 광화문 '임페리얼 호텔' 뷔페에 자리를 예약해두었다. ― 호텔 이름이 왜 이러냐? ― 아버지 임페리얼 위스키 사드리려고요. ― 그 비싼 걸 왜 마셔? 창자 놀랄라. ― 임페리얼 위스키가 뭐 그렇게 고급인가요, 아무튼 이름이 근사하잖아요? ― 가짜일수록 외양이 화려하다. ― 당신두, 애들이 이런 자리 마련했으면, 고맙다고 생각해야지요. ― 그야 고맙지, 그런데 내 관심은 다른데 있어서 그저 대충 먹고 들어갔으면 한다. ― 이런 '비옥한 시간' 아니라면 당신 삶의 핵심은 뭐야? 아내 장미란의 말 가운데는 김현승 시인의 한 구절이 포함되어 있었다. 현장은 자신을 의심하기 시작했다. 소설가라는 표 딱지를 달고 살기는 하지만, 현실을 한참 모르는 소설가였다. 자신의 서사의식이 해체되는 과정에 있는지도 모를 비설가(脾泄家)쯤으로 명명할 수 있는 존재라는 생각을 하곤 했다. 큰애가 아내에게 영수증을 건네는 눈치였다. 아내는 현장의 손에 영수증을 슬그머니 쥐여주었다. 택스 포함해서 623,500원, 현장은 눈을 비비고 영수증을 다시 쳐다봤다. 눈앞이 뿌옇게 흐렸다. 임페리얼 호텔에서 임페리얼 양주를 마시고 돌아온 현장은 눈에 안약을 넣고 파일을 살펴보기 시작했다.

언어제국주의, 괄호 안에 영어가 병기되어 있었다. 언어제국주의
란 용어는 언어 운용이 제국주의적 성격의 체제하에서 이루어지는
경우를 말한다. 정치적인 제국주의 식민지주의 등을 두루 포함한
다. 영어 일변도로 세계 언어가 통합(?)되는 과정은 그 속성이 분명
제국주의적이다. 1999년부터 2000년 무렵 일본에서 영어공용화론
이 전개되었다. 국제화 시대에 일본이 살아남자면 국제어인 영어에
능통해야 하고, 교역, 정치 등의 전문가들이 국제사회에서 영어로
일본을 부각할 능력이 있어야 한다는 주장을 바탕으로 영어를 일본
의 '국어'와 함께 공용어 자격을 부여하자는 주장을 펼친다. 이러한
논의는 한국에서 1998년 경제학을 공부한 논객 복거일에 의해 주
장된 바 있다.

언어제국주의는 식민주의, 노예제도, 억압적 신분제도 등을 포함
한다. 그리고 이는 언어의 중심부와 주변부를 가르게 하고, 우월한
언어와 열등한 언어로 차등화하는 결과를 가져온다. 이는 유럽의
식민지 이데올로기의 수평적 전이 양상이라 할 수 있다. 유럽의 우
월한 문화를 열등한 아프리카로 전파한다는 명분이 아프리카 식민
지를 정당화해나갔다. 이는 언어 측면에서도 마찬가지였다.

제국주의적 발상은 민족주의와 필연적으로 맞부딪치게 되어 있
다. 제국주의적 언어관은 일종의 도구적 언어관이다. 잘 살기 위해
서, 국제사회의 위상을 끌어올리기 위해서 언어가 꼭 자국어일 필
요는 없다는 사고이다. 이는 제국주의 주체 편에 복속하는 경향을

보이게 된다.

민족어가 일거에 사라지지는 않을 것이다. 그러나 공용어로 어느 언어를 규정해놓으면, 교육, 문화 측면에서 공용어에 기울게 되어 있고, 따라서 민족어의 소멸로 이어질 것이다.

— 우리 아버지, 반근대인⋯⋯ 안티모더니스트, 그렇게 무장한 시각으로 바오밥나무를 본다고, 그게 소설이 되겠어요? 잘 주무세요, 바이바이. 두 아들이 손을 흔들었다. 대학에서 정규교육을 받았다는 애들이 말씨가 저 모양일까. 그것은 단순한 말씨 문제만은 아니었다. 근대를 지나 포스트모던 시대에 다다라 있는데 반근대라니, 반근대는 포스트근대와 같은 말은 아닐까⋯⋯ 현장은 혼자 생각했다.

혼자 생각은 길게 이어졌다. 국민국가를 지향하는 근대화 과정에서 행정적, 교육적 목적을 위해 표준어의 보급은 필연적 요구였다. 그것은 제국주의에 복무하는 언어이기도 했다. 언어가 통일되지 않은 군대는 상상할 수조차 없는 일. 제국주의는 언어 통일을 통해 식민지를 경영한다.

평화시, 표준어가 세력을 획득하면서 방언이 차별을 당하는 사태를 만들어낸다. 영화 〈말모이〉의 경우, 사전에 표준어와 방언을 함께 등재해야 한다는 의무감이 사태를 파국으로 몰고 가는 모티프가 등장한다. 표준어와 방언을 함께 살리는 방안이 마련되어야 한다는 건 누구나 아는 일이었다. 그러나 언어는 본질적으로 일반적 동질성을 지향하는 폭력적 규제력을 요하는 건 아닌가. 그래서 대화주의는 혁명적이다. 세상의 모든 언어를 다 알아들을 수 있는 하느님은 세계 언어를 통괄하는 사령관이기도 하다. 현장은 현관을 나가는 아들들에게 허적거리는 손을 흔들었다.

7. 빅브라더의 언어

— 한국의 현대를 식민주의 시대라 한다면 아마 좌파 어느 스펙트럼에 가 있다고 하겠지? 현장은 아르바이트를 끝내고 집에 들른 작은아들 윤걸에게 물었다. — 지금, 좌파 우파가 어디 있어요? 우리가 후진국이라 그런 양분법으로 사람을 갈라놓는 거라구요. — 그럼 너는 언어 측면에서 국제정세를 어떻게 보냐? — 아버지도 아시지만, 세계는 언어 식민지로 황폐화되고 있어요. 현장은 혀를 끌끌 찼다. 작은아들 윤걸이 말을 이었다.

— 말하자면 영어를 앞세운 언어제국주의라구요. 현대의 언어수행이 제국주의적으로 이루어지고 있다는 실감은, 언어를 다루는 이들이 공통으로 가지고 있는 인식이었다. 이러한 상황에서 국어 혹은 한국어가 당면한 문제들을 검토하는 것은 언어를 다루는 이로서 하나의 시대과업이라는 생각이 들었다. 그러나 그건, 식구들이 모여서 이야기할 화제로는 너무 버거웠다. 한국외대에서 언어사회학을 공부하

는 문이당 교수를 만나 이야기를 나누어야 하겠다는 생각이 들었다. 꿈에 채찍을 들고 나타났던 '친구'였다. 현장은 작은아들을 불러 같이 가자고 했다.

— 제가 아버지 조교라도 되는 줄 아세요? 하기는 부려먹고 정당한 보수를 지급한 적이 없었다. '부자관계=계약관계' 현장은 그런 등식을 만들어보고는 허하게 웃었다. 고용된 아버지, 아버지가 자식의 고용인이라면 자식이 애비에게 급료를 지불해야 하는 게 아닌가.

— 말버릇이 왜 그러냐! 아내 장미란이 한마디를 거들어 작은아들 촐싹거리는 걸 눌러주었다. — 당신 항공권 결제했으니 그리 알아요. 아내 장미란은 알았다고 고개를 끄덕였다. — 너는 알바해서 캐나다 갈 거고, 네 형은 어떻게 한다던? — 스포츠카 대신 오토바이 산대요. 사귀는 여자가 그렇게 하잔대요. — 나는 세네갈 가서 오피스텔 사기로 했다. 장미란이 엄지를 들어보이며 말했다. 현장은 그런 돈이 어디서 나왔는지 묻지 않았다. 아마 허구일지도 모른다는 생각을 할 뿐이었다. 아무튼 문제가 나름의 가닥으로 풀리는 셈이었다. 현장은 두 팔을 들어 기지개를 맘껏 켰다.

문이당 교수를 당장 만나자고 하려다가, 듣고 싶은 이야기 목록을 메일로 보냈다. 그렇지 않아도 궁금하던 차라면서 전화까지 해왔다. 문이당 교수가 보내는 메일에 대한 보수를 지급할 방책은 마련되지 않은 상태에서 메일을 열었다. 계약관계가 아니라 다행이었다. 문이당 교수가 보내온 메일 가운데, 식민지와 연관된 사항 앞에 적어놓은 머리말은 이런 것이었다.

식민지는 참으로 질긴 천형과도 같은 질병이라서 그 상처가 때만
되면 도진다. 우리 언어습관 가운데 식민지와 연관된 사항은 아직
도 청산을 기다리는 중이다.

언어제국주의는 식민지 언어 운용의 한 변이 양상이다. 한국의
경우 영어 공용화론이 대두되어 논전을 벌인 적이 있다. 1998년 복
거일이 제기한 영어 공용화 주장은 식민지적 언어관과 연관되는 걸
로 보인다.

프랑스의 자국어 정책은 프랑스어의 언어적 우수성을 앞세워 동
화정책으로 밀고나간다. 이는 자국문화에 대한 자긍심이 식민정책
으로 전이된 양상이다. 식민지들이 독립한 결과, 이제는 제국주의
적으로 프랑스어 사용권에 언어정책을 펴지는 못한다. 그러나 자국
어를 통한 세계 언어 통제 욕구는 여전히 살아 있다. 자국문화의 우
월성을 식민지에 대한 동화정책의 일환으로 피식민국에게 전이해
준다는, 문화적 우월주의를 바탕에 깔고 있는 것이다.

식민지적 언어 습벽을 벗어나기 위해서는 탈식민지이론 혹은 포
스트식민주의에 입각한, 현대문명에 대한 비판이 이루어져야 할 것
이다.

문이당 교수가 보낸 메일을, 현장은 눈을 비비면서 들여다보았다.

세네갈에 가면 시인 대통령 생고르의 생애를 살펴볼 작정이었다. 네 그리튀드라는 흑인성을 이념적 기치로 내걸고 시작업을 했는데, 그의 시작업과 프랑스어의 관계를 되짚어보아야 한다는 생각이 들었다. 아프리카에 가야 하는 빌미가 더 확실해진 셈이었다. 아니 자신의 여행 목적을 합리화하는 작전이었다.

외국어로 기도할 수 있을까? 아내 장미란은 "겸허한 모국어로 나를 채우소서" 하는 다형의 시 구절을 유독 좋아했다. 모국어란 무엇인가? 모국어에 민족의 혼과 얼이 깃들어 있다면, 나치 정권을 피해 미국으로 망명한 유대계 지식인들의 모국어는 무엇인가…… 밥벌이 언어와 생활언어 그리고 기도하는 언어가 각각 다르면 주체는 정체성 혼란에 빠지는가? 그런 의문들이 꼬리를 물었다.

8. 컬러풀 식민지

식민지를 당한 나라에 가보자 하는 현장은 이런 결론을 얻었다. '식민주의의 최종 도달점은 자기식민화이다.' 식민지를 경영한 주체들이 대상과 역전되어 스스로 식민화되는 것이다. 학술적으로는 적절치 않지만, "시집살이 당한 며느리가 시어머니 되면 며느리 시집살이 시킨다."는 말을 현장은 떠올렸다. 이는 심리적 역전형상으로 주체와 대상의 전치(轉置)를 나타낸다. 머슴 노릇을 하면서 산 사람은 운명론자가 되어 팔자타령을 한다. 그 머슴을 부리던 주인은 자기 일을 자기가 할 줄 모르는 빙충이가 된다. 때로는 머슴이 주인의 지위를 얻으면 자기가 당한 대로 가혹한 형벌을 반복하게 마련이다. 현장은 자신이 더터본 식민주의 인간상에 대해 정리하고 있었다.

(1) 주객 역전 현상을 나타낸다. 주인이 노예를 부리는 과정에서 스스로 노예가 된다. 주인이 노예를 삼은 대상으로 떨어진다. 돈의 노예, 권력의 노예, 폭력의 노예, 심리적 의타성……. 결국 식민주의자는 주체성을 상실하고 인간의 위의(威儀)를 잃어버린다.

(2) 독재자, 감독 등 징벌적 상상력으로 가득한 인간이 된다. 화해와 상생을 꿈꾸지 못하고, 감시하고 응징하고 처벌하는 주체가 형성된다. 그 단계로 가는 중간적 인간상이 관료적 인간(official man)일 터이다. 이와 유사한 개념으로 공산체제하의 특권계급인 노멘클라투라(nomenklatura)를 들 만하다

(3) 식민자들은 무력으로 점령하고 폭력으로 잔혹하게 인간을 다스린다. 인간을 기계처럼 부리고 인간의 존재를 마멸시킨다. 인간의 노예화는 언어 이전의 상태로 인간을 돌려놓는다. 폭력과 무력으로 인간을 부려먹는다는 것은 정당한 의미의 노동을 허용하지 않는다는 뜻이다. 그리스어에서 노예는 둘로스(δούλος)인데 이는 노동하는 존재라는 뜻이다. 삶의 가치를 실현하는 방법으로 규정되는 노동이 아니라 강제노역을 뜻한다. 현대의 노동은 어떤 경우 유사

자유시장(pseudo-free market)에서 이루어지는 상행위처럼 노동의 본질에서 멀어져 있다.

(4) 자존심을 박탈한다. 인간을 구경거리로 만든다. 인종전시회 — 파리의 만국박람회에서 아프리카인을 전시한 경우가 있는데, 이는 아프리카인을 유럽인의 구경거리로 만듦으로써 인간이 인간을 조롱하는 일의 단초가 되었다.

(5) 식민주의자들은 역사 왜곡, 문화 왜곡을 조직적으로 감행한다. 일제의 한국사 왜곡과 중국의 한국사 왜곡 등에서 그런 예를 볼 수 있다. 이런 시각으로 보면 한국문학은 중국문학의 한 부류로 취급된다.

(6) 언어 식민지 혹은 식민지 언어 — 식민 본국 언어의 대항언어(counter language)로서 민족언어를 강조한 예를 볼 수 있다. 독일이 프랑스에게 점령당했을 때 — 피히테(Johann Gottlieb Fichte, 1762~1814)는 '독일국민에게 고함(Reden an die deutschen nation)'(1808)이라는 연속강의에서 민족주의 언어관을 강조했다. 이는 낭만주의적 언어관이기도 한데, 자기 민족의 언어적 우수성을 강조하면서 타민족의 언어를 배제하는 방향으로 나아가게 된다. 일제 식민지를 벗어나고자 하는 투쟁 과정에서 한국어에 대한 열정이 낭만주의 언어관 민족주의적 언어관을 형성하게 된다. 그래서 우리 언어에는 민족의 혼과 정신이 깃들어 있고, 우리 언어를 지키는 것은 민족의 문화를 지키는 일이라는 사유를 만들어준다. 이는 언어

도구관에 맞서는 강력한 이데올로기로 작용한다.

(7) 식민지 언어로 민족문화를 설명하고 민족문화를 형상화하는 모순에 대한 통찰이 필요하다. 생고르의 경우와 식민지 조선에서 일본어로 작업한 작가들을 비교하는 것.

현장의 자료를 통해 살펴볼 '식민지 인간상'에 이어 피히테를 생각하고 있었다. 피히테가 베를린대학에서 독일 국민을 향해 민족의식을 호소하는 강연을 하고 있을 때, 나폴레옹은 스페인을 쳐들어가 학살을 자행했다. 프란시스 고야는 그 장면을 〈1808년 5월 3일〉이라는 제목으로 화폭에 옮겼다. 현장은 겹쳐서 떠오르는 상념에 휘달리고 있었다. 총살을 당하면서 어떤 언어로 고함을 질렀을까? 노신의 소설집『납함(吶喊)』, 고함지르기가, 그 장면에서 떠오르는 것은 까닭을 알기 어려웠다. 동아시아 식민지 지식인의 고함소리가 거기 포함되어 있기 때문인지도 모를 일이었다.

세네갈의 경우, 프랑스 식민지를 겪으면서 프랑스어를 공용어로 채택했다. 본래 50여 개 부족에다가 20여 개 부족어가 사용되는 지역이었다. 프랑스 식민지 이후 프랑스어가 공용어화되었지만, 이는 그 나라 전체의 언어로 일원화되지 않아 월로프(wolof)어를 부족의 공용어로 채용했다. 공용어 자체가 이중언어적으로 설정된 셈이다. 이러한 상황에서 프랑스어로 시를 쓴 생고르의 경우, 그의 시를 어디에 귀속시킬 것인가 하는 문제가 생겨난다. 궁색하게 정리하자면 프랑스언어권 아프리카시 정도가 될 것이다.

아프리카의 구어 전통을 어떻게 살려낼 것인가? 하는 점도 문제로 부각된다. 아프리카학(African studies)을 위한 프랑스어란 무엇인가? 그런 과제를 구체성 있게 분석하고 어떤 결론을 얻자면 아프리카를 가봐야 했다. 옆집에서인지, 환청인지 '붉은악마'들이 대-한민국 응원하는 소리가 벽을 타고 넘어왔다.

9. 대한민국, 코리아, 꼬레

현장은 같은 말을 되풀이하여 중얼거리고 있었다. '한국의 언어 상황은 세네갈의 경우와는 사뭇 다르다.' 식민지를 겪기는 했지만 독립 국가가 되었다는 점은 한국이나 세네갈이나 동일했다. 그러나 언어 상황은 달랐다. 한국은 자국어를 회복했고, 세네갈은 식민지 본국의 언어를 공용어로 수용했다. 언어적으로 본다면 한국이 독립한 반면 세네갈은 식민지가 계속되고 있는 셈이었다. 식민지 본국에 동화되어 국가정체성을 상실한 게 아닌가, 그런 생각이 드는 것이었다. 그렇다고 현재의 세네갈을 프랑스 식민지라 말하기는 무리가 있었다. 어디까지를 식민지라고 선을 그어야 하는 것인지 판단이 안 서는 것이었다.

나라가 독립해서 자율성을 지닌다는 게 무엇인가, 현장은 어떤 결론을 내릴 수 없었다. 세네갈에 가면 그런 질문을 받을 게 틀림없었다. 중국인? 일본인? 아니면 한국인! 그렇게 나가다가 남한인가 북한인가 하는 데로 질문이 귀결된다. 물론 남한이라고 대답하고는 웃고 넘어가는 경우를 얼마나 더 당해야 하는가. 슬그머니 울화가 치밀었다. 문이당 교수에게 전화를 했다.

— 내가 맡은 발표 제목이 '국어의 후식민지적 위상'인데 그걸 영어로 어떻게 번역하면 좋을까 몰라서 전화했소. 상대방에서는 적절히 알아서 하라는 대답이었다. 현장은 Postcolonial Status of Korean 이라는 번역어를 생각하고 있었다. 국어는 한국어를 뜻하는 말이었다. 그런데 말버릇으로 한다면, 학술용어가 구어에 묶여 있었다. 코리아공화국, Republic of Korea가 '우리나라'로 둔갑하는 것이었다. '우리' 속에는 각각 의향이 다른 개인이 존재할 뿐, 이념과 취향의 공통항은 배제되어 있는 것이었다. 따라서 강압이었다.

— 그거 말고 다른 용건이 뭐요? 이런, 사람이 언제 이렇게 변했나, 아니 용건이 없으면 연락 않는 게 '우리' 사이인데 잘못 알고 지낸 것인지도 모를 일이었다.

— 아프리카 가기 전에, 원고는 마무리하고 가야 할 터라서 말인데, 식민지 언어 이야기를 하는 중에 같이 이야기하고 싶은 과제가 뭔가 물으려고 전화했소. 현장은 답을 기대 않고 그렇게 사실대로 말했다. 문이당 교수는 실실 웃는 눈치였다.

— 많지 않은가, 표준어 강박도 있고. 현장은 그 말을 standard language complex라고 번역해서 들었다.

— 또 뭐가 있소? 계속하라는 듯이. — 재외동포 지역의 언어 문제. 현장은 문이당 교수의 말을 the linguistic problem of Korean diaspora area 로 번역해보고, 그게 언어 문제인가 언어학적 문제인가? 문이당 교수는 갑작스레 당한 질문인 듯이, 음 으음 그렇게 말꼬리를 빼물고 있었다. 그러다가 영어의 언어제국주의적 발호에 대응하는 언어정책이 필요할 거라는 이야기를 했다.

— 구체적으로? — 나도 바쁜 사람이오. 그렇게 퉁명스럽게 한마디 하고는, 설명을 이어갔다. 어떤 언어든지 언어는 사용 층위가 있는데 각 층위마다 수준이 유지되는 언어를 발달시켜야 한다는 것이었다. 한국어(우리말)는 감각어, 예컨대 색채어나 미각어 같은 부사어가 발달한 것을 특징으로 드는데, 그런 발달된 말이 미학의 범주론을 발달시키는 건 아니라고 했다. 샛노란 것과 노르끄름하다는 것의 미적 범주가 구분되는 것도 아니며, 달콤하다와 달콤쌉쌀하다가 미각 구조를 위한 구강조직학을 발달시키는 것도 아니라는 것이었다. 그러나 분명한 것은 구강의학, 나아가 의학의 전반적 발달이 있어야 의학용어가 발달한다는 설명을 달았다. 그러면서 생활언어뿐만 아니라 문화언어, 정치언어, 학술언어, 예술언어 등이 발달해야 언어의 지속성을 유지할 수 있다고, 안 그렇소?를 연발하면서 박아넣듯이 말했다. 글을 쓰면서 외래어를 들입다 처발라놓는 건 식민지 근성이 불식되지 않은 증좌라는 주장을 펴기도 했다. 현장은 증좌라는 말이

영 익숙하지 않았다. 증좌?

— 내가 아프리카 다녀와 한잔 사겠소. — 그럴 것까지야, 아내가 지금 병원에 있어서, 병원 휴게실에서 전화하느라고 말이 자연스럽지 않소. — 저런, 염려할 정도는 아닙니까? — 내 걱정은 말고 잘 다녀오시오. 현장은 무연히 예, 건조한 톤으로 대답했다.

아프리카 세네갈로 출발하는 날이었다. 큰아들 윤중이 한나절 연차휴가를 냈다고 했다. 차를 몰고 공항까지 가면서, 별말들이 없었다. 아내 장미란은 피부 검은 사람들을 만나 지내야 하는 게 여전히 부담스러웠다. 현장은, 막내 윤걸을 아프리카 처녀와 결혼할 수 있도록 하면 어떨까 구상하고 있었다. 캐나다로 어학연수를 가지 않고 프랑스어를 공부하는 게 한결 편할 터였다. 아니 아프리카 처녀를 한국에 데려다가 한국어를 가르치는 방법은 어떨까. 현장은 그런 생각을 하면서 웃다가 찌푸리다가를 반복했다. 언젠가는 써먹을 데가 있을 테니 일본어를 공부해두라던 부친의 말이 떠오르기도 했다. 현장은 이를 악물고 고개를 내저었다. 어리석은 짓이었다고 때로는 후회를 하기도 했다.

— 돌아올 때, 바오밥나무나 하나 사 오세요. — 바오밥나무를 사다니? 그 큰 나무를 산다는 게…… 말이 되냐? — 스리랑카의 캄보자 나무처럼 꽃피는 바오밥 자칼이라는 게 있거든요. — 동식물, 농산물 그런 건 검역에 걸리는 거 아니냐? — 세네갈 갈치도 수입해다 먹는

판인데, 뭐 어떨라구요. 아내 장미란은 이미 아프리카에 익숙해져 있는 듯이 말했다.

현장은, 갈치? 그러다가 칼치⋯⋯, 일본제국주의라는 데 생각이 머물렀다. 일본 제국주의를 환기하는 갈치를 상징으로 이용해서, 식민지의 말로를 「부취(腐臭)」라는 소설로 썼던 동료 김 형을 생각하고 있었다. 갈치 썩는 냄새 가시기도 전에, 그는 병역을 마치고 학업을 다시 시작하고 얼마 안 되어 저승으로 갔다.

— 신발장 위에 이런 게 놓여 있던데요⋯⋯. 윤중이 윗주머니에서 수첩을 꺼내 현장에게 건네주었다. 펼쳐진 페이지에 이런 메모가 있었다.

'말씀의 유령⋯⋯ 태초에 유령이 있었다?

큰아들 윤중이 고개를 돌려 현장을 쳐다봤다. — 아버지, 유령도 진화하나요? 하얀색 벤츠가 칼치기로 끼어들었다. — 운전이나 잘해라, 우리 모두 유령 될라. 현장은 룸미러를 통해 뒷좌석의 아내를 흘금 쳐다보았다. 화장을 곱게 한 유령이 아내 옆에 하나 앉아 있었다. ✽

늘 푸른 칼날

세네갈, 다카르 고레섬 '노예의 집' 건물(촬영 : 우한용)

언장은 시의 내용과는 반대 방향으로 치달리고 있었다. 말이 많고 허물이 중하고, 애증에 휩쓸리고 하면서 물을 건너고 바람을 거슬러 살아야 하는 현실은 노스님의 노래를 잘라내는 칼이었다. 어쩌란 말인가. 현실, 그 전체가 칼의 환경인 것을!

늘 푸른 칼날

1. 시는 말의 칼이다

세네갈에 가서 바오밥나무를 보고 싶다는 언장의 소망에는 아프리카의 환경 문제가 포함되어 있었다. 언장이 30년래로 관심을 가지고 지내는 게 환경 문제였다. 마침 아마추어환경연구회라는 단체에서 강연을 해달라는 요청이 왔다. 언장은 정성껏 이야기하겠다는 작정으로 강연을 수락했다.

전에 어떤 회합에서, 언장은 근엄하기 짝이 없는 시인을 만났다. 시인이라면 무작정 존경해 마지않는 언장은 그에게 명함을 정중하게 건넸다. 이름을 한자로 써달라고 해서 유언장(劉諺匠)이라고 써주었다. 그 후, 한 주일이 멀다 하고 이메일로 시를 보내왔다. 자연의 아름다움과 인정의 훈훈함과 윤리강상의 엄연함을 노래하는 시를 받아 읽을 때마다 언장은 고개를 갸웃하곤 했다. 얼마 전에 받은 시 가운데 이런 게 있었다.

아, 천지의 운행은 건전하고 건전하여라!
일 년 사계가 어김없이 날짜 지켜 돌아오고
푸른 하늘 저 위에 찬란히 태양은 빛나거라.
하늘에 해와 달, 땅에는 푸른 강물과 고운 바람,
하늘의 정기 받은 젊은 남자와 땅의 지기 받든 처녀
둘이 손잡고 사랑하여 하늘이 맺어주는 오륜 따라
자손만대 번영하니 아름답고 아름답도다.
천지의 운행은 건전하매 인간 또한 아름다워라.

이런 시를 읽으면서 언장은 공연히 명함을 내밀었다고 후회를 하곤 했다. 그러나 때로는 그런 우주만물과 인간사에 대한 일방적인 찬사가 읽는 사람 마음을 편하게 하는 경우도 있다. 그런데 언장의 의식에 다른 생각이 비집고 들었다. 시인의 시선이 하나에 고정되어 있고, 주변을 돌아볼 줄 모른다는 점은 가공할 만한 일이라는 것. 소나무가 서 있는 산에 송충이가 산다든지, 연못 마름잎 아래 거머리가 들끓기도 하고, 개구리를 삼켜 배가 달걀처럼 부풀어 오른 뱀이라든지.

어떤 학자의 말마따나 '세계의 자아화'로 규정되는 서정 양식인지라, 본질상 이런 시를 탓할 이유는 없다. 그리고 세계가 그렇게 아름답기만 하다면, 그게 사실이라면 얼마나 좋겠는가? 우리가 생각하는 '환경'이 그렇게 아름답기만 하다면, 무슨 걱정을 할 것인가? 세계를 중립적으로 바라본다는 것은 또 다른 모양의 편견은 아닐까. 언장은 그런 생각으로 속이 메슥거리길 잘 하는 편이었다.

이런 일방적인 찬사에 대해 언장이 우려를 하는 이유는 그의 고정관념 때문인지도 모른다. 시가 언어의 산물일진대 시도 언어의 본질에 가닿아야 하는 게 아닌가 하는 생각이 그것이다. 이른바 대화주의를 표방하는 언장으로서는, 시는 세계에 대한 일방적인 경탄이 아니라 경탄과 함께 안타까움이 동반되어야 하는 게 아닌가, 그런 시각으로 시를 바라보면 배달되어 오는 시를 뭐라고 한마디는 해주어야 한다는 어쭙잖은 의무감에 머리가 무거워지곤 했다.

시인에게 메일을 보낼까 하다가 언장은 컴퓨터를 껐다. 대신에 윤동주의 「쉽게 씌어진 시」를 찾아서 다시 음미했다.

"인생은 살기 어렵다는데/ 시가 이렇게 쉽게 씌어지는 것은/ 부끄러운 일이다."

자연이, 우리 땅이, 강이, 하늘이 병들었다고 하는데 오늘 내가 편히 잠들 수 있다는 것은 부끄러움을 지나 위험한 일이다. 언장은 그런 이야기를 어디선가 해야 한다고 다짐을 두었다. 그러나 그런 이야기 할 기회는 냉큼 오지 않았다. 결국 언어의 본질이 대화라 하지만, 그것 또한 권력의 규제를 벗어나지 못하는, 갑에 든 칼날 한가지였다.

2. 맥락이 칼로 잘라지나

'이건 거짓말이 아닙니다' 하는 거짓말. 거짓말의 맞은편에 참말이 있을까. 거짓이라는 참말, 참말이라는 거짓말. 사람들은 그 이상을 생각하기를 그만둔 것 같았다. 그래서 언장은 인간 행위라면 아무거나 소설이 될 수 있다는 주장을 텅텅 하고 다닌다. 인간의 모든 행위는 소설은 안 될지 모른다고 양보를 하기도 한다. 그러나 인간 행위치고 서사 아닌 것은 없다는 주장은, 일호차착이 없다. 심지어 어느 학회에 가서 논문을 발표한 일을 소설로 쓴 경우도 있다. 인간 행위 모두가 소설이라는 증빙자료를 마련하기라도 하듯.

언장은 지난해에 소설집을 하나 묶었다. 『아무도, 그가 살아 돌아오리라고 기대하지 않았다』는 긴 제목의 소설집 원고를 다 마무리하고, 누구에게 발문을 써달라고 할까 하다가 자기와 학연을 맺고 지내는 사람들을 내세워 좌담을 하고, 그 내용으로 그 낡은 '해설'을 대신하기로 했다. 작품 「차디찬 꿈」에 대해 어느 비평가가 한 이야기를 인용하면서, 이건 너무나 많은 의미층을 만들어 독자를 혼란스럽게 하는 일이 아닌가, 언장은 스스로 그런 의문을 가졌다. 그때 책에 실린 문단을 예시하기로 하고, 어느 평론가가 한 이야기를 옮겨놓았다.

[인용] 독서 행위를 여행에 비유하면 별로 틀리지 않겠는데, 작가는 니콜라이 고골의 『타라스 불바』를 읽은 경험을, 아니 읽는 과정

을 소설로 쓰고 있더라고요. 이는 작가가 일종의 메타비평을 소설로 전환하는 작업이란 생각이 듭니다. 그게 「차디찬 꿈」이란 소설이지요. 그 제목은 니콜라이 고골이 산문 의식을 철저하게 깨달아가는 중에, 운율에 치중하는 낭만적 문학을 떠나 현실을 냉철한 시각으로 고찰하고 묘사하는 작업을 가리키는 용어로 쓴 구절, 작가는 이를 인용 전거까지 밝히면서 소설화하는 방법을 보여줍니다. 다른 작가들의 소설에도 작중인물이 독서하는 과정을 그린 사례가 꽤 많아요. 그런데 독서 과정을 직접 소설 본문으로 끌어들이는 작품은 「차디찬 꿈」이 특이한 예 같습니다. 「차디찬 꿈」에는 작가가 참조한, 아니 발표문을 쓰기 위해 읽은 책들이 다수 예거되는데, '타령조 작가들'로서는 족탈불급의 경지 아닌가 싶습니다. (pp.302~303)

독서 또한 인간의 행위이기 때문에, 언장은 그 과정을 제시하는 것이 일종의 소설 구성 방법이라고 생각하기는 하지만, 그 방법의 미적 효과에 대해서는 자신하지 못한다. 다만 지식인들의 지적 작업을 소설로 다루는 경우, 지적 작업의 내용을 왜 소설에서 다루지 말아야 할 것인지 그로서는 요해불가야다.

환경, 생태 등에 대한 논의에서도 논의를 중층적으로 해야 하는 게 아닌가 하는 생각을 하면서, 언장은 중층이라는 것의 첫 유형이 양면 대립을 설정하는 것이 아닌가 생각했다. 자연을 예로 든다면 자연의 아름다움과 자연의 잔인함을 함께 생각하는 방식이다. 언장은 인터

넷에서 〈청산은 나를 보고 말없이 살라 하고〉 하는 노래를 찾아보았다. 나옹선사(1320~1376)의 선시에 "청산은 나를 보고 말없이 살라 하고/ 창공은 나를 보고 티 없이 살라 하네" 그런 게 있다. 좋다, 하면서 이 시를 가사로 해서 만든 노래를 찾아 들으면서 같이 흥얼거렸다.

언장은 시의 내용과는 반대 방향으로 치달리고 있었다. 말이 많고 허물이 중하고, 애증에 휩쓸리고 하면서 물을 건너고 바람을 거슬러 살아야 하는 현실은 노스님의 노래를 잘라내는 칼이었다. 어쩌란 말인가. 현실, 그 전체가 칼의 환경인 것을!

3. 환상의 칼은 양날이다

청산, 창공 같은 단어를 두고 언장은 엉뚱한 생각을 하고 있었다. 청산에는 호랑이가 창공에는 독수리가 있어 사람을 잡아먹기도 하고, 수리는 닭이며 토끼 같은 짐승을 채가기도 한다. 그런 생각을 하매 아는 게 병인지라, 윌리엄 블레이크의 「호랑이」라는 시가 떠오르는 것이었다. 이런 우라질, 소설 본문에다가 영어 문장을 잘라 넣어야 하다니, 언장은 한글로만 쓰고, 영어 텍스트는 주로 처리할 묘책을 생각했다.

'그 어떤 불멸의 손과 눈이 너의 그 가공할 대칭을 만들어냈는가?

여기 나오는 영어단어 시메트리를 두고, 언장은 균형이라는 말보다는 대칭이란 단어를 선호하는 편이었다. '순하디순한 양을 만든 이(조물주)가 도대체 어떻게 포악하기 그지없는 너 호랑이를 만들 수 있단 말인가?' 언장은 호랑이 등 위에서 놀고 있는 까치를 그린 〈호작도〉를 떠올렸다. 아무튼 호작도를 못 본 섬나라에서는 양과 호랑이가 공존하는 세계의 대칭은 가공할 만한 것이었으리라. 해서 노스럽 프라이는 윌리엄 블레이크 연구서 제목을 『가공할 대칭(*Fearful Symmetry*)』이라고 달기도 했던 모양이라고 언장은 기억했다.

언뜻 보기에 블레이크는 극단적인 정밀성과, 그 반대편 극단적 추상성을 통합해내는 시인이었다. 모래 한 알에서 세계를 보아내고, 한 송이 꽃에서 천국을 간파하는 시인이었다. 그런데 이 시의 제목은 묘한 아이러니를 보여준다고 언장은 읽었다. 해서 이 시 제목을 「순수를 꿈꾸며」 그렇게 옮기는 데에도 언장은 고개를 갸웃하곤 한다. 영어 'Auguries of Innocence'는 결백함, 무죄, 천진함의 전조나 조짐으로 읽을 수 있다는 게 언장의 언어 의식이었다. 자연의 가공할 만한 대칭을 읽어낸 블레이크가 '모래 한 알에서 우주를 본다'든지 하는 것은 사실 너무 순진한(naïveté) 자기 태도를 자조하는 느낌이 배어 있기 때문이었다. '한 송이 꽃에서 천국을 보아낸다'는 것은 시인의 이상일 뿐, 현실이 그렇다는 것은 아니겠지…… . 그런 생각을 하다가 기억에 떠오르는 구절이 있었다. 「천국과 지옥의 혼인」에 나오는 구절, 아, 거기 이런 구절이 나온다. "상반되는 것들의 존재는 진보의 본질 요건이다." 끌림과 반발, 이성과 에너지, 사랑과 증오 등이 인간 존재의 필수 요건이라는 것이었다.

이 상반되는 것들로부터 종교인들이 말하는 선과 악이 생겨난다, 언장은 생각을 이어갔다. "선은 이성에 복종하는 수동적인 것이다. 악은 에너지에서 솟구쳐 나오는 능동적인 것이다. 선은 천국이다. 악은 지옥이다." 선은 하느님 말씀을 따르고 악은 인간 자신들이 만든다.

그 구절을 읽다가 언장은 두 주먹을 부르쥐고 머리를 흔들었다. 이 징글징글한 이항대립이라니! 주체와 대상, 선과 악, 매력과 혐오, 이성과 에너지(정념), 사랑과 증오…… 그러다가 선과 악에 이르러 파탄을 맞는 가공할 양분법……. 그나마 단테는 세계의 형상을 온전하게 그리는 『신곡』에서 연옥(煉獄)이라는 점이지대를 상정하기는 해서 다행이었다. 그러나 그것도 천국과 지옥의 양분법을 유지한 채 거쳐 가는 곳이라서 근본적인 양분법을 벗어나지 못하는 게 아닌가 싶었다.

시의 이런 구절과 문학의 형식이 자기한테 익숙한지, 언장은 잠시 자신을 돌아보았다. 그것은 이제까지 언장이 살아온 방식이고, 인식의 기본 구도였다. 자연과 문화나 문명을 맞세우면서, 내가 존재하지 않는 세계가 무슨 의미가 있는가 묻곤 했던 것이다. 가공할 대칭! 그 것은 빛나는 환상의 칼날, 그 양날이었다.

4. 자연과 인간 사이에 칼날이

언장은 아무튼 자기를 기반(羈絆)하는 양분법에 지쳤다. 그것은 조금 과장하자면 절망이었다. 절망은 새로운 모색을 하게 한다. 인간존재의 묘한 모순이다. 문득, 그건 정말 문득이었다, 언장은 겸재의 그림은 가공할 대칭을 벗어나 있을 거라는 생각을 하고, 무릎을 쳤다. 지난 해 12월에 '겸재정선기념관'에 갔다가 사둔 『겸재와 미술인문학 연구』라는 책이 떠올랐다. 책은 침대 머리맡 협탁 위에 놓여 있었다. 책 표지에 피금정(披襟亭)이라는 그림이 장식되어 있었다. 언장은, 표암 강세황도 같은 제목의 그림을 그렸다는 것을 기억하고 있었다. 그 그림은 진경산수 화풍보다는 중국풍에 가까운 그림이었다.

아무튼, 근경·중경·원경의 안정된 구도 속에 산과 물이 잘 어울린 그림이 겸재를 대표할 만한 작품이라는 생각이 들었다. 그런데 그 책에 「겸재 정선의 물그림 연구」라는 논문이 실려 있었다. 필자는 김취정이라는 분이었다. 언장은 책을 펼쳐보았다. 언장은 이런 구절을 입력해두었다.

[인용] '산 높고 물 맑은' 우리의 산야에서 느낄 수 있는 맑은 햇빛과 깨끗한 공기가 감도는 상쾌한 느낌의 자연, 특히 그 아침의 정취는 역사의 시작부터 한국인의 생명에 스며들어 자연스럽게 민족의 미적 정서의 바탕으로 자리하였다. 우리는 이미 예술의 가장 높은

차원의 가치인 '밝은 분위기와 고요한 투명성'이 체질화된 민족이다.(pp.347)

어떤 까닭인지, 언장은 그 구절을 읽다가 심한 갈증을 느꼈다. 주방으로 가서 정수기로 걸러놓은 물을 컵에 따라 바닥까지 마셨다. 어딘지 화공약품 냄새가 나는 것 같았다. 의식상으로야 밝은 분위기와 고요한 투명성이 체질화되어 있다고는 하지만, 그것은 허구라는 생각이 먼저 고개를 들었다. 수돗물을 맘대로 마실 수 없는 지경이라고, 방송들이 정부의 정책에 대해 탄식을 연발했다. 인천 수돗물에서 녹물이 나오고 악취가 난다는 보도가 며칠 전에 있었다.

자연(환경)과 인간 사이에 나름대로 독자성을 지닌 세계를 구축하는 것이 예술이라는 생각이 들었다. 특히 그림이 그런 중간지대에서 독자성을 드러내는 것이란 생각으로, 얼마 전에 사다 놓고 읽던 르네 위그의 『보이는 것과의 대화(*Dialogue avec le visible*)』(곽광수 역, 열화당, 2017)를 펴들었다. 이런 구절이 눈에 들어왔다.

[인용] 그것은(미술작품—인용자) 사물이며, 대상이다. 물리적 세계에 뿌리박고, 자리잡는다. 그 세계의 성격들인, 감각에 지각되는 공간, 물, 형태, 외양 등을 지니고 있다. 그러나 동시에 그것은 하나의, 인간적인 가치들의 위계에 종속되어 있기 때문에만 존재하는 것이다. 그 안에서는 물질적 현실과 정신적 현실이 구별될 수 없

을 것이고, 형식과 내용도 그러할 것이다. 그 하나를 파악하면, 동시에 다른 하나를 파악하지 않을 수 없을 수 없다. (화합물에 대한 설명에 이어……) 미술작품 역시 관찰자에게는, 호기심에 주어지는 참조사항이 되는 그 두 원천을 찾아 올라갈 수 있지만, 그 자체로서 완전하고 충분하며, 이후 그 자체의 힘으로, 자체만의 힘으로 존재하는 작품에 그것이 무슨 대수랴?(p.630)

자연과 인간 사이에 '인간적인 가치들의 위계에 종속되어' 있으면서도 물질적 현실과 정신적 현실의 통합, 형식과 내용의 통합을 이루면서, 독자성을 유지하는 그런 대상이 미술작품이라는 설명이다. 그렇다면 주체편에서 미술작품을 거쳐 자연에 이르고, 그 과정이 선순환하려면 어떻게 해야 하는가, 언장은 그런 생각을 한참 이어갔다.

예술이 환경에 대해 무관심하거나 호도한다면, 그 예술이 과연 무엇인가? 자연과 인간 사이에 상처를 내는 칼날이 있다, 언장은 상처라는 말 때문에 눈이 쓰렸다.

5. 문학은 칼질이다

언장은 자기 생각을 명제화해보곤 한다. 소설 쓰기는 자신의 내면에서 칼질을 하는 일이다. 소설 쓰기는 자기 스스로와 한 약속을 지키는 일이기도 하다. 그런데 그 소설이라는 것이 무작정 쓰기만 해서 되는 게 아니었다. 무엇을 쓸 것인가 고심해야 했다. 그것은 자신이 가지고 있는 세계관의 문제와 연관되는 사항이었다. 그리고 어떻게 쓸 것인가 하는 문제는 언어와 예술을 둘러싼 난삽한 문제들이 소설 쓰는 언장을 괴롭히는 사항이었다. 일상적으로 진행되는 소설 쓰기는 늘 소재와 기법, 두 가지 요건이 길항하는 과정이었다.

소설가로서 자기 입지를 확보하는 데는 장편소설의 실적이 있어야 한다는 것이 문단의 통념이었다. 장편소설『생명의 노래』(1, 2)와『시칠리아의 도마뱀』을 낸 이후 단편과 중편을 주로 썼기 때문에, 언장은 장편소설을 꼭 하나 쓰고 싶었다. 소설가로서 자기 입지를 확보한다는 것은 소설판이라는 환경 속에 자기 자리를 잡는 일과 같은 작업이었다. 달리 생각하면 언장 자신이 소설판을 만드는 주체였다. 자기가 만든 판에서 자기 입지를 확립하고 소설판의 멤버들과 맞부비면서 살아가는 것, 그게 소설가로서 살아가는 정당한 방법이라는 게 언장의 믿음이었다.

그리고 작가라면 자기가 살아가는 시대의 과제를 자신의 화두로 삼는 게 일종의 의무라는 생각도 했다. 현대사회의 과제, 당대의 시대적 과제 가운데 하나가 환경 문제라는 게 언장의 판단이었다. 환경 문제는 거의 30년 전부터 언장이 관심을 가지고 고심한 문제였다. 환경 문제에 대한 고심을 장편소설『생명의 노래』에 털어놓았다. 당시로서는 과제의 해결이 급한 만큼, 그게 꼭 소설이라야 할 필요가 어디 있는가, 그런 가당찮은 이야기를 하기도 했다. 언장은 그 책 초판을 찾아들고 서문을 읽어보았다. 이런 내용이 눈에 들어왔다.

[인용] '생명의 노래'는 환희의 송가이면서 동시에 깊은 슬픔의 비가이다. '생명의 노래'는 봄철의 꽃노래이다. 동시에 그것은 사멸해 가는 존재의 비원을 달래는 만가이다. 인간 자신을 포함하여, 인간을 둘러싸고 있는 산이며 들이며, 강이며 그러한 자연은 다른 한편에서는 상두가를 따라 죽음의 행렬을 이어가고 있다. 생명을 가진 것들, 그것이 인간을 둘러쌀 때 우리는 그것을 환경이라고 한다. 환경이 질러대는 환희의 송가와 환경의 죽음을 애도하는 조가를 함께 들으면서 이 소설을 썼다. 모색과 좌절, 희망과 절망이 맞물려 돌아가는 아득한 하늘 끝에 '생명의 노래'가 여울져 미칠 수 있을까?(pp.6~7)

그때까지, 언장은 환경과 인간 혹은 주체를 양분법으로 생각하는 데서 벗어나지 못하고 있었다. 그러나 환경을 제재로 한 소설에서 '노래'는 송가이면서 비가라는 양면성을 띤다는 것은 분명하게 인식하고 있었다. 환경을 자연환경으로 상정하는 한 환경의 복합성과 상호작용을 고려하기 어렵게 된다. 환경이 나를 만들고 나는 내가 만든 환경에 영향을 받게 되는 점은 거부할 수 없는 주체와 환경의 작용이라고, 언장은 생각했다.

상호작용이라 쉽게 말하지만, 그 양상은 말로 다할 수 없이 복잡하고 다양한 것이 사실이다. 그리고 우호적인 관계에서 이루어지는 상호작용이 있는가 하면 적대관계 속에서 이루어지는 상호작용도 있는 터라서 간단히 도식화할 수 있는 성질의 것이 아니었다. 아무튼 언장은 대학에서 문학과 문학교육, 소설론 등을 공부하고 가르치면서 소설을 썼기 때문에 소설이 일종의 여기(餘技)에 해당한다고, 사람들은 단정했다. 아무튼 언장은 소설을 씀으로써 학계와 문단 양쪽에 의미의 고리를 대고 있는 셈이었다. 몸은 고단하고 생기는 것은 없었다.

언장은 '환경 문제에 대한 총체적 생태소설'이라는 평을 들은 소설을 펴들고, 그 소설을 쓰던 당시 생각에 잠겼다. 1990년 당시 안면도에 방폐장을 설치한다는 계획이 발표되었고, 이에 반대하는 집회가 연일 이어졌다. 집회에 모인 군중들은 화염병을 던지고 경찰차에 몽둥이질을 하는 등, 살벌한 분위기였다. 환경 문제가 폭력과 연결될 수 있다는, 칼날을 보인 첫 사례였다.

6. 그 나라 환경에도 칼날이

언장은 소설 『생명의 노래』를 서가에 꽂고서는, 뭔가에 홀린 듯, 그 옆에 꽂힌 『도도니의 참나무』를 빼들고 책상에 와서 다시 앉았다. 그 중편소설집 표지에는 그리스 근대화가의 아버지로 불리는 야코비디스가 그린 풍경화 〈떡갈나무 아래 책 읽는 처녀〉라는 그림이 인쇄되어 있었다. 언장은 그 책을 쓰던 무렵의 기억을 더듬었다.

그동안 언장은 '한 여행 한 작품' 하는 식으로 욕심을 부렸다. 그러다 보니 '여행소설가'라는 딱지가 붙기도 했다. 언장은 『아무도, 그가 살아 돌아오리라고 기대하지 않았다』 뒤에 붙은 좌담에서 오 작가가 했던 이야기가 떠올랐다. 그 부분을 다시 입력해두었다.

[인용] (사회자가 오 작가에게 손가락질하는 데 따라 잠시 멈칫하다가) 작가의 어떤 소설들을 '여행소설'이라고 표딱지를 붙여도 좋을까요? 그런 딱지를 붙이면 그 딱지 때문에, 형식이 의식을 규제한다잖아요, 그렇게 되면 작품의 새로움을 발견하는 데 방해가 되거든요. 중요한 건, 여행소설이라도 그 안에서 작가가 추구하는 다양성과 글의 깊이겠지요, 물론 다른 작가의 여행소설과 차이점이 무언가를 드러내는 데 유념해야 할 거고요. 여행은 현실적 침체에서 벗어나는 방법이거든요. 여행 갔다 와서, 사람 사는 거 어디 가나 다 똑같더라, 그런 소리 하면서 여행사진이나 카톡으로 주고받고 만다면, 여행의 깊이가 사라져요. 여행의 깊이는 반추하는 데서 와요, 안 그렇습니까? 여행은 소설을 낳지만 관광은 사진을 남겨요. (pp.299~300)

하기는 소설을 썼으니 망정이지 여행사진마저도 하나 남지 않을 뻔했다. 언장이 그리스를 여행하는 중에 여행가방을 탈취당한 것이었다. 그리스를 거점으로 해서 북유럽으로 가려는 아프가니스탄 난민들이 국경 탈출을 위한 돈을 마련하기 위해, 소매치기나 강도짓을 한다는 것을 알았다. 그것은 거대한 폭력이 다양한 방면으로 뿌리를 뻗은 한 양상이었다. 9 · 11 테러와 연관된 폭력은 범위를 세계로 넓혀가는 중이었다. 그 이야기를 쓴 것이 『도도니의 참나무』라는 중편이었다.

언장은 가끔 그런 생각을 하곤 한다. '여행은 삶의 환경을 바꾸어보는 일이다.' 나를 나와 익숙하지 않은 환경에 놓아보면, 그곳의 자연-풍경-환경-생태가 인간사를 다른 관점에서 바라볼 수 있게 한다. 물론 사람 사는 이치는 가는 데마다 똑같은 측면이 있다. 인정과 감성과 예절 등은 세계 어디라고 다를 수가 없다. 어느 사회든지 아, 저래서 인간이라는 거야, 하는 그런 표지를 가지고 있는 법이다. 그걸 문화라는 추상적인 말로 바꾸어도 무난할 것, 언장은 그렇게 생각하는 편이었다.

아무튼, 그리스를 여행하는 중에 오스만투르크 지배 시대 알바니아와 그리스는 국경이 그렇게 분명하지 않았다는 것을 언장은 알았다. 발칸 반도 서쪽, 현재 그리스의 북서쪽에 위치한 이피루스 주에 이와니나(Ιωάννινα)라는 도시가 있다. 그 도시에 터키성이 있고, 그 성을 축조하고 지배 권력을 행사했던 인물로 '알리 파샤'라는 사람이 있었다는 것을 알게 되었다. 그 지역의 난폭한 폭군으로 알려진 인물이었다. 언장이 그 인물에 대해 관심을 가진 것은 폭력이 어떻게 생성되는가, 폭군은 어떻게 길러지는가, 그런 관심에서 비롯되는 흥미 때문이었다. 폭력 그 자체를 드러내어 얼마나 엽기적인 폭력이 자행되었는가 하는 걸 밝히는 건 문제의 핵심이 아니었다. 폭력적인 인간이 길러지는 혹은 형성되는 과정을 소설로 그린다면, 그것은 인간 보편의 진실 하나를 잡아내는 일이 될 게 아닌가 하는 생각에서 소설을 시작했다.

언장은 자기가 쓰는 소설의 작중인물이 살았던 데를 가보고 싶었다. 2018년 2월 알바니아를 찾아갔다. 알바니아 테펠레네라는 소도시가 알리 파샤의 고향이었다. 우기에 강물을 따라 떠내려 온 쓰레기들이 강가 마른 나무가지에 지저분하게 걸려 있었다. 그 쓰레기는 강에 대한 그리고 땅에 대한 폭력, 그 상흔이었다. 강가에서 바라보는 산들은 척박하기 짝이 없는 칼산이었다.

7. 부메랑이란 칼

환경결정론에 대해, 언장은 질색을 하는 편이었다. 주체와 환경이 상호작용을 하는 것이지 환경에 의해 주체의 모든 것이 결정되는 것은 아닐 터. 일방적인 경우도 있다. 인간의 행위 가운데는 환경의 아름다움을 배반하는 것도 있게 마련이다. 풍경이 빼어난 골짜기에서 피비린내 나는 전투가 벌어지기도 하고, 유유히 흘러가는 푸른 강에다가 살해한 시체를 던져 넣기도 하는 게 인간이 아닌가. 주체와 환경의 상호작용이 무서운 형상으로 이루어지는 경우도 있다. 인간이 저지른 환경에 대한 폭력은, 인간이 망가트린 그 환경이 다시 인간을 망가트리는 악순환을 거듭하게 한다.

언장이 자그마치 7년이나 주무르고 있던 소설은 제목이 『악어』였다. 악어 키우기를 하는 시간이 길어지면서 언장은 자기 스스로 악어와 가까워지는 게 아닌가, 그런 생각을 하게 되었다. 언장이 『악어』를 쓰는 동안 그의 서재는 이상한 책들로 가득 차게 되었다. 표제어에 폭군, 폭력, 종족말살, 인종청소, 자살, 인육, 카니발, 황제, 테러 그런 단어들이 적힌 책들이 서가를 채우기 시작했다. 폭군 이야기를 쓰다가 자신의 정신이 폭군으로 변해가는 게 아닌가 하는 의구심이 들기 시작했다.

책에서 읽은 내용이 기억 속에 반복적으로 부침하는 동안, 언장은 자신의 말투가 폭력적으로 변해가고 있었다. 몽땅, 싸그리, 한꺼번에, 확, 단칼에……, 그런 부사어가 자꾸 등장하는 것이었다. 아울러 이런 단어들, 모든, 전부, 예외 없이 등 전칭판단 어휘들은 세분된 사고의 섬세함을 파괴하는 폭력이나 다름이 없었다.

소설가는 자기가 쓰는 소설과는 얼마간 거리를 유지해야 한다는 것이, 언장의 작가적인 자세였다. 그런 원칙에 금이 가는 소리가 들렸다. 미셸 푸코의 『광기의 역사』에서 인간을 처벌하는 엽기적인 방법에 주목해서 읽게 되었다. 『카스트라토의 역사』를 읽은 뒤부터는 성가대 대원들의 성가가 성스럽게 들리지 않았다. 소년 성가대원이 미성을 유지하기 위해 '거세'를 해야 하던 시대가 있었다는 것을 알고 나서, 헨델의 오라토리오 〈메시아〉가 불알 발라낸 총각들의 미성으로 신을 찬양하는 폭력의 일종으로 비치는 것이었다. 대상에 대해 거리 유지가 안 되는 상황에서 작품을 끝내고, 그동안 참고하느라고 모았던 책을 치우지 않으면, 소재의 마성에 홀딱 빠져 헤어나지 못하는 정신병자가 되지 않나 걱정이 들 지경이었다.

그런 걱정을 하던 무렵, 언장은 러시아의 상트페테르부르크를 여행할 기회가 있었다. 그 도시를 만들기 위해 표트르 대제가 희생시킨 사람이 무려 40만, 그런데 도시가 완성되어 입주한 사람은 겨우 8만이었다는 이야기를 들었다. 상트페테르부르크가 국제화됨으로써 유럽 각지에서 사람들이 몰려들었다. 학술, 문화, 정치, 군사의 거점도시가 되었다. 그런 도시에 한국에서 유학을 간 학생이 거기서 만나는 사람들과 관계를 하는 가운데 몸이 망가지는 이야기는 사실적인 레퍼런스는 없었다. 도시 분위기가 그런 상상을 하게 한 것이었다. 언장은 그런 분위기를 「돌아오지 못하는 탕아」라는 작품으로 썼다. 물론 에르미타주 박물관에서 렘브란트의 명작 〈돌아온 탕아〉란 작품이 언장에게 쏟아부은 영감도 한 몫을 단단히 했다. 인간적 상호작용의 파탄을 그런 이야기로 그려냈다. 어떤 인간의 활동 무대는 그 인간의 '환경'이다.

러시아 근대화에 혁혁한 공을 세운 걸로 역사가들이 기록하고 있는 예카테리나 2세의 행적을 우크라이나 오데사에 가서 들었다. 그러나 여제의 사생활은 엽기 행각으로 누더기가 되어 있었다. 그 이야기를 쓴 것이 「청동의 그늘」이다. 여제에게 그의 신하들은 성적인 노리개였다. 스스로 성적으로 문란한 행동을 신하들에게 폭압적으로 밀어 부친 예카테리나. 그런 소재를 지속적으로 다룬다면 소설가는 자기 소재의 칼날, 그 부메랑에 목이 덩경 날아갈지도 모른다고 걱정했다.

8. 칼을 가진 자 누구나

어떻게 해서든지 악어 무리가 우글거리는 늪에서 벗어나야 한다는 생각으로, 언장은 2018년 12월 31일을 탈고 시한으로 작정했다. 그보다 한 며칠 앞당겨 일을 끝낼 계획이었다. 오성병원에서 일하는 정신과의사 정신강 박사를 만날 생각이었다. 그래서 며칠 전에 송년회 겸해서 12월 31일, 저녁이나 같이 하자는 약속을 해두었다.

그런데 약속한 날까지 작업이 마무리가 되질 않았다. 종일 바둥거리다가 정신강 박사에게 문자를 보냈다. '악어'가 안 끝났습니다. 날을 다시 잡읍시다. 답은 오지 않았다. 그럴 줄 알았다는 듯이. 언장은 2018년 12월 31일에서 2019년 1월 1일로 넘어가는 시간의 강물 위에서 '악어'와 더불어 몸싸움을 계속하고 있었다. 섣달 그믐날 밤에 나가 별을 바라보는 것이 언장의 새해맞이 의례였는데, 이번에는 그 놈의 '악어' 때문에 별 볼 일조차 잊어버리고 은하수만, 소리없이 홀로 흘러서 갔다.

언장은 자기가 쓰는 장편소설 『악어』를 두 겹의 서사로 구성해서 진행했다. 하나는 알리 파샤가 아버지를 잃고 그의 모친과 더불어 이 피루스의 파샤가 되어 폭군 행태를 보이는 과정을 짝수 장으로 펼쳤다. 서모시와 그의 아들 서보노가 폭력에 연루되어 고생하다가 풀려나는 과정을 홀수 장에 배치했다. 알리 파샤 이야기만 쓰기로 한다면 이야기가 한결 간결하게 진행될 수 있었다. 그러나 그렇게 할 경우 너무 단조로운 소설이 되겠다 싶어 플롯을 이중으로 전개해서, 폭력이 만들어지는 두 가지 시스템을 한 작품 안에서 그리자는 계획이었다.

그렇게 전개하자니 자연 한국과 알바니아, 그리스를 넘나들며 이야기를 구성해야 했다. 그런데 알리 파샤의 고향을 가보지 않은 채로 소설에서 묘사하기는 난감한 일이었다. 미슐랭 지도를 가지고 지명을 익히면서 이야기를 전개하기는 했지만, 미심쩍은 데가 있어서 알바니아를 찾아가 알리 파샤가 태어나고 성장한 지역을 두루 돌아보았다. 돈 안 되는 일에 돈 쓴다는 아내의 핀잔을 감수해야 하는 일이었다. 그러나 여행 덕분에 이야기를 풀어나가기가 한결 수월하기는 했다.

장편소설이니 서장과 종장을 설정해서, 이야기를 풀어나가기 시작하고 마무리하는 형식적 완결성을 기하고자 했다. 종장을 써나갈 무렵, 어디선가 닭 우는 소리가 들렸다. 아, 새해 새벽이 밝는구나. 언장은 창가로 다가가 동편 하늘을 바라보았다. 동편 하늘이 벌겋게 물들어오기 시작했다. '악어'와 더불어 하는 여행이 끝나가는 중이었다. 언장은 "살아 돌아오면 모든 여행은 나름의 가치가 있다." 그렇게 써놓고는 의자에서 일어나 거실로 나갔다.

거실 책상 위에는 그때그때 참고한 책들이 펼쳐져 있었다. 그 가운데 카바피의 시집도 하나 펼쳐져 있었다. 「이타카」라는 시였다. "네가 이타카로 가는 길을 나설 때,/ 기도하라, 그 길이 모험과 배움으로 가득한/ 오랜 여정이 되기를,/ 라이스트리곤과 키클롭스/ 포세이돈의 진노를 두려워 마라." 자기가 소설을 쓰는 과정이 '모험과 배움으로 가득한 오랜 여정'이었는지, 언장은 그런 의문을 곱씹었다.

또 닭 우는 소리가 들렸다. 언장은 창밖을 내다보다가 책상에 펼쳐진 채 놓여 있는 성경을 집어 들었다. 마태복음 26장, 약속과 배반의 드라마가 전개되는 장이었다. 그 가운데는 "칼을 쓰는 자 다 칼로 망한다."는 구절이 포함되어 있었다. 인간들은 자연-환경-생태에다가 마구 칼질을 해대는 중이었다. 그 칼이 인간에게 돌아와 목을 칠 날이 멀지 않다는 섬짓함.

'모험과 배움으로 가득한 오랜 여정'으로 나서는 게 소설 쓰기의 진수라고 해도, 그게 생명에 대해 칼질을 해대는 일이라면, 과연 어떤 항구에 이를 것인가, 그 항구는 클로드 로렝이 그린 아카디아로 연결되는 길로 이어질 것인가, 자신이 없었다. 칼을 쓰는 자의 항구일 터이므로.

9. 누가 칼잡이를 움직이는가

언장은 『악어』 원고를 7년 만에 끝냈다. 소설의 결말을 이렇게 마무리했다.

"제가 계산하겠습니다." 인이수 모친이 만류하는 바람에, 서모시는 장모의 카드를 받아들고 계산대로 갔다. 종업원의 이름표가 눈에 들어왔다. 이와니나 피로스(Ιωάννινα Πιρος). 알리 파샤가 자기 자신이 피로스왕의 후예라고 주장하면서 내세웠던 그 이름을 서울에서 만나다니! 서모시는 크음 헛기침을 내뱉었다. 알리 파샤는 자기 배역이 끝난 줄을 알아채지 못한 인간이었다.

자신이 하는 행동이 폭력이라는 것을 알아야 그 폭력에서 벗어날수 있는 게 아닌가 싶었다. 폭력이 습관화되면 그게 폭력이란 걸 모르게 된다. 습관이라는 게 무서워서 인간의 의식을 마비시킨다. 유대인 학살의 주모자 아이히만이 전범으로 재판을 받으면서 자신은 당시 나치독일의 관료로서 국가가 명령하는 바를 정당하게 수행했을뿐이라고 태연하게 이야기했다. 유대인 600만 명을 죽음으로 몰아간장본인의 말로는 그야말로 가공할 만큼 건조한 것이었다. 미국에서잘 나가던 대학교수 한나 아렌트가 교수직을 그만두고 예루살렘으로아이히만의 재판을 보러 달려갔다. 그 재판을 지켜보고 나서 얻은 결론 가운데 핵심은 '악의 평범성'이라는 것이었다. 광신자나 반사회적 인격 장애인이 역사적 악행을 저지르는 게 아니라, 권력에 순응하며 자신의 직을 수행한 인간의 반성이 결여된 보통 인간이라면 누구라도 역사적 악행을 저지를 수 있다는 경고. 한나 아렌트는 그것을 기록하는 게 자신의 역사적 사명이라고 생각했다.

사람을 일상으로 몰아넣고 사태의 심각성을 잠재우는 물건 가운데 하나가 텔레비전이었다. 언장도 버릇대로 거실에 나가 텔레비전을 켰다. 새해가 되었다고 별로 흥분할 일도 없을 터이고, 기대할 바도 없을 것이기 때문에 버릇대로 리모컨 스위치를 눌렀다.

강동 오성병원 정신과의사 정신강 박사가 환자의 칼에 찔려 숨졌다는 뉴스를 방영하고 있는 중이었다. 31일 밤, 자신에게 치료를 받아오던 환자가, 정신강 박사가 자기 머리에 폭발물을 장착해놓았다고 하면서 칼로 가슴을 열 군데가 되게 찔러, 숨졌다는 것이었다. 이런 죽일 놈, 언장은 가슴을 쳤다.

작품이 완결되지 않았어도 전화를 할걸, 전화하고 만나서 소주라도 한잔 했으면 친구 정신강이 죽지는 않았을 것을! 후회는 앞으로 닥칠 일을 대비하는 데 도움이 될 때라야만 의미가 있는 법이다. 지금 뉴스를 보면서, 친구의 죽음을 앞에 두고 할 수 있는 일이란 아무것도 없었다. 무엇을 해야 하는지, 앞이 아득할 뿐이었다. 뉴스는 이런 소식을 전하고 있었다.

정신강 박사는 환자가 칼을 들고 달려드는 장면에서, 간호사들에게 어서 도망치라고 소리를 질러 피하게 했다는 것이었다. 죽는 길에서도 다른 사람 고려하는 그 정신이 진정한 의사의 정신, 사람을 아끼는 정신과 의사라고, 매스컴은 의사의 정신을 칭송했다. 조울증 환자, 어찌 생각하면 세상은 그런대로 살 만한 곳이기도 하다, 달리 생각하면 세상은 생지옥이었다. 천국과 지옥을 오가는 사이 몸은 망가져가는 게 조울증이었다. 스스로 통제가 안 되는 상황, 거기서는 모순이 진보의 에너지가 될 수 없었다. 언장은 그게 현재 자신의 상황이 아닌가 하는 생각을 했다. 누가 당신 작품 좋더라면 기가 살고, 그걸 작품이라고 내놓았느냐며 한마디 하기만 해도 기가 죽어 축 처지는 자신이 조울증 환자 아닌가. 그게 자신의 몰골이었다.

나를 둘러싸고 있는 모든 존재가 나의 환경이다. 언장은 그런 생각에 옭혀 다른 생각을 할 수 없었다. 정신강 박사는 언장의 환경이었다. 언장의 존재를 버텨주는 일종의 성과도 같은 존재가 정신강이었다. 그런데 그가 사라졌다. 그가 사라진 자리를 대신할 수 있는 존재는 아무데도 없었다. 언장은 자신의 환경에 칼질한 놈! 외치면서 눈시울을 붉혔다.

10. 디오니소스의 칼

언장은 속에서 일어나 어지럽히는 혼란을 감내하기 어려웠다. 비로소 아내 생각이 났다. 생각해보니, 아내는 동해안 해돋이를 보러 간다고 친구들과 일박이일 여행을 떠났다. 아내는 자신의 환경인가? 문득 그런 의문이 들었다. 언장의 은사가 자주 들어 쓰는 사자성어가 처성자옥(妻城子獄)이라는 것이었다. 마누라한테 잘해야 한다는 이야 기를 하면서, 말하자면 마누라가 자기를 지켜주는 성이라면 자식은 부모를 잡아넣고 괴롭히는 감옥이라는 것이었다. 아내가 동해안에 가서 해돋이를 보면서 어떤 생각을 할 것인가 자못 궁금했다. 사람이 없는 성을 성이라 할 수 있을까? 아내와 남편, 그것도 어쩌면 일종의 대칭일지 모를 일이었다. 집에 혼자 앉아 아무런 위험 없이 소설을 쓰는 언장 자신과 정신과 의사로서 환자한테 칼을 맞고 죽은 정신강 박사, 그것은 칼을 사이에 둔 분명한 대칭이었다.

언장은 가공할 대칭에 질려 잠시 책상 앞에 턱을 괴고 앉아 있었다. 냉장고를 뒤져 전날 사두었던 막걸리를 찾았다. 대접에 따라 마셨다. 안주랄 게 없었다. 신 석박지 몇 쪼가리 한 접시가 전부였다. 아내가 식사 걱정하길래 내 걱정 말고 다녀오라는 말 그대로 믿고 아내는 손을 살랑살랑 흔들면서 집을 나갔던 터였다. 빈속에 마신 막걸리에 취기가 올라왔다. 정신이 알알해지면서 눈앞이 어른거렸다. 정신이 몽롱해지면서, 언장은 장식장 서랍에 넣어두었던 태극기를 꺼냈다. 태극기를 보면서 언장은 '태극도'를 떠올렸다.

태극도는 그 5위(五位)의 순서에 따라 무극이태극(無極而太極), 음정양동(陰靜陽動), 5행(五行), 건곤남녀(乾坤男女), 만물화생(萬物化生)

의 전개를 나타낸다. 즉, 무극(無極)의 진(眞)과 이기오행(二氣五行)의 정(精)과의 묘합(妙合)으로 건남곤녀를 낳고, 만물이 화생하나 만물은 결국 하나의 음양으로, 그리고 음양은 하나의 태극으로 돌아간다. 그게 태극도설의 설명이었다. 음과 양이 맞물려 어지럽게 돌아가는 형상 가운데 우주의 창생과 우주 운행의 원리가 들어 있었다. 양극이 아니라 무극이 태극이라는 발상법은 범연치 않았다. 그것은 가히 아름다웠다.

생각할수록, 언장은 자기한테 시를 보내주는 시인이 기특하다는 생각이 들었다. 자연이 아름답다는 것은 자연을 과도하게 이념화한 결과인지도 모른다. 그러나 아름다운데 어쩌랴. 양극 대립을 넘어서는 관점이라야 세상을 제대로 볼 수 있는 게 아닌가, 그런 생각이 뇌리를 떠나지 않았다. 결국 양분법을 벗어나야 세계를 제대로 바라볼 수 있게 되는 것. 그러나 그 방법은 여전히 묘묘한 지평으로 달려가 지평선 너머로 가라앉는 신기루에 불과한 것이었다. 진보를 위한 필수요건으로서 갈등을 설정하는 윌리엄 블레이크의 시각이 옳은지도 모를 일이었다. 갈등 없이는 아무런 진보도 없다! 그런데 대립만이 문제되는 게 아니라 대립 가운데 움직이고 생성되고 소멸하는 그런 역동적 구조라야 할 터였다.

그런데 역동적이라는 것을 무조건 수용해야 하는 것인가, 언장은 고개를 저었다. 역동적이 되기 위해서는 서로 차이가 나는 두 존재 혹은 힘이 얽혀 돌아가야 한다. 윌리엄 블레이크는 양립을 이야기했지만, 그게 움직이는 원동력이 무엇인가는 생각하지 않은 게 아닌가. 그렇다고 주돈이류의 '태극도설'에 세계운영의 모든 역동상이 제대로 드러나 있는 것인가는 또 의문이었다.

술이 취할수록 정신이 맑아지는 이상한 신체–정신 구조를, 언장은 가지고 있었다. 자기 안에서 우주의 운행이 이루어지고 있는지도 모를 일. 그러나 그것은 자신을 향한 원초적 폭력이나 다름이 없었다. 문제는 폭력은 일종의 희생인데, 그 희생을 겪은 이후 새로 탄생할 질서는 무엇인가, 막다른 골목에 이르고 만다는 것이었다.

언장은 모리스 라벨의 〈볼레로〉를 틀고 볼륨을 잔뜩 올렸다. 그러고는 바오밥나무 아래서 춤을 추기 시작했다. 어쩐 일인지 그의 손에 외과 수술용 칼이 들려 있었다. ✽

땅거미에 만난 거인

세네갈, 생-루이, 가스통 베르제 대학교 캠퍼스(촬영 : 우한용)

세네갈 인구의 95%가 무슬림인데 당신은 왜 가톨릭 신앙인가 내가 물었던가요. 당신의 대답은 간명했습니다. 무슬림은 인간을 '신의 노예'라고 하는 반면, 가톨릭에서는 사람을 '신의 아들'이라고 규정한다는 것이었지요. 우리는 위, 다코르(그래, 맞아) 하면서 공감을 표하는 이야길 한참 했지요.

땅거미에 만난 거인

랄리예, 당신은 나를 초대해주고 지극한 환대를 해주었습니다. 한국에 돌아와서 생각해보니 너무 고마운 일이었습니다. 고맙다는 편지를 써야 하겠다고 맘먹고, 당신을 만났던 몇 가지 기억을 더듬느라고 시간이 흘렀습니다. 귀국인사 삼아 편지를 보냅니다. 생-루이에서 펠리컨 만년필을 강에 빠트리고, 지금은 프랑스 제품 워터맨으로 편지를 씁니다.

우리가 만난 것은 짧은 시간이었지요. 겨우 이틀이었으니까 말입니다. 그래서 맘 놓고 편지를 쓰는 중에는 이야기가 외돌고 길어질 것 같습니다. 아직도 내 영상 속에 날아나는 새들도 있으니까, 더욱 이야기가 어디까지 갈지 모르겠습니다. 다카르로 돌아오는 날 낮에, 다리를 건너오면서 보았던 가마우지와 펠리컨, 이 새들의 울음소리가 귀에 쟁쟁합니다.

우리가 묵은 호텔 '메종 로즈'로 당신이 우리를 찾아온 것은 거의 땅거미가 내리는 시간이었습니다. 한국에서 '땅거미'는 말로 설명하기 어려운 묘한 분위기를 자아냅니다. 땅거미가 땅바닥을 기어다니는 거미는 물론 아닙니다. 프랑스어로는 '개와 늑대 사이 시간'이라는 관용어가 있지요. 대상이, 뭔가 짐승이 하나 다가오긴 하는데 개인지 늑대인지 구분이 안 되는, 그런 저녁으로 기우는 시간 구획, 그게 땅거미인 셈이지요. 땅거미에 이어 밤이 까뭇 짙어지고.

당신은 어둑어둑해지는 골목길로 뚜벅뚜벅 걸어왔지요. 그런데 몸만 이쪽으로 다가오고 얼굴은 어둠에 묻혀 윤곽을 정확히 알 수 없는 형태였습니다. 반은 사람이고 반은 유령이랄까. 다소 섬짓한 느낌이 없지 않았습니다. 그것도 식민지 시대의 낡은 건물들이 모래먼지 속에 웅크리고 서 있는 사이를 걸어오는 터라서, 겁이 나기도 하고 신비감 비슷한 느낌도 있었지요.

얼굴이 잘 안 드러나는 당신은 당당한 몸짓으로 다가와 나를 덥석 끌어안았습니다. "하비 드 부 헝콩트르!"(당신을 만나 정말 반갑습니다!) 그런 인사말은 당신의 포옹으로 인해, 헉 하고 잘려 나갔는데, 당신의 몸에 내가 가서 안기는 그 느낌은 내 존재의 실감을 불러내는 것이었습니다. 당신은 나의 존재를 드러내는 일종의 대항력, 카운터 포스 같은 것이었지요. 아내는 어떻게 인사를 해야 하나 망설이는 듯, 옆에 서서 손을 맞잡고 우리를 바라보았지요. 그러다가 손을 내밀어 악수를 했어요. 아내의 손이 물에 풀린 듯한 어둠 속에 유난히 하얗게 부각되었습니다.

아프리카 여행을 간다니까 아내가 같이 따라나섰습니다. 인종을 넘어서서 인간을 이해하는 좋은 기회라고 생각하는 듯했지요. 그런데 아내는 여행 계획에 모로코를 끼워 넣자는 것이었지요. 안타까운 이별을 다룬 영화 〈카사블랑카〉를 기억하기 때문에 거기로 끌린 것 같기도 합니다.

카사블랑카를 다녀오고 나니, 내 세네갈 여행 계획에 끄트머리 이틀이 예비 시간으로 남았습니다. 그래서 두 군데를 저울질했습니다. 하나는 레오폴드 세자르 생고르가 태어난 조알파디우트라는 곳이었고, 다른 하나가 프랑스 사람들이 아프리카에 와서 처음 정착한 걸로 되어 있는 생–루이였지요. 조알은 생고르의 언어관과 '네그리튀드'와 연관이 되기 때문에 이끌렸지요. 생–루이는 노예무역 거점도시 가운데 하나라 꼭 가보고 싶었던 데였습니다. 내가 당신을 소개받게 된 연유는 이렇습니다.

모로코를 다녀오는 길이었는데요, 공항까지 픽업을 나온 남 목사께서(본명은 적절한 기회에 알리기로 합니다.) 내가 모로코 다녀오는 중에 좋은 일들이 많다는 이야기를 했지요. 그 가운데, 한국인 여성이 세네갈 남자와 결혼해 사는 가정이 있다면서, 그분들 시아버지가 생-루이에 사신다는 거였지요. 나를 잘 아는 남 목사님은 그분을 만나면 나와 여러 가지로 '대화'가 되겠다면서 가서 만나볼 생각이 있는지 물었습니다. 철학과 사회학을 공부하고 대학에서 가르치다가 정년한 분이란 정도로 소개를 했습니다. 나는 단박에 생-루이가 확 다가오는 바람에, 한국인 아내와 세네갈 남편인 가족을 우선 만나자고 했습니다. 나는 궁금한 일 두고 참지 못하는 성격입니다.

세네갈의 수도 다카르에서 우리가 묵던 호텔은 '카사 마라 게스트하우스'였습니다. 모로코까지 끌고 가기 거치적거리는 짐을 맡겨둔 것도 있고 해서, 불가불 그 호텔에 들러야 했기 때문에 그 호텔에서 만나기로 했어요. 나는 당신 며느리가 한국 사람이라는 것은 의외라기보다는 기이한 느낌까지 들었습니다. 한국에서 좀처럼 보기 어려운 경우니까요. 한국 여성이 아프리카 남성을 남편으로 맞는 경우는 극히 드물지요. 전에 언제였던가 아프리카를 사랑한 어떤 분의 글을 읽은 적이 있는데, 한국 여성이 남아공 백인 남성과 결혼해서 사는 이야기였습니다. 그건 한국 여성과 유럽인의 만남이나 다름이 없지요. 당신네 아들의 경우와는 비교가 안 되는 사례. 한국은 알게 모르게 서구화되어 있어서, 서양 사람과 결혼하는 국제결혼 이야기가 나오면 심정이 착잡해요. 그러니 아프리카 사람과 결혼을 했다는 것 자체가 이야깃거리가 되지요.

당신 아들 내외는 아기 '지영 페미'를 데리고 우리 호텔로 찾아왔습니다. 당신을 소개하면서, 철학과 사회학, 인류학을 공부했기 때문에 아프리카 철학과 세네갈의 사회, 사상 등에 대한 이야기를 들을 수 있을 거란 설명을 했어요. 나는 그 몇 마디만으로도 당장 구미가 돌아 남은 이틀을 생-루이에 다녀오는 걸로 결정을 했습니다. 아내는 폐 끼치는 거 아니냐고 슬그머니 제동을 걸었습니다. 그러나 나는 차편을 물색해달라 하고, 생-루이에 호텔 예약을 부탁했습니다.

그런 약속이 끝나고, 우리는 카사 마라 라운지에서 저녁을 먹었어요. 이제 말을 막 배우기 시작하는 아기가 한국말도 하고 프랑스어도 하는 걸 보고 인간의 언어 습득 능력, 그 보편성을 생각하기도 했습니다. 둘이 만나게 된 연유도 대강 들었습니다. 대강이라는 것은, 당신을 만나 이야기할 기대 때문에 그저 설렁설렁 지나갔다는 뜻입니다.

뒷날 당신 아들이 교섭해준 차를 타고 생-루이로 달려갔습니다. 아내와 내가 생-루이에 도착한 것은 거의 해가 이울기 시작할 무렵이었습니다. 도로 왼편으로 펼쳐진 바닷가에는 새들이 떼를 지어 날아오르기도 하고 내려앉기도 했지요. 그 가운데는 멀리 펠리컨이 보이는 것 같기도 했습니다.

당신이 우리를 만나려고 몰고 온 차로 당신 집에 가는 동안, 우리는 소통하는 데 필요한 기본 정보를 서로 주고받았지요. 당신이 1940년생이라는 것, 자녀는 4남매를 두었다는 것, 집에는 수학 교수를 하는 아들과 아내, 그렇게 셋이 산다는 것 등을 이야기했던 기억나나요? 전에 투바에서 만났던 '바라 부소' 집안과는 대조적이라는 생각을 했지요. 그 집은 아내가 넷이고 애들이 무려 스무 명이 넘는 집안이었습니다. 당신은 집에 성모상을 걸어두는 가톨릭이었고, 바라 부소는 무슬림 지역 지도자였지요. 무슬림과 가톨릭을 같이 만나면, 세네갈을 제대로 보게 되는 거라는 생각도 들었습니다.

당신 집에 도착해서 거실로 안내를 받았어요. 우리가 안내받은 거실에는 콩고에서 가져왔다는 탈과, 그림들, 태피스트리, 그리고 눈에 띄는 것 가운데 하나가 당신 아내 젊은 시절의 초상화였지요. 한 사람이 다른 한 사람을 만나 같이 살아간다는 것. 그건 엄숙한 생애의 과업이라는 생각이 들었습니다. 나도 아내와 인연이 맺어져 살면서 애 셋 두고, 집 마련하고 이제까지 40년 넘게 살고 있지요. 평소 아무것도 아닌 일상이었던 일들이 당신을 만나니까 새로운 의미로 다가오는 거였습니다. 한 인간이 일생을 살아낸다는 것, 그것은 생을 누리기보다는 견디는(endurer) 것이고 참아내는(supporter) 일이며, 괴로움을 이겨내는(souffrir) 과정인지도 모릅니다. 세상에서 환희를 온통 누린다면야 윤리가 그렇게 중요할 건 아니지요. 괴롭게 참고 견뎌야 하기 때문에 거기다가 가치를 부여하자니까 윤리가 필요해지는 모양입니다. 윤리의 근거는 고통에 있다는 말씀이지요. 간난 속에 환희를 찾아내는 게 사는 일이기도 하고요. 신산한 생애사를 겪어온 노부부의 삶이 대단해 보였습니다.

당신 이름은 한국 사람이 발음하기 대단히 어렵습니다. 내 명함을 건네면서 당신 이름을 써달라고 부탁했지요. 내가 내놓은 만년필을 보고는 당신은 "아, 펠리컨 만년필이군요!" 그렇게 감탄을 했습니다. 그 만년필은 독일 유학 다녀온 학생이 선물한 것이었습니다. 그 학생 설명으로는 독일 화학자 카를 호르네만(Carl Hornemann)이 예술 가용, 회화용 도구로 제작한 게 그 만년필의 상표라고 합니다. 1800년대 중반 화학자 괴더 바그너가 회사를 인수하고, 1895년 상인 프리츠 바인도르프(Fritz Beindorff)가 다시 인수해서, 세계적인 문구사업으로 확장한 회사가 '펠리컨'이라고 합니다. 만년필의 역사를 시시콜콜 따지는 건 그게 나한테는 유별한 의미를 지니는 물건이기 때문입니다. 아무튼 펠리컨은 몸집은 백조만 한 녀석이 부리가 이상하게 커서 사람들의 호기심을 자극하는 새, 그의 부리로 물고기를 잡아 부리 밑에 저장했다가 되뱉어 씹어 먹기도 하는 이 새, 몸이 좀 둔해서 포획되길 잘 하지요. 그래서 박제가 되어 팔리기도 한다지요. 우리는 몸집에 비해 머리가 과도하게 큰 존재들인지도 모릅니다. 작가라는 것…… 펠리컨을 닮은 존재.

당신은 활기찬 필체로 이름을 써주었지요. 알파벳으로는 이렇게 되어 있군요. 'Issiaka, Prosper, Lalèyè' 차례대로, 이시야카는 일본식 이름 같기도 하고, 프로스퍼는 영어로 번역한다는 뜻인데, 맞지요? 프랑스식 악상이 붙은 랄레이예는 악상 그라브와 샤포가 붙어 있어서 음상으로는 분리해서 발음하기가 거의 불가능합니다. 그래서 나는 당신을 랄리예, 라예예(羅禮隸)라고 불렀고, 당신은 웃으면서 좋다고 했습니다. 그 좋다는 뜻이 뭔지는 다시 묻지 않기로 합니다. 노예라고 할 때의 그 예(隸)자. 착한 야만인에서 예절바른 노예를 연상하는 무례함이라니. 몽테뉴 시절부터 그렇게 일러온 선한 야만인 (le bon sauvage), 이들이 한번 피를 맛보면 환장을 한다는 식으로 인식하는 유럽인들의 시각이 들어 있기 때문입니다. 유럽인들의 그러한 사고가 아프리카를 식민화하는 빌미가 되기도 했지요. 피를 맛보기 이전에 합리적이고 우아한 정신을 심어주어 자기들 문화로 동화해야 한다는 그 생각 말입니다. 남을 남으로 그대로 두지 않고 자기처럼 만들어주겠다는 오만, 잘난 인간과 못난 인간, 그 혹독한 양분법을 이성이란 이름으로 합리화하고, 조직해서 세상을 휘몰아가려는 게 제국주의 아닌가 모르겠습니다. 아무튼 당신 이름 랄리예는 유럽 냄새가 안 납니다. 대신 아프리카 냄새가 짙달까.

당신이 이름을 써준 쪽지를 들고 당신을 유심히 살폈습니다. 당신의 인상을 오래 담아두고 싶어서였습니다. 세네갈의 대장부답지 않게 키는 작달막하고, 부리부리한 눈은 안경 너머로 빛을 산란했습니다. 피부는 아프리카인으로서는 덜 검은 편이고. 머리가 벗겨진 것은 세월이 할퀴고 간 자리일 터이고. 남은 머리는 희끗희끗해서 시간과 더불어 쌓인 지혜의 표상을 읽을 수 있게 했지요. 걸걸한 목소리로 웃을 때는 주변의 공기가 주름 잡힐 정도로 호쾌하게 웃음을 토해냈습니다. 거침이 없는 호쾌한 사나이라는 느낌이었는데, 늙은이라는 느낌이 별로 없었지요. 나이와는 다르게 젊게 느껴지는 그 풋풋함이 호감이 갔습니다. 형이 없는 나에게는 저런 형님 하나 두었으면 좋겠다 싶었습니다. 내 핏줄의 형님을 둔다는 것은 시간의 불가역성으로 인해 불가능한 일이지요. 그러나 거침없이 형님을 부르는 것은 의존심리 하나라는 생각이 들기도 해서 조심스러웠습니다. 한국에서 '형님'이란 말은 에리히 프롬의 '자유로부터의 도피'를 연상하게 합니다. 당신에게 나를 바치니 나를 보호하소서. 그런 식민지인의 심리가 '형님'이란 말 속에 도사리고 있지요. 당신은 친절하고 세계 어느 나라 사람이든지 환대할 것 같았습니다. 그건 인간에 대한 폭넓은 이해와 깊은 신뢰를 바탕으로 한 것이 아니면 도달할 수 없는 어떤 인격의 높이를 느끼게 하는 아우라였습니다.

당신의 활기찬 분위기에 젖어 있는데, 당신 부인이 거실로 나왔지요. 당신은 부인에게 우리를 소개하고, 우리는 악수를 하면서 인사를 나누었지요. 부인 이름은 기억이 나질 않습니다. 이름을 이야기하기는 했는데 적어두지 않으면 기억이 안 납니다. 용서하시길 바랍니다. 내 나름의 주관적 상상이 사마 카리트(Sama Kharit)쯤으로 생각하기로 했습니다. 월로프 말로 '내 친구'라는 뜻이 그렇지요. 한국에서도 아내를 반려(伴侶)라 하기도 해요. 동반해서 사는 친구란 뜻이지요. 부부간의 화해로운 삶은 어느 문화권에서도 칭송하는 바가 아 닙니까. 우리는 부부 이야기는 최소한으로 줄이자고 약속이라도 한 듯, 아내 이야기는 거의 하지 않았습니다. 그런데 내 기억에 남아 있 는 부인의 이미지는 남편 잘 보필하고 자식 잘 기르는 가운데 충실한 생애를 운영해온 노부인의 정형으로 부각되어왔습니다.

　당신은 식사 전에 집을 구경하자면서 우리를 이끌고 밖으로 나갔지 요. 자신의 삶을 스스로 개척한 역정이 오롯해서 믿음이 가게 했지요. 밤이었는데도 전등을 켜서 조명을 밝히고 우리를 집 안 여기저기를 둘 러보게 해주었습니다. 본채 뒤에 낡은 바라크 집이 있었는데, 본채 공 사를 하는 과정에 기거했던 집이라면서, 거실과 주방과 헛간 등을 설 명해주는 부인은 자랑이 가득한 추억을 더듬는 모습이었습니다. 자기 집을 자신의 손으로 지은 것은 대단한 일입니다. 한 생애에서 집을 짓 는 일이 얼마나 어려운 일인지는, 세계 어디서나 경험해본 사람은 다 아는 공동의 기억이지요. 그래서 한국에서는 살아가는 일이 얼마나 힘든지를 이야기할 때, 어유 밥짓기 집짓기라지 않던가, 그렇게 말 합니다. 한국에서는 '글짓기'라는 말을 합니다. 프랑스어에서도 'bâtir une phrase'라고 하면 문장을 구성한다는 뜻, 글쓰기라는 뜻이 되기 도 하지요. 베냉의 사나이가 세네갈, 스위스, 프랑스를 거쳐 세네갈 에 와서 대학 교수로 정착하기까지 대단히 긴 여정을 힘들여 달려왔 다는 느낌……. 울타리 옆에 닭장이며, 오리집, 칠면조 우리, 그리고 양 우리들이 자리잡고 있었는데 살림을 규모 있게 해온 여정을 알 수 있는 흔적들이 고스란히 남아 있었지요. 닭장을 들여다보는데 흰 닭이 푸드덕 날아오르다가 바닥으로 주저앉는 것을 보고 나는 저게 펠리컨 아닌가 하는 환상이 스치고 지나갔습니다. 별 의미 없는 일인데도, 의미의 고리를 갖다 붙이는 게 우리 사고 관습이겠지요.

당신 집은 넓은 대지에 세운 1층 건물이었는데, 생활 규모를 알 수 있는 삶의 터전이란 말이 실감이 갔습니다. 당신과 부인이 50세 된 아들과 함께 산다고 했습니다. 아들은 수학을 공부했는데, 대학에 시간 강의를 나간다는 정도만 소개했지요. 인사를 하면서 이름을 이야기한 것 같은데 잊어버렸습니다. 그래서 고유명사가 아니라 랄리예 씨의 아들 그렇게 기억에 남아 있습니다. 아무 말 없이 그림자처럼 움직이는 게 그늘이 있는 사람처럼 보여서 마음이 쓰였습니다. 그의 와이프 즉 며느리가 있는지, 있다면 무얼 하는지 그런 건 묻지 않는 게 좋겠다면서, 내 무작정 날뛰는 호기심을 눌러두었습니다. 그 호기심이라는 게 팔십 바라보는 아버지가 오십 된 아들을 데리고 한집에 산다는 게 무얼 뜻하는 것인가 하는 관심에서 비롯되는 겁니다. 자식 낳고 키우고, 그리고 제금내는 일, 그런 순서 가운데 마지막 과정에 무슨 사달이 있었던가, 가슴 한가운데에 묵직한 게 내려앉았습니다.

마당의 허드레 건물들을 구경하고 다시 거실에 들어왔지요. 콩고에서 가져왔다는 탈들과 그림들이 새로운 느낌으로 다가왔습니다.

안온하고 화락한 환경은 모래바람 몰아치는 바깥과는 사뭇 달랐습니다. 뭐랄까, 못사는 동네 잘사는 사람, 그런 아둔한 대비를, 나는 속으로 하고 있었던 겁니다.

결론은 좀 달랐습니다. 세계 어디서든지 한 생애 성실하게 살고 나면 이런 정도 집은 지니고 살아야 하는 게 아닌가, 그게 인격적 대접을 받는 일 아닌가 하는 생각을 했습니다. 구태여 나와 비교하고 싶은 생각은 없었습니다. 아내가 주선해서 마련한 아파트와 시골집 하나, 그건 그렇게 내세울 만한 게 아니지요. 집보다는 학자로서, 작가로서 나의 성취가 무엇인가를 다시 생각할 뿐이었습니다.

그리고 그건, 실로 갑자기였는데, 식민지 지식인이란 생각이 머리를 쳤습니다. 당신은 철학과 사회학 그리고 인류학을 공부했다고 소개했고, 근간에는 종교에 관심이 있다는 이야기를 했습니다. 세네갈의 수도 다카르대학에서 철학을 공부하고, 스위스 프리부르대학에서는 아프리카 철학을 연구해서 학위를 받았고, 파리 소르본대학에서는 인식론 연구로 철학박사 학위를 더 받았다고 했습니다. 이 지점에 와서 '국내파'로 분류되는 나의 학력과 당신의 학력은 대비가 되지 않을 수 없었습니다. 다카르에서는 철학이란 무엇인가, 플라톤, 아리스토텔레스, 칸트, 헤겔 그런 공부를 했는데 스위스에 가니 다르더라는 이야기는 가히 인상적인 것이었지요. 이른바 아프리카 철학이 무엇인가를 지도교수가 물었다는 겁니다. 아프리카에서 철학을 한다는 게 무엇인가를 생각하는 계기가 되었다는 것이었지요. 밖에서 발견하는 나의 모습이 얼마나 껄끄러운 것인가 하는 생각을 하면서, 한국의 식민지 지식인들과 작가들을 떠올려보았습니다. 식민지의 언어도 생각해보고.

세네갈 인구의 95%가 무슬림인데 당신은 왜 가톨릭 신앙인가 내가 물었던가요. 당신의 대답은 간명했습니다. 무슬림은 인간을 '신의 노예'라고 하는 반면, 가톨릭에서는 사람을 '신의 아들'이라고 규정한다는 것이었지요. 우리는 위, 다코르(그래, 맞아) 하면서 공감을 표하는 이야길 한참 했지요. 신과 인간의 관계를 설정하는 데, 비유항으로 노예와 아들을 설정하는 차이는 그야말로 '천묵의 차이'겠지요. 당신은 나에게 읽어보라면서 소논문 하나를 내놓았습니다. 「아프리카에서 희생 제의의 준비와 실행」이라는 제목에 '베냉의 부두교 제단의 경우에 대한 성찰'이라는 부제가 붙어 있는 프랑스어로 작성된 글이었지요. 불어로 보둥(vodoun)이라고 쓰는 부두교…… 나는 아연해졌습니다. 광기 가득한 미신이나 사교로 알려진 부두교에 당신이 관심을 갖는 게 이상하다 못해 해괴하다는 느낌이 들어서입니다. 그런데 의문이 금방 풀렸습니다. 당신의 고향이 세네갈이 아니라 베냉이라는 이야기를 듣고서였습니다. 아무튼 당신은 부두교의 제단(autel)을 준비하는 과정은 삶의 '인식'과 '소망'과 행위적 '실천능력'을 상징적으로 보여준다면서, 그에 대해 자세히 서술한 내용을 간단히

설명해주었지요. 고향 동네 사람들의 삶, 그 구조와 의미…… 구조인
류학, 그리고 레비스트로스…… '슬픈 열대'. 이 무잡한 생각……

　당신은 그런 이야기를 했지요. 베냉은 1960년 8월 1일 프랑스 식
민지로부터 독립하여 착실한 정치발전을 추진하였다고요. 그런데
10년이 좀 지나서 1972년 10월, 당시 사십이 못 된 마티외 케레쿠
(Matieu Kerekou)가 군사 쿠데타를 주도하여 정권을 장악하였다는
것. 나는 그때 다카르대학에서 철학을 공부하고 있었는데, 잘 아시는
것처럼 혁명은 철학을 압살합니다, 그렇지요? 그래서 베냉에 안 돌
아가기로 마음먹었습니다. 정권을 잡은 지 20년 조금 못 되는 상황에
서 케레쿠가 마르크스 레닌주의를 포기했습니다. 그게 1990년입니
다. 그동안 당신은 스위스 프리부르로, 파리 소르본으로 옮겨 다니면
서 인류학과 철학을 공부하고, 파리에서는 인간의 인식의 문제를 가
지고 국가박사를 받았습니다. 장 피아제의 발생적 인식론이 관심사
였지요. 나는 장 피아제라면 읽은 적이 있고, 정신의 구조를 설명하
는 착실한 논리라는 것을 알고 있었는데, 그 이야기를 반복하기는 좀
어색했습니다. 아무튼 서양에서 공부한 세네갈(아프리카) 지식인, 뭐
랄까 몸과 의상이 잘 안 맞는 듯한 그런 이질감이 씻어지지 않는 가
운데 이야기는 계속되었지요.
　철학을 공부한 이유는 아프리카 철학을 수립하기 위해서였습니다.
학자들은 아프리카 사람들이 철학에 관심을 가지고 공부한 역사를

아프리카 철학의 역사라고, 초기·중기·현대로 나누어 설명하고 있는데, 아니지요. 아프리카인들이 우주를 바라보는 시각과 존재의 근원을 어떻게 설정하는가, 대상을 어떻게 인식하는가 하는 인식방법, 미감의 형태와 특성 등을 밝히는 것이 아프리카 철학이지요. 안 그렇습니까? 맞습니다. 철학 연구사와 철학사를 혼동하는 셈이군요. 이 부분에서는 당신의 이야기와 내 이야기가 서로 넘나들기 시작했습니다. 서로 이야기가 넘나든다는 것은 우리가 철학에서 문학으로 의미역(意味域, champs sémantique)을 옮겼다는 뜻이 아닐까요? 안 그럴지도 모르지요. 사랑이 모든 지식의 원천이라고 하듯이, 철학이라고 공감이 바탕이 되지 않으면 학파, 에콜(l'école)이 안 이루어지겠지요. 아무튼 나는 당신과 같은 에콜에 속한 듯 이야기가 진행되었지요.

자연을 대하는 태도는, 그게 자연관이라 할 수 있지요, 다른 나라에서 부두교라고 이야기하는 '보둥'에 아프리카의 자연관이 고스란히 남아 있습니다. 부두교라는 것은 아프리카 민속신앙의 하나지요. 이는 일종의 애니마티즘이라 할 수 있어요. 정령신앙 말이지요? 그렇지요. 그런 종교행위를 사교로 취급하는 건, 의식이 낮은 인간들의…… 아니 인간의 의식 수준을 일괄해서 이야기하기는 쉽지 않지만…… 물론 그렇지요. 나는 당신의 말에 전적인 동의를 표하면서 당신이 아프리카인이라는 생각을 굳히고 있었습니다. 어느 종교든지 신열(神悅)이라 할 수 있는 엑스터시의 체험이 있게 마련 아닙니까. 그 신열을 설명하는 것은 철학으로는 안 된다는 일종의 절망감에 휩싸였습니다. 아 그게 인류학을 공부한 까닭이군요. 맞습니다. 어떤 지역, 어떤 사람들의 삶을 제대로 이해하자면 거기서 살아보아야 합니다. 당신은 그렇게 말했고, 나는 생-루이를 제대로 이해하자면 여기서 살아봐야 하는 거냐고 물으려다 입을 다물고 말았지요. 그게 가능한 일이 아니라서, 나는 당신의 나이를 생각하고 있었습니다. 물론 내 나이도 함께.

우리가 당신 집을 돌아본 다음 거실에 와서 이야기를 하는 동안, 당신의 부인은 아마 얼굴을 만진 모양입니다. 한참 있다가 거실로 나와서 다시 인사를 했습니다. 훤칠한 키에 머리가 하얗게 센 노부인이 안경 뒤로 보이는 눈가에 웃음을 가득 담은 모습은, 대갓집 대모를 연상하게 했습니다. 벽에 걸어놓은 젊은 시절의 얼굴을 그린 그림에서 웃고 있는 모습을 현재 얼굴에서 추정하여 그려보기는 상당히 어려웠습니다. 시간이란 잔혹한 거 아닙니까. 아내는 시간을 축적하는 기계, 그 카메라를 들고 벽에 걸린 그림이며 장식품들을 사진기에 담았지요. 전에는 핸드폰으로 사진을 찍었는데 생-루이에 와서는 좀더 정확한 기록을 남기고 싶은 것인지 카메라를 자주 꺼내곤 했습니다.

시간의 잔혹성(brutalité du temps), 그건 철학이 아니라 문학적 주제에 해당할 것입니다. 말로 하는 이야기, 그건 언뜻 보면 행위가 빠진 거 같지요. 그런데 인간의 행위라는 게 감각과 근육의 운동으로 드러나는 이른바 행동에 한정되는 게 아니라면, 이야기하는 일 또한 행위 범주에 드는 겁니다. 당신은 쉼 없이 맞다, 옳거니 하는 감탄을 거듭했지요. 며느리 나라에서 온 손님을 위한 예의인지도 모르지요. 아무튼 시간은 인간의 존재 안에 쌓이기도 하고 한편으로는 인간의 체액을 증발하게 하기도 하지요. 시간이 가면 피부는 거칠어지고 근육은 느슨해지고, 머리는 빠지고…… 당신은 대머리진 머리를 득득 긁었습니다. 프랑스의 가수 이사벨 불레이의 노래 〈아베크 르 땅〉 세월이 가면 모든 게 가버리지. 그 낮게 깔리는 음성이 떠올랐습니다.

아무튼 부인은 성숙한 인격을 보는 느낌이었습니다. 당신에 비해 몸매가 훌쩍한 부인은 현숙한 여성상이었습니다. 고까워하지 마시기 바랍니다. 교양적 분위기가 풍겨나는 인품이랄까. 당신보다 한결 우아한…….

부인이 준비한 식사는 음식 맛이 탁월했습니다. 양고기 요리와 옥수수가루 찜, 그리고 쿠스쿠스는 세네갈에서 먹어본 음식 가운데 단연 으뜸가는 것이었습니다. 음식 잘 하는 아내와 살면 평생 행복하다는 말이 있습니다. 능력도 미모도 시간과 더불어 스러지는데 음식 솜씨는 평생 남는다는 것이지요. 그런데 아내들에게 이야기할 기회를 못 주는 게 미안했습니다. 물론 당신과 내가 이야기를 하고, 아내들은 중간중간 간간이 끼어드는 형식으로 이야기가 진행되었습니다. 내외간에 이야기 기회의 불평등, 그건 인류학적 과제란 생각이 들기도 했지요.

식사를 하는 중에도 철학과 문학을 대비하는 이야기가 진행되었지요. 플라톤의 이데아를 화제로 꺼냈습니다. 내가 그걸 잘 알아서가 아니었습니다. 내 식으로 나를 조금 드러내고 싶어서였을 건데, 세계를 왜곡하는 신화를 몰아내고 인간 이성의 길에 도달하기 위해 설정한 그 개념, 이데아. 이데아에는 형태도, 빛깔도, 냄새, 맛도 없다고 했더니 당신은 손뼉을 치면서 웃어댔지요. 아 뭐, 이야기가 제법 되는구나 하면서 나는 당신 아내가 구워 내놓은 생선을 뜯어먹으면서, 이 생선이 내 위 안에서 살아나 헤엄을 치다가 내일 아침에는 대서양으로 헤엄쳐갈 거라고 애니마티즘에 다가가는 이야기를 했지요. 당신은 깔깔대고 웃었고, 당신이 통역해주는 이야기를 듣고 당신의 아내도 같이 웃었지요. 사람을 웃게 만드는 거, 그게 문학이라고 이야기하면서 나는 또 펠리컨을 떠올렸습니다. 마침 당신이 논문을 또 들고 나와 사인을 해준다면서 내 만년필을 쓰자고 했기 때문이었지요. 당신이 '문화다양성'에 대한 논문에 서명을 하는 동안 나는 양고기 요리를 먹다가, 아까처럼 양이 내 뱃속에 살아서 미유미유 소리를 내며 풀밭을 뛰어다닐 거라는 소극(笑劇)을 연출하고 있었지요. 아내들은 의례적으로 웃었고.

당신이 펠리컨 만년필로 사인해서 넘겨준 소책자를 받고, 마치 나는 준비가 되어 있는 것처럼 들이댔습니다. 당신의 철학과 문화개념은 추상적입니다. 문화다양성을 실감 있게 말하려면 구체적인 예를 들어야 할 게 아닙니까. 그럴 겁니다. 예를 들지요. 노예섬이라고 하는 고레섬에 갔다 왔지요? 그 섬 이름이 아프리카 말에는 연원이 없습니다. 네덜란드 사람들이 와서 네덜란드어로 그 섬에 붙인 이름이 'Goedereede'인데, 그건 훌륭한 정박지란 뜻입니다. 이게 프랑스어로 표기되면서 고레(Gorée)가 되었어요. 언어적인 측면에서 일종의 문화혼합, 혹은 문화변용이라 할 수 있는 예지요. 그런 문화변용 가운데 우리는 살고 있습니다. 당신은 문화변용이라는 용어를 듣고 나와 프랑스어로 아퀼튀라시옹(acculturation)을 거듭 이야기해 강조했습니다. 나는 고레라는 섬 이름을 한국을 뜻하는 프랑스어 꼬레(Corée)와 자꾸만 연결짓고 있었습니다. 그것도 문화변용인가, 모르지요. 내가 프랑스어로 한국을 뭐라 하는지 모르면 그런 추리는 아예 안 생길 것이니 말입니다.

그래요, 그렇게 문화가 뭔가 연결이 있는 점을 서로 소화하는 과정, 그게 문화접변이지요. 전통주의자들은 문화의 변질 왜곡이라고 할지 몰라도, 고유함은 보편성을 바탕으로 약간 차이나는 게 두드러지는 것을 일컫는 게 아닐까. 그렇습니다. 결혼이라는 보편적 현상 가운데, 동족혼인가 이족혼인가, 직업과 계층이 결혼을 장애하는가 하지 않는가, 사촌 간에 결혼이 허용되는가 안 되는가 그런 점들이 어느 지역, 어느 시대에 두드러지는 게, 그게 고유함 아닌가 싶습니다. 당신에게 이야기를 하지는 않았지만, 당신 아들의 결혼이 그런 예가 아닌가 그런 생각을 속에서 굴리고 있었답니다.

당신은 이야기를 이었습니다. 언어 측면에서 문화접변이 이루어지기도 합니다. 라틴어로 도로나 길을 뜻하는 비아(Via), 아랍어로는 엘 타리크(El Tariq), 요루바족 말로는 오그베(Ogbé)이고, 폰족의 말로는 오가 떨어져나가고, 그베(Gbé)라고 합니다. 요루바족 말과 폰족의 말이 문화적으로 접변 형상을 보인다는 건 알겠는데, 아랍어와는 참조항목 즉 레퍼런스가 없어서 이해가 잘 안 갔지요. 그러나 모르는 걸 다 모른다고 꼭 이야기해야 되는 것은 아니라는, 말의 허용 규준이 이럴 때 유용하다는 생각을 하면서, 충분히 이해했다는 포즈를 취했습니다. 이러면 겉과 속이 다른 거 아닌가 모르겠네요.

나는 다시 당신 삶의 여정이 궁금해졌습니다. 베냉이 고향이라 하셨는데 왜 세네갈의 생−루이까지 왔습니까? 내가 물었고, 당신은 대답했습니다. 앞에서 이야기한 것처럼, 베냉에는 부두교라는 게 있습니다. 일종의 민속신앙인데, 그게 '돌아오지 못하는 문'을 지나 팔려 간 노예들의 영혼을 달래주는 신앙으로 승격되어 있습니다. 프랑스에 유학하는 동안 나는 가톨릭으로 기울었습니다. 생−루이에 오기 전에 콩고에서 근무하기도 했습니다. 여기 응접실을 장식한 물건들은 모두 콩고 제품들입니다. 콩고야말로 아프리카 문화의 핵심 지역입니다. 그런데 생−루이에 대학이 서면서 내 포부를 펴볼 만한 도시라는 생각을 했습니다. 여기 대학 설립자 가스통 베르제의 이념이 나와 맞았고, 당시 대통령 레오폴드 세자르 생고르의 이념과도 내가 추구하는 이상이 맞았습니다. 아, 그렇군요. 자신의 이념과 맞는 대학을 직장으로 선택할 수 있는 건 참으로 복된 일입니다. 내 이야기에 당신은 고개를 저었습니다.

사실 내 마음은 착잡합니다. 생-루이(Saint-Louis)는 프랑스 식민지 시기부터 노예무역항으로 역할을 해왔습니다. 그러나 단지 노예무역항이이라는 것만 아니라, 2003년 너울 즉 쇄파(碎波)가 밀려와 하구가 유실되고, 10년이 지난 2013년 같은 현상이 다시 나타나 하구의 동식물이 몽땅 사라지는 그런 난경을 겪기도 한 쓰라린 역정을 지니고 있는 고장입니다.

생-루이가 도시가 낡아지자, 후에는 다카르의 고레섬(Île de Gorée)으로 노예무역 중심지가 옮겨갔습니다. 돌아올 수 없는 문을 통해 팔려간 노예들의 그림자를 벗어나기 위해 헤매고 다닌 셈인데, 다시 노예무역항으로 찾아온 것은 그렇게 기분 좋은 일일 수 없었지요. 당신은 우리가 만난 이후 가장 심각한 얼굴을 해서는 안으로 침잠하는 모습을 보였습니다. 식민지라는 말 때문인 듯했는데, 미안한 생각이 들었습니다. 아무튼 돌아올 수 없는 문, 대서양으로 열려 있어서 아메리카로 팔려가는 신세들…… 입에 소금기가 고이는 듯했지요.

그런 이야기를 듣다 보니 갑자기, 질문이 생깁니다. 노예란 무엇입니까? 인간이 인간을 짐승처럼, 기계처럼 부려먹는 게 노예 아닙니까. 그런데 노예에 대해 이야기하는 방법은 뭔가 달라져야 할 거 같습니다. 서양의 역사학자들은 노예가 자생적이라는 논리를 펴곤 합니다. 물론 모르는 바 아닙니다. 이집트, 그리스, 그리고 로마를 거쳐 계몽사상이 유럽을 휩쓸 무렵까지 노예는 존재했고 노예를 부리는 지주와 노예와 주인의 윤리 같은 것도 제도화되었지요. 그러나 나는 노예라면 노예무역을 먼저 생각합니다. 노예무역은 자생적이지 않지요. 제국주의의 강요로 이루어진 무역이니까 그렇습니다. 내 말이 맞는다는 표정으로 나를 바라보던 당신은 노예무역 이전에 할 이야기가 있다는 듯이, 아프리카 이야기를 꺼냈습니다.

수많은 부족들이 다투면서 사는 아프리카, 크고 작은 전쟁이 끊이지 않고 일어나고, 전쟁에서 이긴 부족이 진 부족의 사내들을 끌어다가 노예를 삼았습니다. 동물의 세계에서 그런 약육강식은 보편적인 현상입니다. 인간도 동물이니 그럴 수 있을 것입니다. '먹이사슬'의 관점에서 보면 노예는 자연발생적으로 생겨나겠지요.

자기들끼리 싸워 이긴 자가 진 자를 끌어다가 부려먹은 것까지는 노예제랄까 그런 거지요. 그런데 그 노예를 대량으로 잡아다가 조직적으로 팔아먹어 유럽으로 아메리카로 집단 거래를 한 게 노예무역이라는 거잖습니까. 근대의 악령이 자본의 탈을 쓰고 나타나면서 거래가 활발하게 이루어지고 그게 장사가 되어 돈을 만들어주니까 노예사냥이라는 사업에 눈에 불을 켜기 시작한 겁니다. 유럽인이 아프리카로 진출하지 않았더라도 노예무역이란 게 존재했을 거 같습니까. 근대화 제국주의, 식민주의 그런 것들이 아프리카를 말아가지 않았더라면, 그래도 노예무역이 가능했을까요. 아니지요. 당신은 고개를 저었습니다.

아프리카 사람들이 자기들끼리 싸우고 다투었을망정, 외세의 침입이 없었다면 노예가 무역거래의 대상이 되지는 않았을 겁니다. 아메리카 일원, 카리브해 지역과 브라질, 미국으로 팔려간 당신들의 조상이 어떻게 살았는지, 그리고 그 후예들은 어떻게 살았는지 궁금하기 짝이 없습니다. 그들 가운데 몇몇은 변호사도 되고 목사도 되어 미국 주류사회에 진입했다는 것을 나는 알고 있습니다. 그러나 유럽과 미국 대부분 나라에서 블랙 아프리칸들은 허드렛일이나 하면서 사회 하층계급으로 살고 있습니다. 물론 버락 오바마 같은 특출한 사람이 없는 건 아닙니다만.

남자들의 경우 아프리카 고향에서는 품위 있는 인간이었습니다. 한 가정의 가장이었고, 어느 부족의 추장(酋長, chieftain)이거나 그 가족이었을 겁니다. 자기들 나름대로 법도가 엄연한 집단 속에 자신의 인간적 위상을 유지하면서 자율사회를 꾸리고 살았습니다. 그들이 노예로 팔려갔다가 해방이 되어 잘 산다고 하더라도, 그 잘 산다는 게 문명화된 사회의 또 다른 노예로 사는 거라면, 노예의 사슬은 유전된다는 생각이 드는데, 당신은 어떤 삶이 바람직하다고 하는지, 그런 어리석은 질문이 자꾸 떠오릅니다. 그런 질문 할 만하다고요?

노예에겐 자유가 없습니다. 자유는 신이 인간에게 부여한 고유한 권한입니다. 말하자면, 몸을 맘대로 움직일 수 있는 권리, 무언가 소망할 수 있는 권리, 계획할 수 있는 힘 등, 그런 힘들이 있어야 자유인이라 할 수 있을 겁니다. 노예는 그런 게 없어요.

먹고, 마시고, 이야기하고, 사랑하고, 애 낳아 기르고, 정신 측면에서 영원성(éternité)을 추구할 수 있는 힘, 그게 자유의 본질이라고 나는 생각합니다. 반항할 수 있는 힘 또한 자유에서 나옵니다. 그러나 반항이 곧 죽음과 동일시되는 상황에서 반항은 불가능합니다. 노예에게는 그런 힘이 없습니다. 인간의 본원적인 힘이 탈취된 존재가 노예입니다. 그 지점에서 우리는 관념에 빠져드는 것 같았습니다. 그래서 잠시 말을 멈췄고요.

당신의 조상 가운데 어떤 이가 노예가 되었다면, 당신은 그 조상의 영혼을 어떻게 위로할 수 있겠습니까? 노예의 영혼이라니 그건 개의 영혼이나 트랙터의 영혼이란 말처럼 우습게 들립니다. 이야기가 그렇게 격하게 진행되는 모양을 보고 있던 당신 아내와 나의 아내는 서로 뜻을 맞추기라도 한 듯, 그만 자리를 파하는 게 어떤가 재촉했습니다. 이런 때는 대개 아내들이 옳습니다. 그래서 우리는 아쉬운 대로 이야기를 마무리하기로 했던 거지요.

당신은 차로 우리를 호텔까지 데려다준다고 나섰습니다. 땅거미에 보이던 모래바람은 조용히 가라앉아 사위가 조용하고, 집을 빠져나오자 거대한 바오밥나무 두 그루가 엄청난 덩치로 어둠을 버티고 있었습니다. 낮에는 그늘을 드리워줄 나무라서 내일 한번 다시 찾아와야겠다는 다짐을 두었습니다. 아내는 와아, 바오밥나무다 하고 탄성을 질렀습니다. 우리가 묵는 호텔 메종 로즈 앞에 차를 대고 내리는데 당신의 아내가 내리는 모습이 영 힘들어 보였습니다. 차 뒷문을 열고 내리는 당신의 아내 몸이 기우뚱하는 것을 당신이 부축하는 모습을 보면서, 내가 생-루이에 다시 올 수 있을까, 온대도 이번처럼 당신의 집에 들를 수 있을까, 그런 생각을 했지요. 당신은 내일 우리를 만나러 오겠다 하고, 차를 돌렸습니다. 다리를 저는 듯 무거운 몸으로 차에 오르다가 몸을 돌려 우리를 바라보며 손을 젓는 당신의 아내 얼굴이 어둠에 까뭇 묻혔습니다.

모기장 안에서 단잠을 잔 것은 당신 집에서 잘 먹은 저녁 덕이었던 거 같습니다. 식민지란 무엇인가 하는 생각을 잠시 하다가, 숲속에서 야자를 따는 원숭이 생각을 하며 잠이 들었습니다. 아침에 눈을 뜨고 비늘창을 열었을 때 부겐빌레아가 선연하게 붉은빛을 띠고, 창가에 피어 있었지요. 꽃은 비극도 희극도 모른다는 동시 같다는 생각을 했지요. 모래안개는 다소 잦아들어 산책하기 좋은 아침이었습니다.

당신이 우리를 만나러 오기 전, 나는 아내와 철다리를 건너가 보았습니다. 가마우지가 물속에 잠겼다가 물고기 한 마리를 낚아가지고 하늘을 향해 자랑이라도 하듯 머리를 흔드는 모습이 사랑스러웠습니다. 그런데 다리 이름이 좀 낯설었습니다. 다리 이름이 퐁 페데르브(Pont Faidherbe)였습니다. 페데르브는 루이 레옹 세자르 페데르브

(Louis Léon César Faidherbe, 1818~1889)라는 인물인데, 프랑스 해외 모병부대를 창설한 인물로 생-루이라는 식민도시의 기초 인프라를 구축한 인물이었습니다. 생-루이에는 그 이름을 딴 광장도 있고, 또 그의 이름을 그대로 쓴 거리도 있다는 걸 알았습니다. 식민주의자의 이름을 표지판으로 걸고 있는 시설물을, 거부감 없이 그대로 두고 보는 게 의아스러웠습니다.

우리는 낡은 건물들이 늘어선 거리를 어슬렁거리며 걸어 다녔습니다. 이미 사람들로 붐비기 시작하는 거리. 소금기와 갯비린내가 풍겼습니다. 저 건너편 작은 섬으로 연결되는 무스타파 말리크 가예 다리 위에서 양쪽 강 안에 어깨를 맞비비며 놓여 있는 배들이 색깔이 고왔습니다. 그런데 그 배들이 놓여 있는 모래바닥은 쓰레기가 널려 있고 물은 썩어서 역한 냄새를 물씬물씬 풍겼습니다. 나는 욱 하고 올라오는 구역질을 겨우 참았습니다. 그건 식민지의 부패한 냄새라는 생각을 했습니다. 식민지라는 추상명사에 '냄새'를 갖다 연결하는 것은 말의 폭력일 겁니다. 그래서 내가 언어를 난폭하게 다루는 시인이라는 주장을 하고 싶지는 않습니다. 시인은 언어를 폭력적으로 구사하는 사람이라는 이야기가 있기는 하지만. 메타포의 속성이 그럴 뿐이지요.

우리는 무스타파 말리크 가예 다리 위에서 수로에 놓여 있는 수많은 배들과 그 배 위에서 움직이는 어부, 노동자들, 소년들을 보았습니다. 그들은 그런대로 부지런히 움직이고 있었습니다. 아, 그런데 우리가 건너는 다리 아래 거기서, 썩어가는 식민지의 시체를 보았습니다. 냄새의 진원지. 물은 썩어서 악취를 풍기고, 수로 옆 모래밭에는 온갖 쓰레기 더미가 물에 잠긴 채 썩어가고 있었거든요. 아내는 손으로 코를 막고 구역질을 참는 눈치였습니다. 식민지가 죽어서 썩느라고 풍기는 악취였습니다. 게으르고, 윤리를 방치하고, 사유를 방기하며, 남에게 의존하는 그런 속성이 식민지인들에게 부어넣은 악습이지요. 아프리카에서 식민주의자들은 마약을 공급하지는 않았는지 모르겠네요. 중국에 마약을 공급해서 민족 자체를 말살하려던 영국의 그 음험한 신사도를 생각했지요. 식민지 인도에서 기른 아편을 중국으로 팔아먹고, 중국이 더는 아편을 못 사겠다니까 대포로 공격해서 다시 상권을 얻어낸 아편전쟁. 아편 연기 속에 몸이 삭아 해골들 같은 식민지인들…… 참혹한 몰골……. 신사의 나라라는 영국이 식민지에서는 짐승의 나라로 둔갑하는 거였습니다.

우리는 어느 찻집에 들어가 얼그레이 홍차를 마시면서 시간을 좀 보냈습니다. 그리고 다시 거리로 나왔습니다. 식민지 시대 건물들이 빛이 바랜 채 줄지어 서 있고, 열어놓은 문 안으로 어둑신한 공간에는 그늘이 가득 고여 있었습니다. 거기 그늘 속에 빛 낡은 기념품들을 전시해놓고 손님을 기다리는 가게 주인들의 얼굴은 희망의 빛이 안 보였습니다. 그것은 식민지 풍경의 전형과 같았습니다. 희망을 박탈하는 게 식민주의의 전형적 통치 방식일 겁니다. 그런 점에서 당신은 대단한 열정으로 식민지에 반기를 든 인물이라는 생각이 들었습니다. 철학을 공부하고 인류학을 연구하는 것, 그게 탈식민주의와 연관되는 것은 머리에 웬만큼 먹물 든 사람은 다 아는 일이지요.

호텔로 돌아오는 길, 건물과 건물 사이에, 도로에 쓰레기가 넘쳐났고, 가로수와 정원수 잎에는 모래먼지가 가득했습니다. 우리가 묵었던 호텔은 이름이 프랑스식으로 '메종 로즈'였지요. 프랑스가 생-루이를 식민화하고, 노예무역이 한참 왕성하던 무렵 상관(商館)으로 썼던 건물이라고 합니다. 나는 아내 몰래 건물 입구에 장식해놓은 펠리컨 목상을 끌어안고 목을 손으로 어루만져주었습니다. 지하실에 노예를 강제로 묶어두었던 창고가 있다고 해서 보여달라 했더니, 주인은 통로가 막혔다면서 폐쇄된 통로만 보여주고 금방 뚜껑을 닫아버렸습니다.

목조 펠리컨 조각상 둘이 양쪽으로 서 있는 현관을 지나 나선형으로 만든 계단을 올라가 먼지 가득한 복도를 거쳐 방에 들어왔습니다. 방은 창을 열어놓지 않고 나갔기 때문에 어두컴컴하고, 낡은 냄새가 가득했습니다. 벽에는 아프리카풍의 그림이 걸려 있고, 낡은 가구와 보푸라기가 잔뜩 돋아난 카펫 하며 낡은 냄새가 절로 나는 것 같았지요. 그런데 검은 하녀가 수건을 들고 와 바치는 서빙은 없었습니다. 우리가 식민지 경험한 나라에서 왔다는 걸 아는 모양입니다. 우리는 습관대로 우리 잠자리를 정리했던 거지요. 머슴이나 하녀를 두어본 적이 없는 우리 내외의 습관이 그렇습니다.

당신이 9시에 호텔로 찾아온다고 전화로 연락을 받았었지요. 느긋하게 여행물품을 정리하고 있는데 9시가 지나 한참이 되었는데도 당신은 오지 않았습니다. 혹시 전화에 이상이 있나 해서 몇 차례 전화를 확인하기도 했습니다. 9시 반이나 되어 복도가 소란하더니 문 두드리는 소리가 들려 내다보았습니다. 종업원과 함께 당신은 방 앞에 와 있었습니다. 우리는 와주어 반갑다느니 하는 인사를 할 겨를도 없이 덥석 끌어안고는 서로 등을 두드리며 반가움을 표했습니다. 어제 저녁 만나서 이야기 나눈 시간이 그렇게 임의로운 사이를 만들어놓았던 모양입니다.

당신은 차로 우리를 태우고 시내를 한 바퀴 돌겠다는 제안을 했습니다. 섬을 한 바퀴 돈 다음, 파리의 에펠탑을 만든 기사 귀스타브 에펠(Gustave Eiffel, 1832~1923)이 설계했다는 페데르브 다리를 건너 당신이 근무했던 대학을 한 바퀴 순회하며 소개를 했습니다.

다카르대학교에 근무하는 건축학 교수가 설계했다는 건물들은 마치 흰개미탑(termite mound, fourmilière)을 연상하게 하는 건물들이었지요. 흰개미탑의 원리를 이용해 통풍이 되도록 설계한 건물이라고 했지요? 모래먼지가 자욱해도 젊은이들이 공부하는 캠퍼스는 활기가 넘쳤어요. 대학교 이름이 가스통 베르제 생-루이(Gaston Berger University of Saint-Louis)라고 되어 있네요. 어제 이야기하다 만 게 생각나서, 그게 누군가 물었지요. 프랑스에서 후설의 현상학을 유려하게 설명한 철학계의 거장이라는 것이었습니다. 이 학교 초대 설립자가 레오폴드 세자르 생고르라는 걸 알고, 한 나라의 대학이라는 게 얼마나 중요한 정신적 돌기둥 역할을 하는가 생각하기도 했지요. 그런데 당신이 이들과 이념적으로 같은 노선을 걸었다는 것은 자세히 이야기 들을 수가 없었지요. 여행이라는 게 돌아다니는 데 바빠서 사색은 뒤로 물러서게 마련이지 않던가요.

당신이 우리를 대학으로 안내해주는 동안 전에 알던 지인들이 반갑게 인사를 건네는 장면은 당신이 그 사회에서 얼마나 존경받는가 하는 점을 알게 했습니다. 식민지를 벗어나 자율적으로 대학을 운영한다는 게 얼마나 큰 의미를 갖나 생각을 곱씹었습니다. 한국은 식민지를 벗어나 국립대학을 설립한 것이 1946년이니까 그 역사가 70년이 좀 넘습니다. 사립대학들은 100년을 헤아리는 연륜을 지니고 있습니다. 물론 원론적으로 말하자면 대학 수준의 교육기관은 그 역사가 아마 1천 년은 헤아려야 할 것 같습니다.

아프리카 흰개미탑을 닮은 건물들이 나무 그늘에 들기 시작할 무렵, 우리는 대학 캠퍼스를 벗어나 택시가 예약되어 있는 광장으로 가기로 했습니다. 내 생각은 다른 데 가 있었습니다. 어젯밤에 당신 집에서 호텔로 돌아올 때 보았던 바오밥나무를 다시 보고 싶다는 절절한 집착 때문이었습니다. 나는 당신의 차를 돌리게 했지요. 당신 동네 앞의 바오밥나무를 다시 보고 싶다면서, 마치 고향을 떠나는 사람이 자기 집 마당의 은행나무를 올려다보는 그런 심정으로.

바오밥나무는 하늘과 땅을 생명으로 이어주는 거대한 수목, 그 이상의 신령한 혼을 지닌 수목입니다. 나는 바오밥나무 아래에 서서 나무 위를 올려다보았지요. 어디선가 발라퐁 두드리는 소리가 들리기 시작했습니다. 둥둥 두둥 둥둥 두둥…… 그 소리는 계속 이어지면서 점점 커졌습니다. 사람들이 모여들기 시작하고…… 그러고는 춤사위와 함께 사람들이 바오밥나무를 싸고 돌아가기 시작했습니다. 발라퐁 소리와 북소리를 따라 바오밥나무가 춤을 추기 시작했는데, 어느 사이 사람들이 바오밥나무로 빨려 들어가 회오리를 이루며 하늘로 날아올랐습니다. 이건 환상이다, 눈을 비비고 하늘을 바라보았는데 하늘에서 해가 화악 밀려 내려오는 바람에 몸이 휘청했습니다. 당신이 달려들어 나를 부축해서 몸을 바로 세웠고요. 등줄기로 땀이 흘렀습니다.

차를 출발시키려는 당신의 전화가 울렸지요. 택시가 조금 늦어진다는 이야기 같았습니다. 당신은 나와 아내를 페데르브 다리 앞까지 데려다주고, 가마우지와 펠리컨이 날아올 터이니 구경하다가 다리 건너 공터에 정해진 시간에 가면 택시가 대기하고 있을 거라면서, 당신은 다른 약속이 있다고 했지요. 만났을 때와 달리 손을 내밀어 악수를 청했지요. 왜 그런지 당신 손이 차갑게 느껴졌습니다. 오래 마주 바라보기 부담스럽다는 눈치였는데, 갑자기 눈앞에 아득하게 모래바람이 몰려왔습니다. 당신이 내년이면 팔십이라는 생각을 하면서 나도 모르게 한숨을 내쉬었습니다.

당신은 돌아가고, 나는 아내와 천천히 페데르브 다리를 건너면서 다리 밑으로 새들이 날아오기를 기다렸습니다. 다리 난간에 서서 강 바닥을 내려다보고 있는데, 가마우지가 물고기를 잡아 부리에 물고 목을 빼고는 어기차게 흔들었습니다. 나는 그 장면을 놓치지 않고 카메라에 담았습니다. 아, 순식간에 가마우지 밥이 되어 생애가 끝장나는 물고기! 물고기의 실존이 절멸하는 순간, 가마우지는 생의 약동을 구가하는 이 모순이라니…… 생명을 절단내어 목숨 부지하는 이 눈부신 대낮…… 그런 구절을 수첩에 메모하느라고 만년필을 꺼냈습니다. 그 순간 옆으로 자전거를 타고 가던 검은 그림자가 나를 치고 지나갔습니다. 그 바람에 나는 펠리컨 만년필을 강물에 빠트리고 말았습니다. 나는 허벅지가 흐물해져 다리 바닥에 풀떡 주저앉았습니다.

다리 난간 사이로 펠리컨 한 마리가 그 커다란 부리로 물을 헤집어 먹이를 찾는 중이었습니다. 아내는 저 앞에서 강에 떠서 낚시하는 배와 어부를 카메라에 담느라고 내가 주저앉는 걸 못 본 모양이었습니다. 내가 겨우 일어서서 강을 내려다볼 때, 어떤 동양인이 배를 타고 강심으로 들어가더니 펠리컨을 향해 창을 날리는 것이었습니다. 저런, 하는 순간 펠리컨은 목을 빼고 꺼억꺼억 소리를 지르면서 옆구리에 창이 꽂힌 채 몸을 뒤틀었습니다. 펠리컨은 몇 차례 몸을 뒤틀다가 널브러져 물길을 따라 흘러가기 시작했습니다. 어부가 달려가 펠리컨을 배 위로 힘겹게 끌어올리다가, 펠리컨을 안은 채 배가 뒤집혀 강물로 빠졌습니다.

"크 페틸(Que fait-il)?" 저 사람 뭐하는 겁니까? 내 옆에 와서 그 광경을 내려다보던 어떤 여성에게 물었습니다.

"앙펠라주, 일레 탁시데르미스트! 쿠아? 부 나베 파 콩프리? 스터핑, 히스 탁시더미스트, 메이크 드라이 버드……?"

그 여성은 이렇게 중얼거렸습니다. 아, 박제사. 영어 단어 '드라이 버드'를 듣고, 그녀가 하는 말을 겨우 알아들었습니다. 아마, 잘 모르시겠지만, 한국의 식민지 시대 들들 앓다가 요절한 작가가 그런 말을 했어요. "박제가 된 천재를 아시오? 나는 유쾌하오. 이럴 땐 연애까지 유쾌하오." 나는 불행하게도 유쾌할 수가 없었다오.

언제 왔는지, 택시가 옆에 와서 클랙슨을 울렸습니다.

"부제트 코레앙? 푸흐 다카르?(다카르 가는 한국 손님이지요?)"

"위 메르시 비앙, 엉 모망 실부플레.(예, 잠시만)"

나는 아내를 불렀습니다. 아내는 다리 난간을 붙잡고 발을 동동 굴렀습니다. 카메라를 세네갈강에 빠트렸다는 겁니다. 세네갈의 모든 추억이 강에 빠지고 말았다는 거지요.

만년필도 카메라도 다 세네갈강에 빠지고 말았지만, 당신이 나를 끌어안던 그 튼튼한 근육질 몸매는 당신 얼굴에 그려진 왕족의 문양과 함께 내 기억을 떠나지 않습니다. 당신은 아프리카의 왕족이었고 영웅이었습니다. 식민지 시체가 다 썩을 때까지 당신은 당신의 그림자를 바오밥나무와 나란히 모래바닥에 던지고 서 있을 겁니다. 어쩌면 펠리컨 한 마리가 당신 옆에 서성일지도 모릅니다. 눈부신 그 흰

새, 버거운 부리…… 박제에서 풀려나 강으로 돌아갈 날이 언제일까.

여기까지 썼더니 만년필 잉크가 말라 …… ✽

연인은, 연인이 아니다

세네갈, 보나바 마을의 소녀들(촬영 : 우한용)

내가 전에 느꼈던 섬세한 감정이란 어떤 것인가? 물론 식민지적 감성은 아닐지 모른다. 그러나 이 궤도가 풀린 감정이란 무엇인가. 그 감정 가운데 하나는 언어적 감정일지 모른다는 생각이었다. 동양인 원주민 사회의 식민 본국의 백인이 느끼는 감정이, 식민지를 경험한 한국인의 감정일 수 있는가, 의문이 끊이지 않았다.

연인은, 연인이 아니다

"나는 자신을 위해 현명하지 못한 지식인을 증오한다."
— 몽테뉴가 인용한 에우리피데스의 한 구절

　혼란이 연속되었다. 「내 마음의 식민지」라는 제목을 달아놓고 시작한 소설이 좀처럼 끝날 기미를 보이지 않았다. 능선은 아프리카에 가서 돌아다니는 동안, 식민지, 노예, 인간의 죄악 그런 것들을 꾸준히 생각했다. 생각은 생각으로 꼬리를 접으면서 거머들었다. 결론을 내릴 수 없었다. 노예의 삶이 얼마나 처참한가, 그 문제를 두고 몸서리를 쳐봐도, 노예가 된 인간이 노예를 벗어나기 위해 어떤 투쟁을 했는가, 그런 문제는 갈피가 잡히지 않았다. 그런 가운데 『신세계의 복수』라는 책을 발견하게 되었다.

발목에 걸린 쇠사슬은 걸을 때마다 발목에 상처를 냈다. 상처가 곪아 진물이 나고 고름이 덕지가 졌다. 등에 채찍이 불달았다. 걸음이 느리다는 거였다. 언젠가는 저놈의 발목을 잘라버리겠다면서 혀를 깨물었다. 이어서 오른쪽 이마에 불도장이 지져졌다. D. 뒤부아라는 주인의 머릿글자였다. 저 불구덩이에 너를 잡아넣을 것이다. 그는 다시 혀를 깨물었다. 얼굴에다가 피를 뱉어 줄까 하다가 아까워서 도로 삼켰다.

아내는 '선원'이 되어 감독을 태우고 출렁이고 있었다. 주먹으로 두 눈을 두드렸다. 팔목의 쇠고랑이 절겅이면서 칼로 에는 듯한 통증이…… 식민지니 하는 의식이 스며들 틈이 없었다.

텔레비전에서는 '별장 성접대' 특별 수사팀이 꾸려졌다는 뉴스를 전하고 있었다. 탁자 위에 접어놓은 『아세아일보』에 '한국인 소멸'이라는 특집 타이틀이 찍혀 있었다. 출산율이 낮아서 지속 가능한 개발이 불가능하다는…… 일백 몇조에 해당하는 투자를 했으나, 젊은이들이 아이를 안 낳는다는 푸념이었다.

여자 노예들 가운데 하녀로 일하는 이들은 주인들이 저지르는 성폭행과…… 일부 농장주들은 노예들의 낮은 출산율을 걱정하면서 출산 장려 프로그램을 시행, 노예들이 아기를 낳았을 때와 젖을 뗄 때 두 번에 걸쳐 금전적 보상을 했다. 낙태를 의심받는 여자들에게는 목에 유산한 아기 형상의 인형을 매달게 했다. 『신세계의 복수』, 83~84면에 그런 내용이 서술되어 있었다. 이 대목이 왜 기사감으로 다가오는지 능선은 고개를 저었다.

한양외국어고등학교에 입학한 조카가 능선의 집에 들렀다. 가슴이 제법 봉긋하게 돋아올라 처녀꼴이 잡히기 시작했다. 엉덩이가 팡팡하게 부풀어 올랐다. 프랑스어를 공부해서 프랑스 혁명사를 연구하겠다는 게 조카 아이의 꿈이었다.

"삼촌, 버닝썬에 가보셨어요?"

얘가 지금 무슨 이야기를 하자는 건가. 그 물음은 삼촌은 가장 비싼 술 얼마짜리를 마셔보았는가 묻는 셈이었다.

"이차는요?" 그런 질문은 쉬 대답할 법했다. 삼겹살에 소주 한잔한 다음, 호프집에 가서 먹태에다가 생맥주 한 잔……. 그런 짐작을 하고 있었다. 텔레비전에서 '별장 성접대' 시디를 당시 장관이 보았나 안 보았나, 논객들은 그런 이야기에 열을 올리고 있었다.

"별장 성접대…… 그게 어떻게 하는 거래요?"

"티엠아이가 문제다."

"왜요? 세상에 투 머치 인포메이션은 없어요. 그게 돈이잖아요?"

"뭐가 돈이라는 게냐?"

"정보가 돈이지요."

인포메이션 리터러시라는 말이 생각났지만, 자신이 정보 가운데 돈 되는 것과 안 되는 것을 갈라볼 줄 모르는 터라서 말을 줄였다. 때마침 조카아이의 핸드폰이 울린 모양이었다. 사바 비앙…… 오 라라…… 코멍? 누구 전화냐? 리비에르라고, 저의 튜터예요. 대한대학교 학생인데 조카가 다니는 학교에서 튜터로 묶어준 프랑스 낭트 출신 젊은이라고 했다. 위험한 거래 아닌가, 능선은 고개를 갸웃했다.

"삼촌, 라루스 사전 집에 있지요? 그거 빌려주세요."

"빌리긴, 그냥 주마."

"책은 읽는 사람이 임자래요."

"그러니까, 라루스가 이제 임자를 만났다는 뜻이냐?"

"여자는 품는 놈이 임자고요."

그럼 남자는? 그렇게 물으려다가, 능선은 이건 선을 넘는 일. 조카에게 한 방 얻어맞는 기분으로 지갑에서 오만 원 지폐 하나를 꺼내주면서, 등을 밀다시피 아이를 내몰았다.

"십만 원 채워주면 더 좋은데……"

능선을 다른 기회에…… 그렇게 말을 한 것 같았는데, 정확히 그런 말을 했는지는 기억에 없었다. 능선이 라루스 사전을 에코백에 담고 있을 때, 조카가 책상에 다가가 능선이 읽다가 엎어 둔 『연인』이란 책을 집어 들었다.

"이거 영화도 있어요. 그게 더 리얼한데……."

"어서 가봐라, 리비에르라고 했냐. 그 남자 조심하고……"

조카 아이는 손에 키슬 해서 전해주는 제스처를 해 보이고는 마당을 건너갔다. 조카한테 뭔가 한 방 얻어맞은 느낌이 들었다. 그건 능선의 요즈음 전반적으로 느끼는 열패감이기도 했다.

그는 근간 선방(善防)이라는 게 없다. 드립다 터지고 다니기만 했다. 그런데 도도함이 하늘을 찔러, 능선(凌善)이란 호를 음미했다. 이른바 남들이 '선'이라고 하는 고정관념이 덕지덕지 붙어 있는 그걸 넘어서는 것, 그게 능선이다. 아니었다. 그건 고정관념의 능선(稜線)인지도 몰라, 그를 어지럽혔다.

능선이 터지고 다닌다는 행각은 좀 별나다. 용돈도 풍부하지 못한 주제에 친구라고 불러서 술을 사고 쓴소리 듣는 게 그의 자득사업이다. 정신 꼿꼿한 이들을 만나 잔소리를 자청해서 듣는 것이다. 능선 스스로는 이제부터는 이승에 무얼 더 남기려 말고 지우는 생애라야 한다고 속다짐을 두고 지낸다. 그런데 아직도 남아 있는 버릇이 더욱 왕성해지는 모양이다. 무얼 쓰고, 책 만들고, 멀리 싸질러 다니고는, 그런 이야기를 물색없이 터놓았다가는 한마디를 듣곤 한다.

"우리가 판 깔아주었으니 술값 내라고……." 그런 식이다. 그리고 당신 글 쓴 거 모를 사람이 어디 있느냐는 식이다. 하기는 능선 자신이 식민지 지식인의 복합심리를 고스란히 이어오는 게 아닌가 싶기도 했다.

능선은 요즈음 문자속이 있는 친구를 만나면 '장르 넘어서기'를 자주 이야기한다. 그의 기억 속에는 대학생 때 읽은 『비욘드 장르(Beyond Genre)』란 책이 돛을 달고 출몰한다. 사실 유럽에서 지독하게 공부하고 미국 건너가 요령 좋게 이론을 요약하고 간단간단하게 의미 부여를 한 책이다. 정리된 지식을 얻기는 편하되 깊은 사색을 불러오는 책은 아니었다. 미국 학자들이 정리하고 적용을 시도해본 책들에 책가위를 씌워 들고 다니던 버릇이 당시 풍속이었다. 그런 걸 두고 수입 학문이니 식민지 학문이니 비판의 소리를 내는 학자들이 없는 바 아니었다. 능선이 『비욘드 장르』에 관심을 갖는 이유 가운데 하나 는 저자에 대한 호기심에 있었다.

그 책을 쓴 학자 폴 허내디(Paul Hernadi)는 능선이 객지벗 하자고 달려들기 어려울 정도로 한참 위다. 1936년 헝가리 부다페스트 출신. 헝가리에서 음악도 공부하고, 부다페스트대학에서 헝가리 문학 과 세계문학을 공부했다. 「전후 드라마에 나타난 유사역사적 형상」 이란 논문으로 비엔나대학에서 박사학위를 받았다. 예일대에서는 「20세기 비평에서 장르의 개념」으로 다시 박사학위를 받았다. 예일 대 박사, 그게 1967년이니까, 능선이 대학에 들어가기 바로 전해에 이미 학위를 둘이나 받은 뒤였다. 결혼해서 애를 둘 낳았다는 기록도 능선은 놓치지 않는다. 능선은 사는 일 가운데 애 낳는 일이 역사적 과업이라는 생각을 아직도 고집하고 있다. 말이야 오르가슴 어쩌구 하지만 무르팍 까지게 작업을 해서 애를 만드는 인류사적 과업을 두 고 유희라니, 말도 안 되는 소리라고 열을 올리기도 한다. 생산하는 모든 남녀에게 축복이 있을진저!

소설 본문에다가 이런 좁쌀영감의 현학(玄學) 내지는 현학(衒學) 취 향을 털어 넣으니까, 어찌 강호 말빨들의 비판이 없겠는가. 능선을 만난 고평만 씨는 능선을 존경한다면서 말은 거칠었다. 당신의 소설은 삶을 이야기하는 게 아니라 관념이다, 고평만 씨는 조심스럽게 눈알을 굴리다가, 얼굴이 벌개져 목소리까지 높아진다. 능선은 그게 어때서? 냉연하다. 소설이 관념이 되면 망하는 거라니까요. 관념론자의 삶을 관념을 넘어서서 다루는 방법이 뭔데? 아무튼 소설에서 관념은 소설을 망친다는 건 소설사가 증명하는 사실입니다. 소설이 썩으면 다른 싹이 나오겠지. 능선이 그렇게 태연하니까 이야기를 꺼낸 고평만 씨는 울화가 치미는 것이다. 고평만 씨가 울화가 치미는데 능선이라고 맘이 편할 까닭이 없었다.

어디 그뿐인가, 캐나다에 가서 비평을 공부한 윤학연 씨를 만났을 때였다. 노스럽 프라이를 공부한 인사 아니랄까, 소설가가 원형적 인간상 하나 창출하지 못하면 차라리 고전에서 배우라는 이야기도 들었다. 그가 말하는 고전이라는 게 일리아드 오디세이라든지 셰익스피어의 작품을 두고 하는 말이었다. 능선의 대답은 고전론자의 속을 뒤집어놓은 것이었다. 고전이라는 게 한때의 고전일 뿐이야. 장미의 이름(Il nome della rosa), 그런 것일 뿐이야. 움베르토 에코는 능선의 기억에 우람한 동상으로 서 있는 인물이었다. 식민지는 동상의 정치였다.

능선은 현대소설에서 고전의 반열에 드는 작품은 문제로 가득한 인물을 다루기 때문에, 현대의 고전은 감추어진 고전이라고, 용기를 내어 대들었다. 그럼 당신 작품이 고전이라는 뜻인가? 고전 같은 소리…… 당신 소설에서 라스콜리니코프 같은 인물 하나 만들어낸 적

있소? 고전은 개인이 아니라 시대가 만들어주는 거라고 대들다가 논리가 안 서는 것 같아 뒤로 물러서고 말았다.

반도교육대학교에서 근무하는 후배 한시헌을 만난 적이 있었다. 한국매체교육학회에서 논문상을 받았다고 해서, 축하한다고 한잔 사겠다는 자리였다.

"형님, 소설 보내줘서 잘 읽었어요. 그런데 너무 어려워요. 소설가는 독자를 초등학교 6학년쯤으로 생각하고 써야 소통이 된다니까요."

"소설은 동화가 아니지."

"그러지 말고 독자를 고려하세요……."

"내가 내 소설의 독자라오."

"그런 마스터베이션 같은 소설 뭐 하러 써요?"

"말이 쪼깨 거시기하네."

거시기나 좆이나……. 이 무식한 놈. 장 폴 사르트르는 문학을 무기로 보지만, 발레리는 자기를 위해 쓸 뿐이라고 했다는 이야기는 구태여 하고 싶지는 않았다. 침묵이 언어의 본질이라던 어느 철학자의 발언이 머릿속에 걸리적거렸기 때문이다. 한시헌의 말은 정녕 충언인데, 충언은 고구이나 이어병이라느니, 입이 쓰다는 건 입에 혓바늘이 돋는다는 뜻이리라. 형극(荊棘)은 계절 타지 않는다. 사지(捨之)하라, 허나 남이 하는 이야기는 늘 가시가 있어, 그를 찔러댔다. 식민지는 가시로 가득한 세월의 은유인지도 모른다는 생각을, 능선은 되씹고 있었다.

한번은 능선이 『아무도 모르라고』라는 소설집을 낸 적이 있었다. 제목은 이미 널리 알려진 가곡에서 빌려썼다. 김동환의 시가 가사라는 것은 그다지 널리 알려지지 않은 듯했다. 산에 갔다가 떡갈나무 숲속에 아무도 모르는 샘물을 발견하고는, 나뭇가지를 꺾어 덮어놓고는 살금살금 걸어 내려오는 호젓한 기쁨…… 아무도 모르라고! 누구나 알라고 써야지, 도무지 아무도 모르라고 쓰는 소설이 소설에 값할 까닭이 없는 터였다.

아무튼, 능선은 그 소설에서 러시아 화가 일리야 레핀의 생애를 중심으로 혁명과 인간의 희생을 소설로 다루어보고 싶었다. 찾아보고 확인하고 이야기를 재구성할 일이 많았다. 자료가 소설로 들이밀고 들어가기 시작했다. 소설은 플롯이 복잡해졌다. 결국 우리 시대 과제와는 거리가 있는 소설이 되고 말았다. 공교롭게 '한국 교육문화 진흥 출판물 경진대회' 심사장에서 한시헌을 또 만났다. 심사가 끝나고 한시헌은 이번에는 자기가 한잔 사겠다면서 능선의 팔소매를 이끌었다. 능선은 하고 싶은 말을 참으면서 조심하는 터라 맥주잔만 들었다 놓았다 하면서, 일상을 지루하게 이야기했다.

"작가는 독자의 가려운 데를 긁어줘야 해요. 그래야 팔리지요." 그날은 잘 팔리는 작품을 찾아내주는, 이른바 심사라는 일을 하던 자리여서, 그런 이야기가 나오는 것은 자연스런 맥락이었다. 그러나 자기를 두고 하는 이야기는 미상불 부담이 되었다.

"독자의 요구를 무시하는 소설이 어찌 소설일 수 있습니까?"

"독자는 층이 하도 넓어서 감당이 안 돼요. 내가 소설이라고 얽어 놓은 걸 흥미 삼아 읽는 이도 있을 거고, 퍽 큐 시리즈에 빠지는 인간도 있는 거고, 아무튼 독자의 식민지 근성을 충족하는 데다 내 소설을 공물로 바칠 생각은 깨알만큼도 없다오."

"잘 해보시오." 뭐 잘났다고 나대는가 욕을 듣기 전에 일어나는 게 상책이지 싶었다. 능선은 자리를 털고 일어나 맥주 값을 계산했다. 자기가 술값 낸다고 속이 풀릴 턱이 없으니. 그날 능선이 한시헌을 데리고 광화문까지 걸어 나가 세종대왕 동상을 붙들고 눈물 흘린 일은 경성에 소문이 돌지 않았다.

능선은 스스로 못났다고 애써 떠벌리지 않아도 이미 허술한 존재가 되어 있었다. 최무룡의 〈카추샤의 노래〉라는 영화에 나오는 한 구절 "손가락을 걸면서 약속한 순정을 옥녀야 잊을쏘냐……" 그런 소설을 쓰겠다는 생각은 능선에게는 천만 없었다. '차가운 밤하늘엔 웃음을 팔더라도…… 내 품에 잠들어라.' 이미 생이 마감되었는데, 잠들 일이 어디 있단 말인가. 소설은 옥녀가 아니었다, 아니, 많은 소설이 옥녀의 후일담이 되어가고 있는 게 현실이었다.

능선이 그렇게 터지고 다니면서 소설을 계속 써? 그만둬? 반성에 반성을 거듭하던 무렵이었다. 그 호한한 상상력을 배우려면, 가르강튀아와 팡타그뤼엘을 쓴 프랑수아 라블레를 다시 읽어야 하겠다고

서가를 뒤적거렸다. 위대한 학자가 위대한 현자는 아니라는 발언을 한 라블레(몽테뉴, 『수상록』, p.148). 능선은 자신이 학자인지 현자인지 잠시 고개를 갸웃거렸다. 대학에서 근무한 역정은 학자의 위상을 보증해주었다. 그러나 현자라는 데는 자신이 없었다. 더구나 문학의 현자와는 거리가 멀었다. 학자와 현자 사이의 정체성에 휘둘리고 있을 무렵이었다.

능선에게 '늙은 이념의 사내들'이라는 독서모임에 참여하자는 제안이 왔다. 자신의 소설작업을 반성하는 계기가 되기도 할 것 같았다. 그리고 줄창 써대느라고 읽는 일에 게을렀던 자신을 반성하는 데도 좋은 기회가 되겠거니 하고, 제안을 따르기로 했다.

뒤라스의 『연인』이라는 책을 읽자고, 소설가 해춘(解春) 선생이 제안했다. 제대로 된 연애소설 한번 읽어보자는 의욕이었다. 능선은 옳거니, 청바지 무릎을 쳤다. 그러고는 자기가 근무하던 대학의 도서관으로 달려가 프랑스어판 원본을 빌렸다. 『*L'AMANT*』(Marguerite Duras, Les éditions du minuit, 1984)』 포슈판 본문만 132면 정도 되는 책이었다. 원본을 음미하면서 읽자면 시간이 걸릴 것 같았다. 자기 소설은 어렵사리 쓰는 주제에, 소설인데 쉽게 읽자는 셈으로 민음사에서 나온 번역판 『연인』도 샀다.

진선미여대에 근무했던 인환로 교수가 번역자였다. 쌍갈래 머리를 한 소녀의 얼굴이 책 표지에 나와 있었다. 미뉘출판사 판에는 아무 장식이 없다. 백지에다가 청색으로 둘레를 두르고 그 안에 저자,

책명, 출판사만 문자로 써 넣었다. 소설은 문자의 공화국이라는 선언인 듯했다. 소설을 그림과 더불어 감상하는 것은 가짜거나 허영일지도 모른다는 생각이 들었다. 능선은 아까 조카가 이야기한 영화 〈연인〉을 한번 보아야 하겠다는 생각을 했다. 그것은 조카가 불어넣은 욕망이 틀림없었다. 채만식의 「레디메이드 인생」은 살아 있었다. 그도 영화에 관심이 컸다. 그러나 굶어죽은 식민지 지식인 작가 채만식에게 영화는 가당치 않은 문화산업이었다. 번역판 표지를 다시 들여다보았다. 영국 출신 여배우 제인 마치(Jane March), 1973년생, 키가 157cm, 영화가 1992년에 개봉되었으니 제인 마치(중국인 양가휘, 장 자크 아노 감독)가 열아홉 살 때, 소설 본문에선 주인공이 열여섯 살 때, 중국인 청년(한 서른 살 되었을까)을 만나 사랑을 하고 다니는 걸로, 소설 스토리는 구성되어 있다. 그게 사랑인지는 잘 모르겠다. 하기야 사랑의 규정은 어느 집 사랑에서 늘 다시 살아나는 거니까, '정의'에 빠지지 말아야 하리라. 능선은 소설은 정의되지 않는 문학 장르라는 생각을 하는 편이었다. 일찍이 눈이 큰 시인 김수영이 썼듯이 '규정할 수 없는' 언어의 폭포가 소설이 아니던가.

능선은 버릇대로 번역본을 먼저 읽어보았다. 첫 문장이 이렇게 되어 있었다. "어느 날, 공중집회소의 홀에서 한 남자가 나에게 다가왔을 때, 나는 이미 노인이었다." 무언가 석연치 않은 문장이었다. 노인? 남자는 얼마나 나이를 먹었나? 능선은 프랑스어판을 펴보았다. "Un jour, j'étais âgée déjà, dans le hall d'un lieu public, un homme est venu vers moi." 어느 날이었다. 나는 이미 나이를 먹은 뒤였다. 공중 집회소 홀에서였다. 한 남자가 나에게 다가왔다. 능선은 짧은 문장을 그렇게 갈라보았다.

시간, 시제…… "j'étais âgée déjà"란 구절은 한국어로 시제에 맞게 번역하기가 거의 불가능하다. 이 구절에서 '나이 먹은'을 '늙은이(노인)'라고 하니까, 세월을 따라 나이든 얼굴을 '쭈그러진 얼굴'로 번역하게 된 모양이었다. 'dévasté'라는 단어는 못된 쪽으로 변화되었다는 뜻이지, 직설적으로 쭈그러졌다는 것은 아니다. 프랑스어의 시제와 작가의 (작중인물의) 의식 표현, 그런 화두를 하나 장만해놓고 책 뒤로 갔다. 독자는 늘 소설의 끝이 궁금한 것이다. 능선은 소설에서 '결론'은 모순적인 거라고 생각하는 편이었다. 결론 없는 세상은 결론 없는 소설을 요구한다는 게 그의 논거였다.

[인용] 전쟁이 끝나고 몇 해가 흘렀다. 몇 번의 결혼과 몇 번의 이혼에서 아이들을 낳고 몇 권의 책을 펴냈을 즈음이었다. 그가 부인과 함께 파리에 왔다.(p.136)

해당 구절이 프랑스어로는 이렇게 되어 있다. "Des années après la guerre, après les marriages, les enfants, les divorces, les livres, il était venu à Paris avec sa femme."(p.141)

뒤라스의 문체 특징으로 속도감을 지적하는 이들이 많다. 이는 서술어 없이 명사를 나열하는 데서 오는 효과로 보인다. 능선은 다시 생각해본다, 전쟁이 지나고 몇 년, 결혼들, 아이들, 이혼들, 책들, 그는 아내를 데리고 파리에 왔다. 대개 그렇게 된다. 몇 차례 결혼을 하고 아이들을 낳고…… 그리고 몇 번인가 이혼도 했다. 그리고 책들? 책 쓰기? 책 읽기는 아닌가?

능선은 소설을 쓴다는 게 무엇인가? 작가는 어떻게 탄생하는가? 그런 의문이 들었다. 소설을 다 읽은 뒤에 안 일이지만, 이 소설은 글쓰기 문제가 여러 가닥의 주제 가운데 한 꼭지로 설정되어 있었다. 식민지 체험이 소설이 되는 과정, 식민지 체험을 거쳐 작가가 되는 과정을 보여주는 소설이다. 한국의 현재 상황은 식민지를 방불하게 한다. '성접대'가 뭐냐고 고등학교 2학년짜리 손녀가 할애비에게 묻는 상황 그게 식민지 아니고 무엇인가.

이 소설은 대명사의 넘나들기가 심하다. 'il, elle, qui' 등 그는 그녀를 바라보았다. 그게(시선이) 침묵하고 있었다. 그런 식이다. 한국어에는 관계대명사가 없다. 앞에서 내가 말한 바 그것은, …… 그렇게 글을 쓰면 독자가 지시어를 찾아 헤매느라고 텍스트를 읽어 나아가지 못한다. 그건 소설을 쓸 때도 마찬가지다.

글을 쓰면서, 능선은 과거지속상으로 표현해야 하는 경우를 만날 때마다 멈칫거린다. "강 위에 안개가 흐느적거리고 있었다." "사람들은 막차가 오기를 기다리고 있었다." '있었다'는 '있다'에 과거형 어미가 붙은 것이다. 있다, '있다'의 명사형 '있음'은 존재의 최상층을 뜻한다. '있음'과 '없음', '존재'와 '비존재', '존재'와 '무', 그래 그런 책이 있었지. 능선의 생각은 엉뚱한 데로 튀었다. 프랑스어로는 "*L'être et le néant, Essai d'ontologie phénoménologique*", 양원달이라는 양반이 400쪽이 넘는 그 책을 번역했다! 이 책 제목을 어떻게 번역해야 하나? 존재와 아무것도 아님? 'be동사'라는 단어를 배울 때의 혼란, '유무' …… 다시 소설 본문으로 가서 "*il était venu à Paris*" 그가 파리에 왔던 적이 있었다? 어색하다. 능선은 고개를 들어 하늘을 쳐다봤다. 비평가 고평만 씨의 얼굴이 하늘에 걸려 흔들거리고 있었다.

당신 그러고 있으면, 소설 본문에다가 프랑스어 문장을 마구 흩어 놓으면, 그건 프랑스어 못 읽는 독자들은 아예 읽지 말라는 거야? 이제 당신의 투박한 언어로 돌아가시지. 투박한 언어? 사실 투박한 언어는 더 어렵다. 이미 독자들의 언어가 공사장의 십장 말투로 투박해졌기 때문이다. 노동은 관념을 지우는 일이다.

당신 소설은 관념이 가득하다는 평을 들을 때마다, 능선은 고개를 젓는다. 관념의 세계 또한 세계가 아닌가. 그런 생각을 확인한 것은 사르트르의 『말(*Les mots*)』이란 책을 읽은 이후였다. 언어가 사물보다 앞서는 세계인식, 그 실체를 여실하게 그린 그 책은 사실 '단어들'로 혹은 '어휘들'이라는 게 더 적절하다. '말'로 번역된 이 단어는, 연행 혹은 실행이 아니라 '내용'을 뜻하는 말이다. 그런 생각은 능선의 아련한 기억을 불러왔다. 사르트르가 극구 칭찬해 마지않는 카뮈의 『異

邦人(*L'Étranger*)』(갈리마르사, 1942) 이 떠올랐다. 그의 책꽂이에 아직도 꽂혀 있는 양문문고 가운데 『작가론』란 책을 빼들었다. 본래 사르트르의 'SITUATION 1'에 실린 비평문을 모아서 번역하고 해설한 책인데, 작가론이라고 이름을 붙인 것은 의아하기도 했다. 몇 명 작가에 대한 글이라 그렇게 처리한 듯했다. 아무튼 카뮈의 문체를 이야기하는 맥락에 '시제' 문제를 거든 대목이 있었다.

[인용] 이방인의 구절은 하나의 섬이다. 우리는 구절에서 구절로 허무에서 허무로 폭포수처럼 떨어진다. 카뮈가 복합과거를 사용해서 이야기를 꾸민 것은 모든 구절적 단위의 고독을 강조하기 위해서이다. 정과거는 연속의 시제이다. "Il se promena longtemps.(그는 오래동안 걸었다.)" 이러한 말들은 우리들은 대과거나 미래로 돌려보낸다. 구절의 현실성은 타동사적 성격과 초월을 가진 동사이며 행위이다. "Il s'ést promené longtemps.(그는 오랫동안 걸었다.)"라고 함은 동사의 동사성을 숨기는 것이다. 동사는 둘로 나누어지고 쪼개진다. 물건처럼 무기력한 초월을 잃은 과거분사가 남는 일면 계사(繫辭)의 뜻만을 가지는 동사 'être'가 있다. 이 동사는 속사를 주어에 연결하는 것처럼 분사를 명사에 연결한다. 동사의 타동사적 성격은 없어지고 구절은 응결한다. 이 때 그 실재는 명사가 되는 것이다. 과거와 미래 사이에 놓여 있는 교량처럼 던져지는 것이 아니고 그 자체로서 충족되는 작은 고립된 실체가 되는 것이다.(p.29)

대강 무슨 이야긴지 짐작은 갔지만 정확한 뜻은 잡혀오지 않았다. 독회에서 그런 질문을 받았다.

"하나 물어봅시다. 능선은 'Il se promena longtemps.'이라는 문장은 동사성이 느껴지고 'Il s'ést promené longtemps.'이라는 문장은 동사성이 안 느껴지시오?" 현명한 철학자 현명철의 질문이었다. 능선은 대답하지 않았다. '느낌'이 없었다.

자기가 읽어야 할 책을 돌려놓고 해찰하는 시간이 한참 지났다. 그는 다시 본문으로 돌아온다. 성행위를 하고 나서 잠들었다가 문득 깨어난 소녀가 남자를 바라보는 장면이다. 인물의 움직임이 시간축을 따라 전개되는 양상이 드러나 시제 문제를 살필 수 있는 자료라는 생각이 들었다. 능선은 한국어 시제 때문에 글쓰기가 어렵다는 생각을 거듭하곤 했다.

[인용] 문득 눈을 떠 보니 검은 실내복을 입고 있는 그의 모습이 보였다. 그는 앉아서 위스키를 마시며 담배를 피우고 있었다.

그는 나에게 내가 잠이 들었기 때문에 샤워를 했다고 말했다. 졸음이 엄습했던 기억이 희미하게 났다. 그는 낮은 테이블 위에 놓인 램프에 불을 켰다. (p.53)

이런 문장들이 프랑스어로는 어떻게 되어 있는지 궁금했다. 그는 프랑스어판 같은 부분을 찾아보았다. "Je l'ai vu tout à coup dans un peignoir noir. Il était assis, il buvait un whisky, il fumait." 첫 문장은 능동태가 수동태로 번역되어 있는 것 말고는 시제와 연관된 특이점은 없어보였다. 그러나 다음 문장은 역시 반과거를 '있었다'로 표현하고 있었다. 그는 앉아 있었다, 위스키(한잔)를 홀짝거렸다, 담배를 피웠다. 사르트르가 카뮈의 문장 구절을 설명하듯이, 구절 하나하나가 고립된 '섬'으로 드러나는 것이었다. 연속된 동작은 갈라서 표현함으로써 대상의 속성을 분리하여 파악하는 양태를 드러낸다,

"Il m'a dit que j'avais dormi, qu'il avait pris une douche. J'avais à peine senti le sommeil venir. Il a allumé une lampe sur une table basse." 복합과거, 대과거, 대과거, 다시 복합과거…… 그의 생각은 엉뚱한 데로 튀기 시작했다. 현재의 부정으로서의 과거, 아니 현재의 연장, 미래의 대립항…… 그러다가 능선은 이 소설의 시간 구조 쪽으로 생각이 돌아갔다.

시간은 공간과 맞물려 존재한다. 시간이 없으면 공간은 존재하지 않는다. 시간은 공간 속의 시간이다. 프랑스 식민지 지배하의 베트남, 사이공. 현재의 호치민 시티. 5인 가족 아버지, 어머니, 큰오빠, 작은오빠, 그리고 나, 그게 이 소설의 중심인물들이다. 아니, 나의 연인 역할을 하는 '중국인 남자'도 있다. 식민지 베트남에서 내외는 둘 다 교사였다. 그런데 남편(아버지)이 일찍 죽는다. 가족의 생계는 전적으로 어머니에게 맡겨지고…… 어머니는 프랑스로 돌아갔다가 다시 베트남에 와서 프랑스어 학교를 세우고 자식들 키우면서 생계를

유지한다. 나의 학비 절반을 대면서. 작은오빠가 죽으면서 '나'는 절망에 빠져 프랑스로 돌아가려 한다. 프랑스 돌아갈 여비가 필요한, 바로 그때 나타난 것이 검은 리무진의 중국 사내다. '열다섯 살 반'의 여자가 겪는 육신의 사랑이 시작되는 것이다.

그런데 그녀가 처한 상황은 식민지 상황이다. 식민지 시간. 더구나 베트남을 떠나려 할 때는 일본에 점령당했던 기간이다. "나는 글을 쓴다고 생각하면서도 한 번도 글을 쓰지 않았다. 사랑한다고 믿으면서도 한 번도 사랑하지 않았다. 나는 닫힌 문 앞에서 기다리는 일 외에는 아무것도 한 것이 없다."(p.35) 닫힌 문 앞에(devant la porte fermée) 서 있는 상황이 식민지적 상황을 상징적으로 드러내주는 게 아닌가. 능선은 그렇게 성급한 결론을 내리고 있었다. 결론을 내리는 중이었다, 그렇게 쓰는 게 더 적절할까? 답은 없었다.

식민지적 삶이란 무엇인가? 능선은 그게 무슨 화두라도 되는 것인 양, 그렇게 의문부를 달아 놓고는 감당이 안 되는 질문이라는 걸 금방 깨닫는다. (이 글을 쓰는 중에 오는 깨달음이라 현재형으로 써도 상관이 없을 터였다. 아, 그렇게 써놓는 순간 현재는 과거 속으로 무화(néantisation)되어 닫힌 문 안에 갇힌다.) 언어적 측면에서 식민지는 대화가 차단된 시공간이다. "대화라는 단어는 허영이다." '수치(la honte)'와 '자만심(l'orgueil)'으로 가득한 인간이 된다. 이런 감정은 금방 전도된다. 수치를 모르고 자부심을 상실한 인간이 된다. 자기모멸로 귀결되는 식민지 감정, 그것은 일상의 규율을 파괴하고 질서를 뒤집어놓는다.

그런데, 능선은 '대화'라는 말을 만나기만 하면 눈을 반짝인다. 다시 프랑스어판을 펴고 확인한다. "Le mot conversation est banni."(p.69) 이 문장을 번역하는 데 얼마나 고심했을까. 능선은 멋대로 생각하기로 한다. 대화는 서로 함께 서로를 향하는 'con+vers' 언어 행위이다. 그런데 그것이 곧 서로를 외돌려놓는(exilé) 일로 전환된다. 혹은 추방, 내몰기(proscrit), 감싸안기가 내치기와 동일시되는 상황이 식민지 상황이라고 능선은 정리를 한다. 그 역설적 상황 속에서는 글을 쓴다고 생각하면서 글을 안 쓰고, 사랑한다고 믿지만 진정 사랑은 할 수 없는 그런 닫힌 문의 상황에 처하게 된다. 능선은 안으로 기어드는 하품을 했다.

능선은 아프리카의 훤칠한 사내를 생각하고 있었다. 지난 2월, 프랑스 식민지였던 세네갈의 생–루이에 가서 만났던 이시야카 프로스퍼 랄리예(Isiaka Prosper Lalèyê)는 얼굴에 문신이 뚜렷하게 새겨져 있었다. 양 볼에 넉 줄씩 가로로 칼자국이 나 있었다. 능선은, 자기는 궁금한 거 보고 참지 못하는 성벽이라고 이야기했다. 그러고는 물었다. 당신 볼의 칼자국이 뭘 상징하는가. 자기는 베냉의 왕족 출신이라는 게 그의 대답이었다. 아, 왕족이라니? 능선은 랄리예를 올려다보면서 그가 스위스, 프랑스에서 공부한 내력을 더듬고 있었다. 식민지 시대 왕족의 후예? 그의 머릿속에는 영친왕이며 덕화옹주, 그리고 이완용을 비롯한 인물들이 우글거리면서 떠올랐다. 베냉에서 세네갈로, 세네갈에서 스위스, 이어서 파리로 그렇게 연결되는 그의 학문 여정에서 그는 박사학위를 둘이나 취득했다. 그리고 콩고에서 근무하다가 세네갈의 생-루이로 옮겼다. 가스통 베르제 대학교 교수로 정년을 한 사나이. 어기찬 그의 행동과 자신감 넘치는 말씨 속에서 유럽 문화를 그대로 소화하고 산다는 느낌을 받았다. 그에게 맏형이 있다면 저런 인품일 것이라는 생각이 들었다.

그런데 그의 영상은 금방 유리 그릇처럼 부서졌다. 생-루이 시가지를 돌아보는 가운데, 프랑스 식민지 시대의 영광이 썩어나가는 모양을 목격한 후였다. 그것은 용납할 수 없는 인간 자존심의 실추였다. 인간 자존심의 실추란, 말이야 거창하지만, 환경이 너무나 훼손되어 있는 데 대한 절망감이었다. 랄리예 교수는 성공한 인물이었다. 시 외곽에다가 근사한 집을 짓고 거실을 아프리카(콩고) 민속품으로 장식하고 살았다. 그리고 식료품 보관창고에는 각종 위스키와 코냑은 물론 와인을 저장해놓았던 걸 가져다가 탁자 위에 주욱 펼쳐놓았다. 그런데, 그렇게 잘 사는 게 이곳 일반 사람들 사는 데 비하면 그것은 쓰레기 더미 가운데 서 있는 낡은 고성처럼 버티고 있는 섬이나 다름이 없었다. 최소한 능선의 눈에는 그렇게 비치는 풍경이었다.

물론 이웃 주민들과 어떻게 소통하고 사는지를 알지 못하는 능선의 편견일 수도 있다. 그러나, 다시 자기들 삶의 환경을 쓰레기통으로 만들고, 물은 썩고, 흙은 비닐로 범벅이 되고, 그런 속에서 살아간다는 건 식민주의의 무책임한 방치, 퇴출로 인한, 유적지(流謫地) 그와 다를 바가 없었다. 능선은 생–루이의 가스통 베르제 대학이라든지, 박사학위를 둘이나 가진 랄리예 교수, 그가 공부한 철학과 인류학 등은 접어두기로 했다. 관념일 터이니까. 다시 뒤라스로 돌아가야 할 시점이었다.

"뒤라스의 진정한 매력은 독자 자신이 과거에 느꼈던 섬세한 감정들을 되살려준다는 데 있다."(p.142) 번역자의 해설에 나오는 이 독자란 누구를 상정한 것인가? 능선은 작품의 배경을 고려할 생각이었다. 일본이 베트남을 점령하고 있을 때라면, 1942~1943년경으로 짐작된다. 능선이 태어나기 5~6년 전이 시간적 배경이다. 내가 전에 느꼈던 섬세한 감정이란 어떤 것인가? 물론 식민지적 감성은 아닐지 모른다. 그러나 이 궤도가 풀린 감정이란 무엇인가. 그 감정 가운데 하나는 언어적 감정일지 모른다는 생각이었다. 동양인 원주민 사회의 식민 본국의 백인이 느끼는 감정이, 식민지를 경험한 한국인의 감정일 수 있는가, 의문이 끊이지 않았다. 백인⋯⋯ white in black⋯⋯ 검은 피부 밑의 백인 의식. 능선은 생각이 얽힐 때마다 하늘을 바라보았다.

감정의 회복이 잘 안 되는 것은 번역에서 연유하는 것이기도 했다. 소녀가 쓰고 다니는 중절모자의 빛깔은 'souple couleur bois de rose'인데, 이는 장밋빛이 아니라, 자단색(紫檀色)이다(p.19). 콜롱으로 되어 있는 'Cholen'은 베트남 발음으로 촐롱(Chó Lón)이다. 달라라고 표기한 도시 이름은 달라트(Dalat)다. 촐롱을 콜롱이라 하든가, 달라트를 달라라 하든가, 독자가 알아서 이해하라는 건 무책임한 일이다.

이해가 안 되는 번역도 있었다. "그녀는 밀꽃처럼 아름다운……(fleur de farine) 백분(白粉)의 꽃", 밀가루 꽃분(p.89)처럼 희고 아름다운 정도가 될 것이다. 이런 경우는 어떤가. "그녀는 지금 도로에 인접한 경사진 논에 서 있다(Elle est sur les talus des rizière qui bordent la piste……)." 경사지 위에 있는 논이라야 할 듯하다……. "조용한 밤이 되면 월계수와 장미꽃이 있는 공원 안에서 머무른다."(p.105) 여기 나오는 'lauriers-rose'는 협죽도(夾竹桃)로 번역해야 맞다. 다른 데서는 같은 말이 '월계장미나무'라고 되어 있다(p.107). 이전에 능선은 인환로 교수가 쓴 책을 읽기도 했다. 줄리아 크리스테바를 소개한 책이었다. 정신분석을 바탕으로 한 언어 이론을, 이런 수준의 번역으로 과연 제대로 읽어냈을까, 그런 의문이 들었다.

"아무튼……." 능선은 다시 번역 문제를 천착(穿鑿)하기 시작했다. 사실 그가 지낸 날들은 천착을 거듭하는 것이었다. 그러나 결론은 어김없이 관견에 이르고 말았다. 관견이라기보다는 '좌정관천'이란 숙어가 더 걸맞을지 몰랐다.

"프랑스령 인도차이나의 중국 수도인 콜랑까지……"(번역본, p.116) 중국인 거리 중심가 촐롱이라고 해야 한다. "나는 그의 아기가 되었다(Ainsi j'étais devenue son enfant)."(p.118) 그의 아이, 아기…… 보들레르(Charles Baudelaire)의 유명한 시 「여행에의 초대(L'invitation au voyage)」, 첫 구절이 떠올랐다. "아, 내 사랑 나의 누이

여……(mon enfant, ma soeur)." 아기나 누이는 사랑하는 대상에 대한 수사적 표현이다.

"내 인생이 눈앞에 환히 주마등처럼 떠오르기 시작한 것 같다(Je crois que ma vie a commencé à montrer à moi)." 나는 내 생애가 나 자신에게 모습을 드러내기 시작했다고 생각했다. 주마등처럼? 연원을 확인하지 않은 낡은 수사로 보였다. "우리는 잘못 생각했다."(p.123) 우리? "우리는 잘못 생각했다."는 문장의 주어 'on'은 'nous'와 다르다. 'nous'가 주관적 동질성을 바탕으로 한다면 'on'은 객관적 정황을 제시하는 기능을 한다. 능선은 객관화된 주관이라는 것을 생각해보았다.

혼란스러웠다. 이런 혼란 속에서 이 소설을 어떻게 연애소설로 읽으란 말인가, 능선은 그런 생각을 곱씹었다. 생각이 각각 다른 사람들이 편견을 공유하기 위해 모여서 떠들어대는 게 '독서모임' 아닌가 그런 생각이 들기도 하는 것이었다.

사람들이나 우리들이나 상통할 수 있는 소통 가능성을 바탕으로 살아가는 게, 그게 현실 아닌가? 소통? 능선은 고개를 흔들어 달라붙는 환영을 떨어냈다. 우린 당신이 쓴 소설 못 읽겠더라니까, 그것은 자학일지도 모를 일이었다. 소설가에게 자학은 고정관념을 안에 모시고 살 때 생겨나는 환상이다. 환상은 리얼하지 않다. 레알은 진실로 로열과 같은 항렬이다. 왕실에서는 고유명사가 아니라 바코드나 숫자로 이야기해야 한다. 숫자가 틀리면 죽음을 당할 수도 있다. 그런데 숫자를 잘못 다루다니.

이 소설에는 숫자를 잘못 번역한 데가 두어 군데 보인다. "그 여행은 80일간이나 계속되었다."(p.127) 프랑스어판에 'vingt-quatre'라고 되어 있으니 24일이다. 80은 'quatre-vingts'. 수평선과 지평선도 혼란스럽다. 'la terre'(p.131)를 수평선으로 번역하는 것은 무관심의 결과다. 식민지는 무관심의 공간이다.

이런! 한가한 인간. 한가하다는 것은 딱하다는 뜻이다. 그는 입을 다물지 못했다. 대충 읽을 것이지. 전체를 그리지 못하면서 디테일에 집착하는 것은 식민지 근성인지도 모른다. 집착은 오역을 낳는다. 이 책은 17세 소녀의 이야기다. 그래서 27년이라 써놓은 것을 천연덕스럽게 17년으로 옮긴다. "vingt-sept ans(p.128, p.124)" 능선은 거기 악마가 기거한다는 그런 디테일에서 물러서고 싶었다. 이념은 집착이다.

주인공의 집착은, 책을 쓰는 것이다. "나는 책을 쓸 것이다(p.123). Je vais écrire des livres(p.126)." 이는 『연인』 전체를 통해서 일관되게 지속되는 모티프이다. 능선은 자기가 쓰는 글이 소설이 될 것이라고, 소설이라고, 비록 이상한 모양이라도, 그게 소설이라고 집요하게 정신을 단속해왔다. 책을 쓰되 한갓된 오락거리가 되는 책은 안 쓰겠다는 것이 그의 집착이다. 책 쓰기를 통해, 소설 작업으로 자신의 존재 조건을 넘어설 수 있으리라는 기대는 누가 대들어 뜯어말릴 수 있는 게 아니다. 천만 아니었다. 그가 불멸을 생각할 때 『연인』은 작은

오빠의 죽음과, 자기 아이의 죽음을 겹쳐놓는다. 그리고 육신에 가려 보이지 않는 불멸성을 이야기한다. "불멸성은 세부적인 것에 존재하지 않으며, 단지 근원 속에서만 존재한다(p.124). (Qu'elle n'existe pas dans le détail mais seulement dans le principe(p.128).)" 그런데 이게 왜 절대적인 이원성(la duplicité absolue(p.128))으로 튀어오르나. 육신이 죽으면 따라 죽을 수 있는 불멸성이라면 일원적인 게 아닌가. 논리의 파탄 아닌가. 육신을 따라 죽을 수 있는, 따라서 불멸성이 죽을 수 있는(l'immortalité est mortelle) 것이라면 그게 왜 이원성인가. 이런 사유가 식민지와 연관이 있는가? 불멸성을 추구하는 책 쓰기를 통해, 디테일만 널려 있는 현실을 넘어설 수 있는 것인가. 소설 쓰기를 절대적 가치로 알고 거기 몰두하는 능선 자신의 한계와『연인』에 나타나는 논리 파탄이 결국 동일선상의 헤매돌기 아닌가. 그래서 결국 도달하는 데가 불가지론이라면, 자기가 쓴 글을 지워버리는 과정을 통해 절대적인 이원성을 극복할 수 있는 게 아닌가. 그러나 그것은 지극히 허전한 일이었다.

삶(la vie) 그것만이 오롯이 남은 경지란 무엇인가? 사랑? 능선은 오소소, 한기를 느끼면서『연인』의 마지막 문장을 읽었다. "Il lui avait dit que c'était comme avant, qu'il l'aimait encore, qu'il ne pourrait jamais cesser de l'aimer, qu'il l'aimerait jusqu'à sa mort.(p.142)" 열여섯 고등학교 소녀를 데리고 육신을 탐했던 그 사랑이 지금까지 똑같이 계속되고, 죽을 때까지 (그렇게) 사랑하겠다면, 더구나 아내를 데

리고 와서 한다는 소리가 그렇다면, 이 인간의 사랑을 어떻게 이해할 것인가. 그게 혹 '절대적 이원성'을 넘어서는 문학적 방법일까. 아니면 식민지, 그 디테일의 쓰레기더미에서 벗어나는 길인가.

아니면 글쓰기, 작가가 되는 과정과 사랑의 궤적을 등치하는 뒤라스의 소설적 방법인가. 능선은 자신이 지금 쓰고 있는 글과 뒤라스의 『연인』이 어떻게 겹치는가를 생각하다가, '검은 내의'를 걸친 자기 가슴을 손으로 쓸어내렸다. 내의 밑으로 젖꼭지가 만져졌다. 자판을 두드리느라고 참았던 오줌을 누러 화장실로 향했다. 오줌을 죽 뽑아내고 돌아와 다시 책상에 앉았다. 그사이 문자가 와 있었다. 채만식학회 임원 조직표를 보냈으니 검토해달라는 내용이었다. 채만식(1902.6.17.~1950.6.11.)은 식민지 조선을 괴롭게 견뎌낸 소설가였다. 능선은 그 학회장을 맡아 '놀고' 있었다. 일과 놀이가 전도되는 상황…… 지식의 식민지…… 식민지의 지식…… 능선은 여기쯤 와서 자신이 쓰는 글이 소설이 아닐지도 모른다는 생각을 하기 시작했다. 알량한 지식을 희롱하는 일에 종사하는. 그래서 그는 엽총을 사기로 했다.

아무튼, 그 다음에 읽을 책은 엽총으로 자신을 박살내버린 헤밍웨이의 『노인과 바다』로 결정되어 있었다. 능선은 아프리카 해안의 사자꿈 대신 자기 고구마밭을 절딴낸 멧돼지 꿈을 꿀지도 모른다는, 좀 칙칙한 생각을 하고 있었다. ✽

노인과, 노인과 바다

모로코, 마라케시 해안의 파도(촬영 : 우한용)

『노인과 바다』를 읽고 절망해서 목매달아 죽는 놈도 있을 것이고, 인간 투혼의 위
대성을 감지하고 자살 포기하는 작자도 있을 터. 어떻게 읽으면 무슨 상관이란 말
인가. 인간만 그런 게 아니라, 소설도 존재가 본질에 선행하는 것인지도 모를 일이
었다.

노인과, 노인과 바다

어버이날이었다. 세네갈에 보낸 책을 잘 받았다는 베로니카의 편지가 왔다. 노예의 집이 있는 고레섬의 바오밥나무가 떠올라 눈앞에 어른거렸다.

그날은 노무현 전 대통령 추모식 초대장을 받은 날이기도 했다. 2019년 5월 23일, 벌써 10년. 교육부에서 일한 인연이 살아 있는 것. 세상이 달라지는 속도가 너무 더뎠다. 자신은 달라진 게 거의 없었다. 대신 안정된 생활을 영위할 수 있었다. 그 안정감이 오히려 짐스러웠다.

이송로 노인은 엽총을 손질하다가 손을 멈췄다. 요양원에 가 있는 아내가 죽으면 장례를 치르고, 그 무덤가에서 자살할 생각을 굳혔다. 개머리판을 쓰다듬어보았다. 아내의 젊었을 때 궁둥이처럼 맨들거리는 촉감이, 금방 들고 나가 멧돼지를 좇아 산으로 치달리고 싶었다.

이송로 노인은 눈에 자꾸 뭐가 끼는 바람에 점안액을 찾곤 했다. 도무지 눈물을 흘리는 게 아니라, 눈에다가 눈물을 넣다니! 어쩌다가 울 줄도 모르는 인간이 되었는가, 자신을 향한 책망이 일었다. 책 읽는 일도 이제 그만두어야 할 모양이었다. 멈추어선 시간 속의 인간, 그게 인간일 수 있는가. 산다는 게 몸으로 시간이 흘러가는, 흘러가도록 길을 내주는 그런 일이 아닌가. 가슴 한구석에서 서늘한 바람이 일었다.

'죽기 전에 읽어야 할 세계명작' 시리즈, 이른바 월드 클래식스 가운데 어니스트 헤밍웨이의 『노인과 바다(The Old Man and the Sea)』가 포함되어 있었다. 헤밍웨이는 산티아고의 아내를 일찌감치 죽여놓고 이야기를 시작했다. 그에 비하면 아내가 죽기를 기다려, 그걸 조건으로 자살하겠다는 결심은 치사하고 어쭙잖은 짓이었다.

아무튼 죽음을 결단하기 전에, 늙은이가 어떻게 생을 버텨내는지를 확인할 요량으로 『노인과 바다』를 읽기로 했다. 목적이 분명한 독서였다. 소설을, 분명한 목적을 앞세워 읽는다는 것은 코미디였다. 작중인물의 삶을 독자가 함께 사는 것이라야 진정한 독서가 아닐까 하는 생각도 들었다. 책을 읽는 시간 그게 곧 독자가 부여받은 시간 ― 삶을 영위하는 과정이 아닌가 싶은 것이었다.

'올드 맨'은 노인이라고 점잔빼는 것보다는 '늙은 사내'라고 하는 게 적절하지 않을까 그런 생각을 하면서, 48페이지까지 읽다가 점안액을 넣느라고, 읽던 페이지를 문진으로 눌러놓았다. 그러고는 아내와 통화를 하고, 외국에 가 있는 후배 전화를 받고 하느라고 시간이 주춤주춤 밀려났다.

현대외국어고등학교에 다니는 외손녀 오시안이, 할아버지를 찾아왔다. 집에서 어른들 찾아뵙는 날이라고, 제 에미가 일렀다는 것이었다. 제가 제 발로 올 것이지, 어린애를 보내면 손님 접대는 할애비 몫으로 돌아간다는 걸 왜 생각 않는지, 이송로 노인은 자기도 모르게 끌끌 혀를 찼다.

오시안은 책상 위에 헤밍웨이의 『노인과 바다』가 펼쳐져 놓여 있는 것을 흘금 곁눈질해 보았다. 책상으로 다가가 문진을 옆으로 밀어놓고 책표지를 한참 살피더니 한다는 소리가 가관이었다.

"할아버지, 고등학생이나 읽는 이딴 소설을 왜 읽어요?"

"이따위 소설이라니? 그게 이래 봬두 명작이라는 거 아니냐! 퓰리처상을 받은 작품 아니더냐?"

"어머어, 겨우 48페이지 읽고…… 소문이 명작을 만든대요. 명작을 만들어놓아야 장사가 되잖아요."

"명작은 교양인의 버킷리스트를 만들어준다 않더냐?"

오시안은 다 읽어보고 하는 이야기냐고 따지고 들었다. 그럴 나이가 되었지, 한숨이 나왔다. 늙을수록 교양이 있어야 막말하지 않고 품위 있게 산다는 이야기를 하려다가, 교양 그딴 거 뭐냐고 대들 거같아, 입을 다물었다. 요양병원에 가 있는 아내가 사진틀 안에서 웃고 있었다.

"할아버지, 혼자 계시면 외롭지 않아요?"

"네가 옆에 있지 않냐?"

"그런데 왜 48쪽을 펴놓았어요? 그리고 보니까 할아버지가 1948
년생이구나. 48년생 하고 48페이지는 우연의 일치일 뿐이라구요."
이송로 노인은 그렇지 않을 수도 있다는 생각을 했다. 누구나 탄생과
함께 받아온 DNA, 그게 그의 온 생애를 지배할지도 모른다, 그런 생
각.

"그런데 노인과 바다에 가장 많이 나오는 단어가 뭔지 아세요?"

좀 엉뚱한 질문이었다. 빅데이터 트렌드를 위해서는 그런 지표 찾
기도 의미가 있는 일일지 몰랐다.

"그야, 당연히 노인 아니겠냐?"

"전제를 가지고 읽으니까 그래요. 명작이라는 전제, 노인과 바다니
까 노인이 핵심어라는 전제, 그 전제가 틀리면 결론도 틀려요. 읽으
나 마나라구요. 이 작품에는 말했다는 세드가 엄청 많이 나와요, 그
리고 생각한다는 씽크나 쏘트도 꽤나 반복되구요. 보세요, 48페이지
에 '네가, 지금 하고있는 일만을 생각하라', 그렇게 되어 있는데 집중
하라든지, 몰두하라고 않고 생각하라는 무덤덤한 말로 쓰고 있어요.
그게 하드보일드 스타일이라고 할지 몰라도 대화 끝에다가 말했다,
말했다 하는 건 불성실해요. 변화 없는 서술어의 반복."

"그래도 노인이 물고기와 대결하는 건, 강렬한 행동 아니냐?"

"산티아고 노인이 물고기와 대결하잖아요? 그래서 사람들은 노인의 행동에 중점을 두고 읽는데, 아닌 거 같아요. 행동이 전개되지 않고 반복된다구요. 마치 볼레로 모티프 전개되는 것처럼 말예요. 말하고 생각하고, 생각하고 말하고…… 나중에는 왕짜증나더라구요. 그는 말했다, 노인은 생각했다. 어유……."

오시안은 단발머리를 살래살래 흔들었다. 머릿결이 빛을 반사해 반짝였다.

"그렇게 배웠느냐, 아니면 네가 그렇게 생각하는 거냐?"

"둘 다지요. 우리 영어 선생님이 한 이바구 하는 비평가거든요."

이송로 노인은 왕짜증이니 한 이바구 한다느니 하는 말이 귀에 거슬렸다. 뭐라 나무라고 나서려다가, 꼰대 소리 듣기가 싫어 그저 묵연히 손녀를 바라보았다. 손으로 짚어보니 외손녀는 이송로 노인보다 55년이 아래였다. 자신은 55년 전에 노인들 앞에서 저런 이야기를 했던가, 기억이 아슴했다. 외손녀가 인류의 진보를 증명하기라도 하듯이, 가상스러워 보이기도 했다.

"할아버지가 아주 소설의 핵심에 해당하는 데를 펴놓으셨네요."

"소설의 핵심이라면?"

"에이, 할아버지도 아시잖아요? 인물 설정, 그 인물들이 만들어가는 플롯 그런 거 말인데요. 이 소설에서는 노인과 소년 말고는 다른 인물은 역할이 없잖아요? 가정법으로, 그 녀석이 여기 있으면 좋겠는데, 하면서 자기를 도와줄 수 있을 거라고 하잖아요? 둘이 행동으로 교감하는 건 커피나 사다 주고, 야구 얘기나 하는 것 말고는 노인 혼자, 고기 한 마리가 걸린 걸 가지고 북 치고 장구 치고 다하는 거라 구요. 엄청 큰 고기를 잡았는데, 상어가 다 뜯어먹고 대가리와 꼬리, 그리고 뼈다구만 가지고 마을로 돌아왔다. 돌아와서 사자꿈을 꾸었다, 그런 거."

그래서 소설이 모노로직하다, 단조롭다는 불평 비슷한 얘길 주절거리고 있었다. 어쩌면 말발 센 비평가라는 영어 선생이 소설은 모름지기 다이알로직, 폴리포닉, 대화적이고 교향악적 울림이 있어야 한다고 가르쳤는지도 모를 일이었다.

고등학생 수준에서는, 작품을 꽤 깊이 읽은 게 틀림없었다. 이송로 노인은, 만약, 만일 그렇게 토를 달면서, 소년이 같이 따라왔다면 노인의 근원적인 고독감을 드러내는 데 장애가 될 거란 생각을 했다. 고독해야 근원을 파고드는 사유가 가능하다는 생각은 늘 해왔다. 그러나 고독하기는 한데 사유는 근원을 향하지 못하는 게 현실이었다. 산티아고도, 늙은 나이에 혼자 있어선 안 된다는 건, 생각일 뿐이었다. 문장 끝에 서술어가 생각했다고, 'he thought'라고 되어 있었다. 행동이 없었다. 어쩌면 언어 행위 또한 행동일 수 있기는 했다. 머릿속에서 돌아가는 생각도 사건일 수 있는 것처럼.

"할아버지, 커피 내려드릴까요?"

"오후에 커피 마시면 밤에 잠이 안 온다. 너나 마셔라."

"잠 안 오면 손흥민 나오는 축구나 보세요. 얼마나 재미있는데."

"밤에 텔레비전 보면 낮에 자게 된다. 낮에 자는 건 자연의 이치에 어긋나는 생활이다."

"자연의 이치가 뭔데요?"

이송로 노인은 말이 막혔다. 자연의 이치? 그걸 설명할 자신이 없었다. 그리고 사실 자연과는 너무 멀리 떨어져 살아왔다. 회복될 수 없는, 되돌아가기 무망한 지경까지 와버린 것 같았다. 자연은 자연스럽지 않다. 바깥에 있는 자연은 이념상의 자연과는 아무 상관없이 훼손되고 왜곡되는 게 현실이었다. 인간의 생애 과업도 이전과는 달라졌다. 공자는 70까지의 인간 성숙의 단계를 한정하고 이야기했다. 칠십에 종심소욕불유구(從心所慾不踰矩)라면, 마음이 원하는 바를 따라 해도 법도에 어긋나는 게 없다는 것이 칠십 인생에 부과되는 도덕적 지표였다. 공자가 80을 넘겨 살았으면, 팔십에는 어떻게 살아야 한다고 했을까, 그런 엉뚱한 생각이 들었다. 90엔? 그 이후에는? 사람은 어차피 자기 경험의 한계를 넘어서지 못하는 법이라는 생각이 들었다. 아니 생각이 들끓었다.

"이건 애니미즘, 아니 애니마티즘 그런 발상인데, 사람들은 이런 부분을 줄 쳐놓고 그게 주제라고 지껄인다구요. 밤에 돌고래 두 마리가 뱃전에 다가와 놀잖아요? 그런 고래를 보고, 한다는 소리가, 날치와 마찬가지로 저 돌고래들도 우리 형제들이지, 그러잖아요. 자연과 교감하는 인간, 교감하되 자연의 위력에 도전하는 인간, 그런 걸 이 소설의 주제라고 하잖아요. 안 그런 거 같지만 이 소설은 너무 주제

지향적이라구요. 그게 어디더라, 저 뒤로 가면 말이지요."

오시안은 책에서 문진을 내려놓고, 책장을 풀풀 넘겼다. 마치 자기가 표시하면서 읽던 책인 듯, 금방 찾는 데를 펼쳤다.

"103페이지, '맨 이스 낫 메이드 포 디피티드', 또 히 세드네. '어 맨 캔 비 디스트로이드 벗 낫 디피티드'. 할아버진 디스트로이랑 디피트, 분간이 돼요?"

요새 애들 공부 잘 않는다고들 하는 게 헛소리지 싶었다. 이송로 노인은 대학에 들어가서야 이 작품 강독을 들었고, 그 후 언제던가 겨우 혼자 읽은 기억을 떠올렸다. 이탤릭으로 처리되어 있긴 하지만 툭툭 튀어나오는 스페인어가 가독성을 떨어뜨리기도 했다. 쿠바를 배경으로 한 소설에 스페인어가 나온다는 것은 역사적 정황으로 보아 의당 있을 수 있는 일이었다. 서양인들에게는 쿠바의 역사도 16세기 스페인의 식민지에서 출발한다.

"존재가 파괴되었는데 의지로 패배를 용납하지 않는다면 논리적으로는 모순이 되는 것 같다만, 운명에 몰려가지 않고 자기 의지로 존재를 버텨내는 것, 그건 거인 닮은 인간상 아니겠느냐?"

오시안은 할아버지 이야기를 들으면서, 책장을 도로 48페이지로 넘겨놓고 문진을 눌러놓았다.

"시안이 너, 대학 가면 영문학 공부해도 되겠다." 오시안은 이렇다 저렇다 대답 없이 고개를 살래살래 흔들었다. 제 에미를 닮았는지 목이 길쭉하게 팬 것이, 서양 어디 갖다 놓아도 빠지지 않겠다는 생각이 들었다. 애를 왜 서양 사람과 비교해서 평가하는 것인가, 어떤 작가가 쓴 『내 마음의 식민지』라는 소설이 떠올랐다.

"영문학이 뭔데요?"

"몰라서 묻는 게냐? 말버릇하고는…… 반기문 씨도 영어 잘 해서 유엔 사무총장도 하고 그랬잖냐?"

"할아버지도 남성우월주의자 같아요, 헤밍웨이의 소설적 실패…… 아내를 죽여놓으니까, 남자들만 나오는 소설이 되었지요. 소설가가 사람 죽이는 건 게을러서 그런지도 몰라요. 인물이 많으면 인간관계가 복잡해지지 않아요? 그러니까 슬그머니 아내를 죽여버리고 늙은이를 소년과 마주 놓는 거지요."

그럴지도 모를 일이었다. 이송로 노인은, 이 소설이 자연에 대한 인간의 승리를 겨냥한 게 아니라, 제국주의적인 남성우월주의, 그 이념을 형상화한 것은 아닌가 그런 생각이 들었다. 자연에 대한 도전? 꼭 그럴까. 책을 집어 들고 손녀가 디스트로이와 디피트가 분간이 되냐고 묻던 데를 찾아보았다. 역시 103페이지. '덴투소'라는 거대한 물고기가 잔인하고 능력 넘치고 강하고 머리 좋은 그 물고기를 죽이고서는 자신이 물고기보다 더 똑똑하다고 합리화하다가 생각이 달라졌다. 어쩌면 내가 좀 더 무장을 잘 했을 뿐이라고 생각을 고쳐먹는다. 'better armed'란 단어를 두고 독일 전차와 일본 가미가제 특공대 같은 영상이 떠오르는 것이었다. 『노인과 바다』가 나온 것은 한국전쟁이 한참 진행 중이던 1952년이었다. 1961년 4월 16일 쿠바 사회주의 국가 선언, 꼭 한 달 뒤 5월 16일 박정희의 군사정변, 1961년 7월 2일 헤밍웨이 엽총으로 자살. 이송로 노인이 열세 살 때였다. 한국은 너무 무장이 안 되었다가, 이제는 무장이 너무 견고해서 운신을 못하는 꼴이 되었다.

"할아버지, 무슨 생각 하세요?"

"늙었어도, 그래도 생각은 해야겠지?"

"할아버지 웃긴다, But I must think, he thought. think, thought, thought……." 오시안이 이송로 노인의 어깨를 주무르면서 혼자 웃고 중얼거리고 하면서 야살을 떨었다.

"헤밍웨이는 여자를 우습게 보는 남자 같아요."

"왜 그런 생각을 하게 되었니?"

"결혼을 네 차례나 했다잖아요. 도둑놈 모양으로."

"말을 그렇게 하면 못쓴다. 작가의 개인사와 작품의 가치는 반드시 일치하는 건 아니란다."

오시안은 할아버지 어깨를 주무르다가, 어깨가 왜 이렇게 굳었어요? 그렇게 물었다. 요새 사냥을 못 나가서 그렇다고 하기는 했지만, 그것은 늙어서 신체기능이 떨어지는 증거였다. 어깨가 결리고 허리가 아프기도 했다. 그래도 책상에 앉아 책 읽는 게 가장 편했다. 『노인과 바다』도 낡은 시간을 견디는 방편이 되는 셈이었다. 독서의 본질이니 하는 따위는 존재할 까닭이 없었다. 양귀비, 모르핀을 뽑으면 진통제가 되고, 그걸 흡입하고 환각에 취하면 마약이 되는 것처럼,

사물은 다면성을 지닌다. 『노인과 바다』를 읽고 절망해서 목매달아 죽는 놈도 있을 것이고, 인간 투혼의 위대성을 감지하고 자살 포기하는 작자도 있을 터. 어떻게 읽으면 무슨 상관이란 말인가. 인간만 그런 게 아니라, 소설도 존재가 본질에 선행하는 것인지도 모를 일이었다. 사르트르의 말처럼.

"내가 영문학 하면 좋겠어요, 할아버지?"

"글쎄다, 네가 노인과 바다에 뜨르르하길래 해본 말인데, 왜, 싫으냐?"

"우리 반 애들 졸라 웃겨요." 뭐가 우스운가 묻기 전에 말투를 고쳐주어야 한다는 억압감이 앞질러 삐져나왔다. 졸라라는 말이 좆 나게, 좆 빠지게 그런 말이 음전된 것을 모르니까, 남자 여자 할 것 없이 입에 올리는 이 말을 어찌할 것인가. 이송로 노인은 이야기가 끊길까봐 외손녀의 얘기를 귀 기울여 듣기로 했다.

노인의 낚시에 물린 물고기가 도무지 방향을 짐작할 수 없이 물속에 가라앉아 있는 장면이었다. 왼손은 쥐가 나서 오그라들고. 조용한 물고기의 속내를 알 수 없는 답답한 상황이 지속되는 가운데 노인은, 물고기가 움직이는 계획에 따라 적절한 조치를 해야 한다는 맥락이었다.

"물고기가 하는 데 따라 순발력 있게 조처를 해야 한다는 문장을, 말이지요, 노영문이라는 애가 '임기웅변'으로 대응한다고 했어요. 그러니까 선생님이 뭐라고 한지 아세요?" 이송로 노인은 헉 소리가 나는 것을 억지로 참았다.

"그래, 웅변 가운데는 임기응변이 최고야. 트럼프 봐라, 임기응변으로 세계를 쥐락펴락하지 않던?" 학생들은 삐엉 하니 앉아서 맥을 놓은 채 선생을 바라보고 있었다. 오시안은 임기응변(臨機應變)이라고 한자로 노트 구석에 적어놓고, 그 옆에다가 '바담풍'이라고 써놓았다.

"그 선생이 말예요, 현대에서 나오는 싸구려 스포츠카 티뷰론이라는 걸 몰고 자유로를 질주하다가 사고를 냈어요. 그 차 이름 붙일 때, 디자이너가 헤밍웨이의 이 책 읽었을까요?"

"글쎄다. 그런데 사고를 내고 어떻게 처리했다던?"

"'임기응변'으로, 아주 스마트하게 처리했나 봐요." 이송로 노인은 혀를 끌끌 찼다. 그리고 다른 이야기는 하지 않기로 작정했다. 할아버지 저녁 사드리라고 엄마가 이거 주셨어요, 하면서 외손녀 오시안은 손에 카드를 한 장 들고 할랑할랑 흔들었다. 눈길은 구석에 놓인 엽총을 흘금거렸다.

"할아버지, 참치김치 볶음밥 해드리려고 하는데, 참치 좀 사다 주실래요? 저는 이 동네 마트를 잘 몰라서요."

"그렇게 하자꾸나." 이송로 노인은 오시안의 카드를 받아들고 잠시 서 있었다. 어지럼증이 지나갔다. 책상 모서리를 짚고 서서 눈을 감았다. 감았던 눈을 떴을 때, 거실 모서리에 세워둔 엽총이 눈에 들어왔다. 헤밍웨이보다 10년도 더 산 셈이었다. 누추하고 황폐한 말년보다는 산뜻한 마무리가 한결 낫지 싶었다. 그런데 그런 과업은 남이 해줄 수 없는 자기만의 결단과 실천을 요하는 일이었다.

이송로 노인이 카드를 들고 나가고 나서, 잠시 기다렸던 오시안은 골프채가 들어 있던 가방을 찾았다. 골프채를 꺼내고 엽총을 넣었다. 크기가 딱 맞았다. 오시안은 할아버지가 갔음직한 길을 비켜 다른 골목으로 접어들어 파출소를 향했다.

파출소에 엽총을 맡기고 돌아왔을 때, 할아버지는 아직 돌아오기 전이었다. 오시안은 목으로 흘러내리는 땀을 씻었다 엽총을 파출소로 옮기는 중에 긴장을 했던 모양이었다.

"늙은이는 국물이 있어야 밥이 잘 넘어간다." 이송로 노인은 혼잣말처럼 중얼거렸다. 그러고 보니 할아버지 밥상에는 늘 국이 올라왔던 기억이 떠올랐다. 저 늙은이 국 없으면 밥 안 넘어가는 사람이다, 할머니의 말이었다. 헤밍웨이라면 '노파는 말했다' 그렇게 쓸 법했다.

"할아버진 요새 무슨 꿈을 꾸세요?"

"꿈도 나이를 먹는 모양이다. 매가리가 없어, 꿈이."

"산티아고는, 소설 끄트머리에서, 소년이 지켜보는 가운데, 자면서 사자꿈을 꾸잖아요?"

"그렇지."

"할아버지도 아프리카 갔다가 사자 보셨어요?"

"헤밍웨이가 갔던 아프리카와 내가 갔던 곳은 다른 아프리카다. 나는 세네갈에 갔었지. 노예무역과 식민지, 그리고 식민지의 언어 현실을 확인하고 싶어서였단다. 중남미와 아이티공화국, 그리고 쿠바로 연결되는 그 노예무역의 항로를 한번 가봐야겠는데, 저 할미가 그래서…… 망설이고 있단다."

"체 게바라처럼 오토바이 여행을 하시지 그래요?"

"꿈만 남고 여행이 불가능할 때, 사나이는 주눅이 드는 법이란다. 말하자면 몸이 파괴되면 영혼이 패배하는 거지. 육체와 영혼을 갈라보는 것은 서양 이성주의자들의 왜곡된 사유일지도 모른다."

"몸이 없으면 영혼도, 이성도 없다는 말씀인가요?"

"그렇지, 그런 점에서 헤밍웨이가 도덕적 주제를 여기저기 생짜로 섞어놓은 것은 소설적 진실을 해치는 건지도 모른다." 오시안은 그렇게 읽는 게 소설 읽기의 정석인 것처럼 공부했기 때문에 할아버지의 말에 반대를 하고 나서지는 않았다. 그러나 공감이 가는 이야기였다.

그런 이야기를 주고받는 사이, 국이 끓어 넘쳤다.

"할아버지, 씽크 오브 왓 유아 두잉! 국 끓일 때는 국 끓이는 일만 생각하세요."

"너도 조심해라, 참치김치 볶음밥 태우지 않도록 말이다."

외손녀와 같이 하는 저녁 식사는 오붓하고 보람 있는 시간이었다. 헤밍웨이가 방황을 멈추고, 이런 오붓한 시간을 가질 수 있었다면 아마 자살하지 않았을지도 모른다는 생각이 들었다.

"나는 와인이나 한잔 할란다. 넌 뭘 마실래?" 오시안이 와인과 치즈와 나초 등 안주를 준비하는 동안, 이송로 노인은 멧돼지를 어떻게 잡을 것인지 궁리하고 있었다. 하기는 그거라도 생각하지 않고는 다른 할 일이 없었다. 이송로 노인이 와인을 마시는 동안, 오시안은 설거지를 후딱 해놓고 테이블로 돌아왔다.

"이건 제가 할아버지 드리는 선물!" 오시안은 작은 종이백에 담은 베레모를 꺼냈다. 체 게바라가 썼던 별이 달린 베레모였다. 얘가 나를 아직 혁명을 할 수 있는 나이인 줄 아는 모양이라고, 이송로 노인은 허허하게 웃었다.

"이건 플라시도 도밍고의 시디인데요, 라 팔로마 몇 가지 버전을 모은 거예요."

"배를 타고 아바나를 떠날 때…… 비둘기 같은 천사 오는 곳에." 이송로 노인은 라 팔로마를 흥얼거렸다. 스페인어로 비둘기라는 뜻의 〈라 팔로마〉는 비제의 오페라 카르멘의 〈하바넬라〉 리듬을 바탕으로 전개되는 노래였다. 쿠바, 아바나, 혁명, 베레모…… 젊은 의학도 체 게바라…… 떠오르는 단어마다 과거완료형이었다. 완료된 과거는 회상 속에서만 살아나는 환상이었다. 이송로 노인은 얼른 생각을 다른 데로 돌렸다.

"플라시도 도밍고, 그 사람 한국에도 왔었지?"

"아마 그럴걸요, 플라시도 도밍고라는 그 이름이 '평화로운 일요일'이라고 한다던데, 그냥 들은 거라서…… 팔십 넘은 현역, 행운아 가수…… 노인의 말년이 그렇게 우아해도 되는 거 아닌가요? 스페인에서 태어나 쿠바로 이주했다가 다시 유럽으로 돌아가 세계적인 가수가 된 그 역정이 왜 자랑하면 안 되지요?"

생각해보면 그럴 법한 이야기였다. 스스로 괴롭히면서 치열하게 살아야 한다고, 피 터지게, 온몸으로, 말하자면 산티아고!(신의 은총이 함께하기를, 돌격)를 외치면서 전투를 해온 역정이었다.

"노인, 산티아고가 사자꿈을 꾸는 것은 어릴 때 경험이 그렇게 만든 거예요. 아프리카 해안에서 뱃사공으로 일하면서 해변을 어슬렁거리는 사자를 보았던 그 경험이, 늙어서까지 사자꿈을 꾸게 하는 건지도 모르잖아요?"

"그럴듯한 이야기다."

"할아버지가 나이 들어 엽총을 장만한 것은, 적을 총으로 사살해야 내가 살아남을 수 있던 그 시대의 비유항일 거잖아요?"

"그러니까 내가 오십 년대 인간상이라는 거냐?" 오시안은 고개를 주억거릴 뿐 대답을 안 했다. 사람은 누구나 자기 시대를 살 뿐이라는 말이 적실했다. 과거를 이끌어다가 다시 살 수도 없는 일이고, 미래를 앞당겨 사는 것도 가당치 않은 일이었다. 자기 시대를 놓치면, 그게 패배 아닌가. 그런 생각을 굴리고 있을 때였다. 딸 이미온에게서 전화가 왔다.

"엄마가 아버지 찾으신대요. 시안이 데리고 병원으로 오세요."

"할머니가?" 오시안의 눈이 둥그레졌다. 금방 눈물이 그렁그렁 맺혔다.

"다 된 모양이다." 이송로 노인은 입맛을 쩍 다셨다.

택시 안에서 잠깐 졸았다. 산 능선을 가로질러 뛰어가는 멧돼지는 새끼를 일곱 마리나 거느리고 있었다. 이송로 노인은 어미를 향해 총을 겨눴다. 그런데 영 초점이 맞지를 않았다. 멧돼지 떼가 파도처럼 눈앞에서 일렁였다. 조준이 안 되는 상태에서 방아쇠를 당겼다. 개머리판이 어깨를 치는 바람에 놀라 깨었다.

"할아버지 꿈 꾸었어요?"

"내가 멧돼지처럼 보이냐? 노무현 대통령 십 주기 기념식에는 못 갈 것 같구나."

아직도 자신을 멧돼지로 생각하는 할아버지가 안타까웠다. 몸 안에 거인이 버티고 있는 할아버지가 쓰러지면, 바오밥나무가 쓰러지는 것처럼, 땅에 지진이 일어날 것만 같았다. 오시안은 할아버지 눈가에 물기가 잡히는 것을 티슈로 닦아주었다. ✽

서른여섯 살의 일기장

세네갈, 투바 근교의 소년들(촬영 : 우한용)

그 문장 하나가 커다란 수확이 되어 흐뭇해하면서 집에 돌아와 책상 앞에 앉았다.
'이 균형 속에 있는, 눈에 거슬리지 않는 파격'이 있어야 수필이 되는 것이다. '한
조각 연꽃잎을 옆으로 꼬부라지게 하기에는 마음의 여유'가 있어야 했다.

서른여섯 살의 일기장

전화를 하기는 좀 이른 시간이었다. 정남형에게서 부재중 전화 메시지가 와 있었다. 하기는 세네갈 여행 보름 동안 정남형에게 연락을 못했다. 현장은 정남형의 부재중 전화에 답신을 보냈다. 곧장 전화가 걸려왔다.

"세네갈 다녀왔으면 갈치 몇 마리 들고 와서 보고를 해야지…… 혼자 다 자셨어?"

"갈치?" 현장은 속에서 뭔가 막히는 느낌을 받았다.

"갈치 안 들고 와도 좋으니 한번 만납시다. 일거리도 하나 있고 말요." 아무리 생각해도 일거리 같은 것은 안 떠올랐다. 무슨 원고를 쓰라든지, 어디 강연이 있는데 나와달라든지 그런 일들이 몇 차례 있기는 했다.

"일이라면?"

"그저 만나서 문학 이야기나 하자는 겁니다." 사람 참 한가하다는 생각이 들었다. 하기는 한가한 사람 만나야 이야기가 재미있는 법이었다. 만나기로 약속을 잡았다.

현장이 정남형을 만나 문학 이야기를 하던 중이었다. 정남형은 김시웅이라는 시인을 대동하고 나왔다. 시인, 소설가, 비평가가 한자리에 앉은 셈이었다. 그런데 화제는 수필이었다. 제4차 산업혁명 시대가 오면 수필이 득세할 것 아닌가, 그런 이야기를 하는 가운데였다. 정남형이 현장에게 넌지시 한 가지 주문을 했다. 현장이 예측하고 있던 사항이었다.

"피천득 선생의 문학에 대한 연속 강연이 있는데, 현장께서도 한번 나오면 어떨까?"

현장은 피천득 선생의 마지막 강의를 들었던 기억이 떠올랐다. '영시의 이해'였는지 '영시강독'이었는지는 확실한 기억이 없었다. 다만 앞자리에 앉은 남학생들은 뒷줄로 가서 앉으라고 해놓고는, 여학생들을 불러 앞자리에 앉히곤 했다. 학생들은 그 유명한 수필가 피천득 교수인지라 별다른 불평 없이 뒷자리로 물러나, 하품을 하기도 하고 졸기도 하면서 어슬어슬 지나갔다.

"공부 손 놓은 지가 오래라서……" 현장은 문득 정년이라는 걸 생각했다. 서영이라는 딸을 보고 싶어 한 해 일찍 퇴직하는 피천득 교수의 딸에 대한 애정은 유별난 것이었다. 피천득 교수에 대한 추억이랄까 기억이랄까, 심심한 듯 애틋한 정감이 살아 있었다. 그런데 피천득 선생은 유난히 작고 왜소한 체구였다. 저런 분이 전쟁에 나가 총을 쏠 수 있을까, 육박전을 한다면 적군의 가슴에 칼을 찔러 넣을 수 있을까, 도무지 현실감이 없는 체구였다. 문학과 체구? 현장은 혼자 웃었다.

"그 나이면 문학 얘기 하면서, 경험만 열거해도 충분하지 않소?"

정남형은 흰머리를 쓸어 올리면서 안경 너머로 현장을 짯짯 건너다보았다. 어딘지 정남형에게서 피천득 선생 냄새가 나는 듯했다.

정남형은 키가 작고 머리는 백발이었다. 언제던가 박종화 선생이 왜 키가 작은가 그런 우스운 이야기를 한 적이 있었다. 이 양반이 감투를 하도 많이 써서 감투 무게 때문에 키가 졸아들었다는 거라, 김시옹 시인은 그런 이야기를 하면서 갈갈대고 웃었다. 정남형도 무슨무슨 학회장이나 학장, 국제문학인 협회 번역원장이라든가 등, 감투를 꽤 많이 쓴 편이었다. 그러나 키가 졸아들 지경은 아니었다. 흰머리는 사려 깊고 정밀성을 추구하는 학자적 풍모를 상징하는 것이었다.

"두 분이 교유하고 지낸 지는 오래 되었습니까?"

"늦게 배운 도둑질 밤새는 줄 모른다잖소……."

"그거야 도둑질 늦게 배워 숙달이 안 되었으니까, 목표량을 채우려면 밤이라도 새워야 하겠지." 현장은 그렇게 이야기 가닥을 외돌려놓았다.

아무튼 현장은 오십 넘으면 새 사람 사귀려 말고 사귀던 사람이나 잘 챙기라는 말에 딴죽을 거는 편이었다. 장수촌에 사는 우리로서는 오십에 만나도 앞으로 오십 년은 우정을 나눌 수 있다는 게 딴죽의 논리적 근거였다.

"경험에 감수성이 따라야지 않소?" 현장이 조심스럽게 말했다. 사실 나이 따라 감수성이 메말라가는 친구들을 자주 보아온 터였다. 같은 소리를 되풀이하고, 자연을 턱없이 칭송하고, 나이 먹어보니 자식들 하나 쓸데없더라, 그렇게 속담과 세속의 격언을 확인하는 친구들이었다. 김시옹 시인은 그래도 문단에서 짱짱한 시를 쓰는 인물로 소문이 나 있었다.

"아, 강연료도 챙겨줄 겁니다."

현장은 강연료라는 말에 눈살에 슬그머니 힘을 넣어 정남형을 쳐다보았다. 강연료 받는 강연이나 강의를 해본 적이 아득히 멀어진 추억으로 고패를 돌아가는 중이었다. 그렇다고 강연료에 연연해 지내는 터수는 아니었다.

"강연료야 그렇고, 친구 부탁인데 거절하기도 그렇고. 그런데 피천득 선생이 수필계에 고정관념을 심어놓았다고 쓴소리 해도 상관없을까?" 원고료 생기면 삼 분의 일은 아내에게 떼어준다던 피천득 선생의 곰살궂은 아내 사랑을 기억하면서 해보는 소리처럼 말했다.

"저어, 이게 일종의 잔친데, 잔치상에 재 뿌리는 짓이야 못하겠지. 아무튼 월말까지 원고 내시오. 그리고 원고는 같이 한번 읽어봅시다."

"원고 검열까지 한다? 이게 어느 나라 법이야?"

"오탈자 잡아준다는 거지, 오탈자 스트레스에서 벗어나게 해준다는데……."

그렇게 해서 현장은 강연 원고를 준비하기로 했다. 김시옹이, 두 분 우정이 참 좋아 보입니다, 그렇게 추임새를 넣었다.

약속한 한 달에서 3주는 어슬렁대다가 시간이 다 갔다. 원고 마감 시한이 한 주 앞으로 다가오도록 초고를 쓰지도 못했다. 약속한 시한을 앞두고, 한 주일 내내 갈피가 잡히지 않아 마음을 졸였다. 전에 어떤 축제에서 몽테뉴의 『수상록』을 번역한 성우손 박사께서 강연을 한 적이 있었다. 그분은 연단에 올라서서 숱이 짙은 머리 앞이마를 쓸어 올리다가 불뚝 첫마디를 던졌다. "결론부터 이야기하자면, 인문학도 돈을 벌어야 한다는 겁니다" 하면서 돈 되는 인문학 이야기를 시작했다. 문사철 어쩌구 그런 시작을 예상하고 있던 청중들은 귀를 바짝 세웠다. 현장도 결론부터 이야기하는 원고를 준비하기로 했다. 성우손 박사는 현장의 롤모델인 셈이었다. 현장은 강연을 염두에 두고 서술 형태를 1인칭으로 바꾸었다. '경험=일인칭' 그런 등식을 만들고는 혼자 싱긋 웃었다.

결론부터 이야기하기로 한다. 문학의 근대적 개념을 떠나서 본다면, '수필'이 문학의 원형이다. 수필에다가 따옴표를 친 까닭은 근대적 개념의 수필이 아니라 문학의 원형으로서, 글쓰기의 기본형에 해당하는 글을 염두에 둔 것이다. 그러니까 수필의 과거형인 셈이다.

문학의 원형에서 다른 장르가 자라난다. 혹자는 원시종합예술에서 문학이 분파되었다는 이야길 한다. 비슷하게 말하자면, 수필에서 다른 문학 장르가 분화되었다, 그런 게 된다. 그러니 수필가들이 자기 세계를 깨고 나가 새로운 세계 개척에 진력하기 바란다. 문학의 종가 집이 수필이니 자부심 가져도 좋다.

그런 말이 있다. 선무당이 사람 잡는다고. 나는 수필에 대해서 선무당인 셈이다. 수필 쓰는 분들 앞에서는 말이 조심스러워진다. 수필에 대해서 잘 모른다는 무식함을 노출할 게 걱정이다. 무식한 자의 용기가 전문가의 속을 뒤집어 놓지는 않을까 저어되기도 한다. 더구나 당신 수필 써봤어? 그런 질문이 나온다면, 수필에 대해 내세울 온축(蘊蓄)이 없는 나로서는 입을 닫아야 하리라.

『수필과비평』이라는 잡지에서 글 하나를 부탁해왔다. 망설이던 끝에, 수필에 대해 할 이야기가 있던가를 더듬어보았다. 소설가의 입장에서 간단한 이야기는 할 수 있겠다는 생각이 들었다. 소설가는 이야기문학, 혹은 서사문학을 추구한다. 그런 관점에서 수필에 대해 간단한 이야기를 하겠다는 작정이었다.

나는 소설을 오래 생각하고, 공부하고, 써왔다. 소설에 들려 살기 오십 년을 헤아린다. 세상의 이야기란 이야기는 모두 소설로 보인다. 소설 가르치는 일로 호구지책(糊口之策)을 삼아왔다. 여기에 써놓은 '소설'이라는 말은 소설작품, 소설이론, 소설교육 등을 두루 포괄한다. 범위를 더 넓히자면 이야기, 서사(敍事, narrative)를 아우르는 개념이 소설이다. 이야기나 서사는 학술적 논리로 휘갑하기 어려울 정도로 복잡하고 개념의 폭이 넓은 세계이다. 콩트에서 대하소설까지 범위가 엄청나게 크고 그 색채 또한 화려하기 그지없는 게 소설세계다. 서구 근대 장편소설로 범위를 한정하는 소설론은 논리는 정연하나 적용에는 한계가 너무 분명했다. 소설이란 이름이 붙은 것은 모두 소설이다. 나는 전칭판단은 사유의 파탄이란 주장을 가지고 있으면서도, 소설에 관한 한 너그러웠다.

이것도 작은 결론인 셈이지만, 넓게 보면 수필은 '이야기'의 한 유형이다. 이야기는 시로 대표되는 '노래'의 맞은편에 놓인다. 노래는 혼자서도 부를 수 있다. 이야기는 그 이야기를 들어줄 사람이 있어야 성립한다. 노래는 자기 심정을 읊는 것이기 때문에 인간관계를 떠나서도 부를 수 있다. 여름 어느 날 숲에 산책을 나갔다고 하자. 나뭇잎은 푸르고 산봉에는 흰구름이 떠올라 유유히 하늘을 가로질러 간다. 자신도 모르게 노래가 나온다.

"나뭇잎이 푸르던 날에 뭉게구름 피어나듯 사랑이 일고……."

노래는 메아리가 되어 돌아오지 않고 숲은 여전히 고요하다. 그 노래의 끝 구절 "그 옛날 아쉬움에 한없이 웁니다." 산길은 호젓해서 지나가는 사람도 없다. 그는 다시 "나뭇잎이 푸르던 날에……" 노래를 부른다. 노래가 끝날 무렵 매미가 울기 시작한다. 매미는 사람의 노래를 듣지 않는다. 노래는 고독한 독백이다. 그걸로 설명이 다 되는가? 아니다. 숲으로 간 사람이 누구인가? 왜 숲으로 갔는가? 최무룡

주연의 영화 〈꿈은 사라지고〉는 언제, 누구와 보았는가? 혹은 안 보았는가? 숲에서 노래하다가 어떻게 집으로 돌아왔는가? 집에 돌아와 어떤 일을 했는가? 그렇게 이어진다면, 그의 '숲 여행'은 필연적으로 이야기가 될 수밖에 없다.

한국에서 고등학교 나온 사람이라면 누구라도 피천득 선생의 「수필」이란 글을 기억할 것이다. 그 글의 첫 문장은 이렇게 되어 있다. "수필은 청자 연적이다." 이 압도적인 은유 앞에서 나는 당혹스럽다. 이것도 하나의 말이고, 말이라면 누가 누구한테 하는 말인가? 문학과 도자기의 예술적 동질성이란 무엇인가? 생활에서 청자 연적을 쓸 만한 사람이라면 동양문화의 정수에 놓여야 할 것이다. 독자를 그런 부류에 한정하고 있는 것인가? 어떤 청자 연적을 두고 하는 말인가……? 나아가 수필이 청자 연적이라고 말하는 상황 혹은 맥락은 어떤 것인가?

글은 생각을 이어갈 여지를 주지 않고, 비유는 계속된다. "수필은 난이요, 학이요, 청초하고 몸맵시 날렵한 여인이다." 수필=청자 연적=난=학=여인, 그렇게 중첩되는 비유항은 '수필'의 성격을 모호한 연무 속으로 이끌어 흐려버린다. 비유항으로 동원한 '여인'을 다른 상황에 끌어넣는다. "수필은 그 여인이 걸어가는, 숲속으로 난 평탄하고 고요한 길이다." 여인이 수필의 길을 밟고 가는 격이다. 그런데 이 여인이 어떤 생각을 하는지, 길에서 무엇을 보는지, 누구를 만나는지, 만난 사람과 어떤 수작을 하는지 그런 것들은 문면에 나타나지 않는다.

비유는 근본적으로 감추면서 드러내는 언어형식이다. 비유는 언어적 표현력을 확대하고자 하는 것인데, 그게 표현력을 제한하기도 하는 모순된 상황에 처하게 된다. 그래도 문학을 한다는 이들은 그 알수 없는 말의 의미를 찾아 탐색을 멈추지 않는다. 해석의 여지가 없는 경전은 경전이 아니다. 마찬가지로 딱 떨어지는 주제 하나만 나뒹구는 작품은 메말라 맛이 없다.

여전히 청자 연적의 정체가 궁금한 중에 글을 읽어 나간다. 글의 끝무렵에 가서 이런 구절과 마주친다. "덕수궁 박물관에 청자 연적이 하나 있었다. 내가 본 그 연적(硯滴)은 연꽃 모양으로 된 것으로, 똑같이 생긴 꽃잎들이 정연히 달려 있었는데, 다만 그중에 꽃잎 하나만이 약간 옆으로 꼬부라졌었다. 이 균형 속에 있는, 눈에 거슬리지 않는 파격이 수필인가 한다." 이 지점에 이르면 '수필'이라는 수필이 하나의 이야기로 재구성될 수 있겠다는 생각을 하게 된다.

이야기란 게 다른 게 아니다. 피천득 선생께 수필이란 수필을 쓰게된 계기와 진행 과정, 그리고 그 결말을 추구하는 일이 이야기를 만드는 작업이다. 피천득 선생이 아무 연고 없이 「수필」이란 글을 썼을 것 같지 않다. 인간의 행동 가운데 아무런 의도나 논리가 없는 행동은 상정하기조차 어렵다. 글을 쓴 계기가 글의 모든 것을 보여주지는 않는다. 또한 글을 쓴 계기보다 완성된 작품은 한결 풍부하고 웅숭깊은 의미 자질을 가지게 마련이다. 아마 누군가 피천득 선생에게 원고

청탁을 했을 터였다.

피천득 선생한테 원고청탁서가 왔다. 어느 잡지사에서, 「수필가가 보는 수필의 본질」이라는 특집을 한다고 원고를 써달라는 것이었다. 피천득 선생 스스로 생각해보니, 수필가란 이름을 달고 살아온 지 시간이 꽤 오래되었는데, 수필의 속성에 대해 진지하게 생각해본 적이 별로 없었다. 학생들을 대상으로 찰스 램의 수필을 강독하고, 학생들과 함께 공감하는 가운데 수필은 당연히 찰스 램이 전범이라고 주장하곤 했다. 그런데 찰스 램 이야기를 수필의 전범이라는 주장이 맞는가 의문이 떠올랐다. 그 말고도 수많은 수필가들이 있지 않은가. 더구나 영문학의 중요한 장르로 부각되어 있는 수필문학이 아니던가. 생각이 갈피가 안 잡힐 때면, 피천득 선생은 고궁을 찾곤 했다. 덕수궁 박물관에 가면 어떤 소재를 만날 것 같기도 해서, 파나마모자를 찾아 쓰고 손가방을 들고 집을 나섰다. 덕수궁으로 직접 들어가지 않고 돌담길을 걸었다. 서울 다른 데서 찾기 어려운 호젓한 숲길이었다. 저 앞에 '몸맵시 날렵한 여인'이 사색에 잠겨 걸어간다. 사색에 잠긴 것인지 어떻게 알았을까? 겉모습이 그런 느낌을 준다는 것이긴 하되 상투적인 어투란 느낌도 없지 않았다. 몇 살이나 된 여인인가. 뒷모습만 보아서는 감이 잡히지 않았다.

생각해보니 피천득 선생 자신은 이미 60을 넘어섰다. 30대 중반을 바라보는 나이가 들어서야 여인의 여인다움이 제대로 보였던 기억이 떠올랐다. 생각해보니 수필을 쓰기 시작한 게 30대를 넘어서부터인 듯했다. 일에 대한 열정도 시대에 대한 흥분도 얼마간 가라앉았다. 나는 나의 개성을 얼마나 길러왔던가. 자식들에 대한 짙은 애정과 아내에 대한 감사……. 그런 것들은 너무 평범해서 맹물 같다. 나만의 멋이 있어야 하리란 생각이 들었다.

덕수궁 대한문(大漢門)을 지나면서 박물관으로 직접 가지 않고 찻집에 먼저 들렀다. 우연이라 하기는 너무 공교롭게, 잡지사 기자가 그 찻집에 와 있었다. 기자는 눈을 감고 의자 등받이에 등을 기대고 가볍게 콧소리를 색색거렸다. 깨끗이 면도한 수염 자리의 푸릇한 기운이 여성을 잡아끌 만하다는 생각이 들게 했다. 기자 나름의 여유였다. 막스 브루흐의 〈스코티시 판타지〉가 흘러나와 그 소릿결이 연못으로 밀려갔다. "누에의 입에서 나오는 액(液)이 고치를 만들듯이" 흘러가는 선율이었다. 피천득 선생은 "음악 속에 오수를 흠뻑 즐기시오." 메모지에 그렇게 써놓고 박물관으로 향했다. 직접 맞닥뜨렸더라면, 원고 독촉을 호되게 받을 뻔했다. 수필이란 무엇인가 하는 물음이 여전히 머릿속을 맴돌았다.

마침 고려청자 걸작 특별전이란 전시회가 열리고 있었다. 청자운학문매병이며 주전자, 정병, 대접, 탁잔, 오리 모양의 연적 등 볼거리가 풍부했다. 청자에 그려진 난이며 학은 물론 대나무 등은 가히 절품이었다. 연적들만 모아 전시하는 코너에 연꽃 모양의 연적이 눈에 들어왔다. '똑같이 생긴 꽃잎들이 정연히 달려 있었는데, 다만 그중에 꽃잎 하나만이 약간 옆으로 꼬부라졌었다.' 피천득 선생은 허벅지를 치면서 그래 맞아! 탄성을 질렀다. 그러고는 "수필은 청자 연적이다." 하는 문장을 수첩에 적어 넣었다. 그 문장 하나면 글을 쓸 수 있겠다 싶었다.

그 문장 하나가 커다란 수확이 되어 흐뭇해하면서 집에 돌아와 책상 앞에 앉았다. '이 균형 속에 있는, 눈에 거슬리지 않는 파격'이 있어야 수필이 되는 것이다. '한 조각 연꽃잎을 옆으로 꼬부라지게 하기에는 마음의 여유'가 있어야 했다. 그때 기자가 전화를 해왔다. 원고를 독촉하는 전화였다. 생각해보니 덕수궁 박물관에 갔던 게 '억지로 마음의 여유를 가지려' 했던 게 아니던가 싶었다.

피천득 선생은 한 주일만 시간을 더 달라고 했다. 기자는 '수필'이란 제목으로 수필을 써도 좋다면서 사흘 안으로 마무리해달라고는 전화를 끊었다. '초조와 번잡' 그게 수필가의 현실이었다. 수필 쓰기는 인간사의 하나이기 때문이다. 인간사(人間事)란 인간의 일이라는 뜻이다. 일은 자초지종이 있는 인간의 행위를 뜻한다. 수필 쓰기는 인간사인데, 우리는 그 맥락은 제쳐놓은 채 텍스트에만 몰두한다. 글이란 인간의 일이거늘! 인간이 빠진 문학? 어불성설이었다. 초조와 번잡, 그걸 초월의 방법론으로 삼을 수는 없을까, 그런 생각을 하면서 피천득 선생은 글을 써나가기 시작했다.

이렇게 수필을 서사로 재구성하는 까닭은 「수필」이란 수필도 사실은 그 안에 이야기를 내적 구조로 지니고 있다는 점을 드러내 보이기 위해서이다. 다른 수필들도 마찬가지 방법으로, 이야기로 환원이 가능하다. 이야기란 인간의 행동을 말로 전한다는 점을 전제한다. "모든 시는 한 편의 드라마이다." 알티에리라는 학자가 『행위와 자질』이라는 책에서 한 말이다. 어떤 대상을 나열하듯이 쓴 시라도 시인의 행동으로 치환하면 하나의 이야기가 된다는 것이다. 박목월의 「불국사」가 좋은 예가 된다. "흰 달빛 자하문……" 그렇게 시작하는 시에서 '대웅전'이나 '범영루' 같은 사물은 누군가 가서 보아야 비로소 그 존재를 드러낸다. 시인 자신을 드러내지 않지만, 사실 시인이 달밤에 불국사 경내를 돌아가면서 바라보고 하늘에서 내리는 달빛에 취해 시간을 보낸 서사, 인간 행위가 그 안에 음영을 드리우고 있는 것이다. 말하자면 서사에서 행동을 제외하고 이미지만 부각하는 방법을 도모한 결과 이런 시가 되었다. 거꾸로 생각하면 이미지에다가 서사를 덧입히는 일이 시를 감상하는 과정이 된다. 달밤에 불국사를 가? 그것은 상상의 서사일지도 모른다. 상상도 갈피가 잡히면 서사가 된다.

문학을 텍스트 중심으로 본다면 구조적 완결성과 형상화의 수준이 문학의 문학다움을 보장한다. 시각을 달리해서 문학을 인간의 언어 행위로 보면, 문학의 가치는 소통 가능성에서 나온다. 소통은 감동의 다른 이름이다. 감동이란 사람을 움직이는 힘이다. 공감을 얻어내고, 논의의 자료를 제공하고, 삶의 이상을 생각하게 하는 힘을 넓은 의미의 감동이라 한다. 꼭 눈물겨운 애절함만 감동이라 할 이유가 없다.

감동 가운데는 비판적 감동 또한 포함된다.

감동의 원천은 독자의 문제의식과 분리되지 않는다. 피천득 선생은 "누에의 입에서 나오는 액(液)이 고치를 만들듯이" 써지는 글이 수필이라고 강조한다. 체화된 문학적 감각이 글을 쓰게 한다는 뜻이리라. 이런 비유 또한 위험하다. 우리는 누에가 아니기 때문이다. 누에가 고치를 짓는 일은 본능에 따라 이루어지는 생존 전략이다. 그러나 수필 쓰기는 인문학적 추구이다. 언어가 개재되는, 설명할 길이 없는 인간 행위를 누에가 고치를 짓는 일로 바꾸어놓는다면, 수필 쓰기의 고충을 이야기하는 수많은 사례를 어떻게 감당할 것인가.

헤르만 헤세는 『데미안』에서 이렇게 말한다. "새는 투쟁하여 알에서 나온다. 알은 세계이다. 새로 태어나려는 자는 세계를 뚫고 나와야 한다. 새는 신에게로 날아간다. 신의 이름은 아프락사스다." 아프락사스(Abraxas)를 향한 고투는 "누에가 고치를 뚫고 나와 나비가 되는 것"과 같은 맥락이다. 문제를 발견하고 그 문제를 해결하기 위한 피어린 노력의 여정이 문학이라는 게 후자의 주장이다. 어떤 문학관이 더 의미 있는가 묻는 것은 무리이다. 내가 누에가 되어 고치 속에서 때를 기다리거나, 고치를 뚫고 나와 나비가 되어 비상하거나 둘다 쉬운 일은 아니다. 예술적 형상화 과정은 예외 없이 고통과 환희를 수반한다. 고통과 환희를 수반하기 때문에 분명 인간사이다.

우리는 그동안, 수필의 문학적 자질에 대해 많은 탐구를 해왔다. 이른바 '수필의 미학'을 수립하는 데 진력해온 셈이다. 나아가 수필에 대한 일종의 고정관념도 쌓아왔다. 이는 근대라는 시대인식과 무관하지 않다. 항용 문학이나 그 하위 장르 앞에 '근대'라는 관형어를 달곤 한다. 근대시, 근대소설 하는 식으로. 그리고 그 근대라는 데에 몸을 의탁한다. 의탁까지는 좋은데 안주해서는 안 된다. 잠언에 기록된 대로, 태양 아래 새로운 것도 없지만, 만물은 변화를 거듭한다. 문학 또한 마찬가지이다. 변화를 짚어내고 이를 긍정적으로 수용하기 위해서는 일신우일신(日新又日新)하는 자세를 견지해야 한다. 이야기는 시대 변화를 따라 달라진다. 시대 변화란 이야기를 달리한다는 뜻이기도 하다. 이야기가 달라진다는 것은 언어가 달라진다는 뜻이다.

흔히 인문대상의 기원론을 보게 된다. 언어의 기원이니 문학의 기원이니 하는 이야기를 『언어학의 이해』나 『문학개론』에서 흔히 보아 온 바이다. 언어의 기원을 따지는 것은 거의 무의미하다. 문학의 기원을 따지는 것도 사정은 비슷하다. 초기의 모습을 따져보는 것은 현재 우리가 영위하는 문학을 이해하는 데 도움이 되기 때문이다. 그러나 기원의 이야기는 현재 우리가 영위하는 문학과는 너무 큰 시간 격차가 있어서 오늘의 문학을 이해하는 데 크게 도움이 안 된다.

그러나 입론을 위해서는 전제가 필요하다. 한마디로 '태초에 이야기가 있었다.' 그 이야기가 역사, 철학, 시, 연극 등으로 분화했다. 근대에 오면서 이들이 전문화되었다. 그 결과 시인은 소설가와 다른 동네 사람처럼 사유하고 행동하게 되었다. 수필도 마찬가지이다. 전문화되니까 전문가가 생긴다. 문학을 시, 소설, 희곡으로 갈라놓는 3분법에 수필이 추가되곤 한다. 수필의 전형, 수필가의 풍모 등이 설정된다. 자유분방하기 이를 데 없는 수필의 전형을 설정할 수 있을까. 지난한 일이다. 문학은 전형을 만들고 부수기를 거듭한다. 그런 가운데 문학은 전개되어 나간다.

달리 생각하기로 하자. 형태가 잡히지 않은 '이야기'에서 문학의 장르가 분파되어 나왔다고 보자. 이야기를 수필로 바꿔놓으면 장르로 분화된 용어들이 수필을 규정하는 관형어가 된다. 예컨대 서정적 수필, 서사적 수필, 극적 수필 그런 분화를 이론화해볼 수 있는 것이다.

기본 장르와 변종 장르는 어떤 속성을 공유하기도 하고, 미묘한 차이로 분화되기도 한다. 하나이면서 여럿으로 분화된 전부라는, 이오니아학파의 철학자 크세노파네스의 제자 파르메니데스의 말, 헨카이판(Hen Kai Pan), '하나이면서 전부'란 지론은 문학에도 적용된다. 그러나 어쩌랴, 헤라클레이토스가 있어서 만물은 유전(流轉)한다고, 판타 레이(Panta Rhei)라고 부르짖는 것을. 전형, 표본, 모델 그런 것은 없다는 뜻이다. 문학도 마찬가지이다. 부지런히 전형을 만들고 그러고는 그 전형을 깨는 데 혼신의 힘을 다한다. 우리 시대에 향가(鄕歌)를 쓰는 이는 없다. 이는 일종의 장르 전개의 법칙이다.

근간 노벨문학상은 문학에 대한 인식이 변하고 있다는 점을 보여준다. 2015년에는 스베틀라나 알렉시예비치(Svetlana Alexievich, 1948~)가, 논픽션과 픽션의 경계에 있는 '소설 코러스'라는 새로운 장르의 문학으로 노벨상을 수상하였다. 한마디로 그녀의 문학은 증언과 보고의 문학이었다. 2016년에는 미국의 팝 가수 밥 딜런(Bob Dylan, 1941~)이 수상자로 결정되었다. "미국 음악의 전통 안에서 새로운 시적 표현을 창조해냈다."라는 것이 수상자 선정 이유였다. 겉으로 표명하는 것은 새로운 시적 표현의 창조지만, 기실 밥 딜런은 현실에 대한 비판적 감각이 뛰어났다. 당당한 자신감으로, 능력을, 사랑으로, 대담하게, 추억을, 상상하면서, 멈추지 말고 포기하지 말라고, 밥 딜런은 노래한다.

흔히 문학의 미래를 추측하는 이야기들을 한다. 대개 예단(豫斷)에 머물기는 하지만, 문학의 현재 상황으로 보아 미래는 이러이러할 것이라고 추측한다. 수필의 미래는 어떠할 것인가? 답은 없다. 피천득 선생이 이야기한 속성을 골고루 갖춘 수필이 나와 일세를 풍미할 것인가? 그런 보장은 없다. 달라져야 한다. 달라지기 위해서는 수필의 근원적 속성에 대한 탐구는 지속적으로 이루어져야 한다.

수필을 문학의 원형이라 생각하기를 멈추지 말고, 그런 생각을 포기하지 마시길 바란다. 그래야 수필의 새로운 영역은 창출된다. 거듭하건대 수필을 '수필'의 울타리에서 풀어주어야 한다. 그리고 창발적인 장르를 모색해야 한다. 그때의 수필은 오늘날 우리가 규정하는 수필이 아닐지도 모른다. 낡은 양식에 대한 조종은 피안에 다다르기 이전에 울려야 한다.

현장은 원고를 정남형에게 보냈다. 그러고는 참고 기다리지 못하고 전화를 했다. 원고가 맘에 든다고 추켜올려줄지도 모른다는 은근한 기대가 안에 도사리고 있었다.

"원고 보냈는데 받으셨는지?"

"음, 받았는데……." 정남형은 잠시 멈칫거렸다.

"그래서, 받았는데 어떻다는 말씀이신지…… 느낌 그대로 말씀해보셔."

"세네갈 다녀오더니 문학을 보는 안목이 달라진 거 같소." 정남형의 말은 무언가 불온한 의도를 감추고 있는 것 같았다. 세네갈이나 아프리카와는 아무 연관이 없는 내용이었다.

"그게 무슨 소리요?" 현장이 물었다.

"그렇게 보기로 하면, 현장이 얘기한 대로라면, 세상에 이야기 아닌 게 어디 있어? 과학이라는 게 조리를 세워 갈라본다는 뜻인데, 이야기는 뭉뚱그리는 일이지 않나?" 이야기가 길어질 판이었다. 과학과 문학을 아울러 이야기하자는, 정남형의 호한한 지적 호기심이 드러나는 듯했다.

"지금 어디서 전화하셔?" 현장은 무엇을 들킨 사람처럼 흠칫했다. 정남형이 만나자고 하면, 나갈까 말까 안에서 망설이고 있던 터였다.

"왜 그러오, 집인데."

"전해줄 것도 있고, 잠시 만납시다." 현장은 잠시 답을 못하고 있었다. 얼마 전에 출간된 정남형의 『피천득 평전』을 사야겠다 하고는 어정어정 시간이 흘러버렸다. 현장은 정남형과의 인연이 어리석은 사람의 인연인가, 보통 사람의 인연인가, 현명한 사람의 인연인가를 생각했다. 삶을 그렇게 세 부류로 나누는 것도 맘에 안 찼다. 마치 백인종, 황인종, 흑인종 그렇게 인간을 나누던 국민학교 때가 떠오르는 것이었다. 프란츠 파농은 식민지로 인해 오도된 아프리카인을 검은 피부에 흰 가면을 쓴 인간으로 묘사하고 있었다. 현장은 1952년에 쇠이유 출판사에서 나온 『검은 피부, 하얀 마스크(*Peau noire, maques blancs*)』를 다카르에 있는 어느 서점에서 샀던 기억을 떠올렸다.

오후 시간이 비어 있었다. 현장은 시간 비어 있는 걸 참지 못하고 무슨 일이든지 일을 만들었다.

"우리 동네 남도음식점, 전에 만났던 거기서 만납시다." 동네에서 만나자면 맥주값은 자신이 계산한다는 속셈이 서 있었다. 정남형은 시인 김시옹 대신 자기 사무실에서 일하는 임은정을 대동하고 나왔다. 얼굴이 반듯하고 피부가 맑아 보였다. 인사를 나누고 자리에 앉아 민어회를 시켰다. 정남형이 그거 비싼 거 아닌가 하면서 현장을 올려다보았다. 현장은 괘념치 않는다는 듯이 정남형에게 말했다.

"세네갈 여행 선물로 생각하셔."

"갈치 대신 민어라?" 정남형은 웃으면서 말했다. 갈치와 민어를 한꺼번에 생선이라고 한다, 그런데 이 둘을 갈라보는 기준이 무엇인가, 복더위를 이기는 으뜸이 민어라고 해서 양반들이 즐겼다는 민어의 생선의 서열, 그게 무언가 하는 엉뚱한 생각이 들었다.

"정남형, 장르라는 게 과학이라고 생각하셔? 아닌 것 같아요. 물론 구분하고 분별해보아야 대상의 본질이 드러나겠지만, 본질이라는 것도 결국은 이야기로 구성된 게 아닌가, 예를 들자면 요한복음에 나오는 '태초에 말씀이 있었다', 그 말씀이 곧 이야기 아닌가 하는 생각인데 말입니다, 영어 대문자로 표기되는 'Word', 말씀 그게 하나의 단어로 낱말이라는 뜻을 넘어서는 것은, 말씀이 하나님과 함께 있었고, 하나님도 그 말씀과 함께 있었다고 되어 있고, 결국 '그 말씀이 곧 하나님이셨다' 해놓고 세계의 모든 것이 그분 곧 말씀에 의해 창조되었다고 하지 않아요? 세계를 마름질하는, 세계를 디자인하는 말씀은 곧 이야기라야 한다니까요. 그리스어에서, 영어의 워드는 로고스에 해당하는데, 그게 일차적인 의미가 연설이라는 거잖아요? 이야기 없는 연설이 어디 있겠어요? 내 말 들어요?"

현장은 대들기로 작심한 듯 말을 틀어박았고, 정남형은 그래 하고 싶은 데까지 말해보시오, 하는 식으로 느긋하게 듣고 있었다.

"그럼 누구 말씀인데, 안 듣고 배길까." 임은정이 정남형과 현장을 번갈아 쳐다봤다.

"정남형 그거 기억해요? 사르트르라는 사람이 쓴 『말』이라는 소설 말인데, 그게 프랑스어로는 레모(*Les Mots*)잖아요? 낱말들이란 뜻인데 '자전소설'이란 딱지가, 아니 자서전이란 표지가 붙어 있어요. 읽어봐서 아시겠지만, 그걸 딱히 소설이라고 할 이유가 별로 없어요. 자서전이라 하기는 허구적인 요소가 강하고, 그렇지 않고 그걸 수필이라고 한다면 탈 날 일이 어디 있어요? 내 얘기 들려요?' 현장은 핸드폰을 뒤지고 있는 정남형을 향해 소리질렀다.

"결국 인간 행동 모든 게 이야기이고, 혹은 서사 행위이고, 글쓰기 또한 서사 행위라는 건데, 그렇게 이야기하면 현장이 득 볼 일이 뭐요?' 현장은 몰라서 묻는가 내지르려다가 성깔을 눌러 다스리기로 했다. 사실, 같은 이야기를 변주만 하면서 반복하는 셈이었다. 그러나 그런 주장을 펴는 데는 논리와 근거가, 나아가 예증이 있어야 했다. 논리나 근거 예증 등은 로고스라는 말이 지닌 의미의 진폭 가운데 있는 의미핵이었다.

임은정이 맥주를 쿨컥쿨컥 소리를 내면서 마시고는 잔을 탁자에 터억 내려놓았다.

"결례지만, 우리는 피천득 선생의 위상을 너무 높이 격상하고 받들어 모시는지도 몰라요. 그게 교과서의 힘일 수도 있는데, 교과서라는 게 뭐요, 당대의 역사적 감수성과 인식 수준을 바탕으로 사회적 합의를 이루어낸 교육지표가 반영된 문건이 교과서 아니요? 어떤 책에 보니까 '그의 수필은 일상에서의 생활감정을 친근하고 섬세한 문체로 곱고 아름답게 표현하고 있기 때문에 한 편의 산문적 서정시를 읽는 듯한 느낌을 준다'고 되어 있던데 선생님들은 어찌 보세요?' 둘은 잠시 대답이 없었다. 임은정이 문제제기를 제대로 하고 있다는 생각이 들었다. 현장은 정남형을 건너다보았다.

아닌 게 아니라, 정남형은 그런 느낌을 감지하고 있었다. 수필을

'생활에 얽힌 서정적이고 섬세한 필치로 그의 다정다감한 세계관을 주관적인 명상으로 수필화시키고 있다.'는 문장을 기억했다. 이건 문제라는 생각을 했던 터였다. 세계관의 다정다감함이라니 말이 되는 소리을 해야지. 명상에 주관과 객관이 있을까, 그걸 넘어서는 무애청정의 세계에 이르고자 하는 치열한 정신이, 그게 명상의 진수 아닌가. 그런 생각을 하면서 수필이 문학을 세속화하는 길로 치달아서는 안 된다고 다짐을 두었던 터였다. 그렇다고 피천득 선생을 폄하하는 발언은 하기 싫었다. 전공은 달라도 대학의 은사가 아닌가.

"현장, 거 말인데 생물 종다양성이라는 거 아시지? 우리 수필문학의 종다양성을 보증해주는 인물로 피천득 선생을 쳐든다면 별문제가 없을 것 같은데 말이요."

현장은 이야기가 다른 데로 빠진다는 느낌이 들어, 그 정도만 이야기할까 하고 충그리고 있었다. 정남형 편에서 먼저 말을 이어갔다.

"문제는, 수필 창작이 언어 소통 행위 가운데 자리잡은 것이라는 점, 따라서 구체적 상황을 설정하고 자신의 글쓰기가 진정성을 지니는가 하는 자성을 거듭해야 할 것이고, 그건 일종의 비평 의식을 자기 안에 만들어 갖는다는 뜻이지 않소?"

현장은 자신이 전개한 문학론, 그것도 문학론이라면, 그 문학론을 정남형이 반복해서 말하고 있다는 느낌이 들었다. 현장은 이야기를 마무리해야 한다는 어떤 알기 어려운 억압감에 짓눌려 호흡이 잦아지는 걸 느꼈다.

"이야기가 너무 어려워요. 수필은 단순하고 솔직하게 자기를 털어놓는 문학 아닌지…… 공연히 전문가들이 수필을 어렵게 하는 거 같아요." 임은정이 반론 삼아 끼어들었다.

"우리가 여기서 합의를 한다든지, 토론을 계속하는 건 별로 보탬이 되지 않을 것 같소. 피천득 선생의 「인연」이란 수필 기억하실라나, 워낙 유명한 작품이라서, 그런데 어디서 들은 건지, 피천득 선생께서 이런 말을 했다는 겁니다. '어리석은 사람은 인연을 만나도 몰라보고, 보통 사람은 인연인 줄 알면서도 놓치고, 현명한 사람은 옷깃만 스쳐도 인연을 살려낸다.' 그런 이야기를 하기 위해 아사코라는 여자와 세 번 만난 이야기를 구체적으로 하고 있는 건가요? 그게 주제 양식이란 수필에 서사성을 부여하는 것이지요. 만일, 인연을 대하는 어리석은 사람, 보통 사람, 현명한 사람을 대비적으로 설명하는 글이라면, 추상성으로 말미암아 글맛이 별스럽지 못할 테고, 그런 생각이 드는 겁니다. 그러니까 추상적인 서술로 일관하는 글이라도 서사성을 도입하면, 감상하는 이의 상상력이 구체성을 띠게 되고, 글맛을 제대로 음미할 수 있다는 생각입니다요." 현장은 열심히 설명했다. 텍스트에 없는 서사성을 부여하여 작품을 더욱 잘 이해한다면, 그것은 서사적 해석이라는 의미를 띠는 게 아닌가 싶었다.

"알았어요." 정남형의 심드렁한 대답이었다. 나도 남 못지않게 공부할 만큼 했다는 사람에게 뭔가 설명하려 들면, 대개는 외면하게 되고 이야기가 김이 빠지는 법이다. 그래서 공부하는 일은 근본적으로 새로움을 추구하게 마련이다. 수필 이야기도, 새로운 이야기를 할 수 있어야 하는 게 아닌가 싶었다. 현장은 그런 생각을 하느라고 호흡을 골랐다.

"선생님 술 좀 하세요?" 임은정이 현장에게 물었다.

"술이야 뭐, 그렇고…… 이 집에 와인도 있는데, 취향대로 하셔." 현장은 좀 엉거주춤한 자세로 대답했다. 인연 가운데, 어리석은데 현명한 인연은 없을까 하는 생각을 하면서, 인간을 '구별짓기' 하는 피에르 부르디외를 떠올렸다. 품격 있는 예술가와 그렇지 못한 예술가를 구분해서, 문화권력 이론을 만들어낸 이 사회학자가 본다면, 피천득 선생은 어떤 위상에 자리잡게 했을까.

그런 생각을 하고 있는데 임은정이 분위기 좋은 와인바에 가자고 충동질을 했다. 와인바에 옮겨 앉아 임은정이 의문을 달았다.

"피천득 선생님은 약주를 못하신다면서요? 그러니까 기호품이 아니라 인간에 대한 애정을 표현하는 쪽으로 지향하신 거 아닐까요?" 현장이 듣기에 그럴듯한 이야기 같기도 했다.

"멀티 태스킹 인간…… 인간이란 본래 그래." 현장이 말했다.

"본래 그런 게 뭔데?" 정남형이 다가앉으면서 물었다.

"인간이 원래 잡식성이듯이, 글도 일부러 피하니까 그렇지 아무거나 쓸 수 있다는 거란 말이오." 현장의 대답에 정남형은 그렇지 않다는 표정을 지었다. 아마 자신을 두고 생각하는 게 다른 모양이었다.

"이만 시간의 법칙이라고 아시지요? 어떤 사람이 어느 분야 전문가가 되려면 이만 시간의 훈련이 있어야 한다는 얘기. 대강 어림잡아 10년은 공을 들여야 하는 셈이지요." 임은성이 두 사람을 번갈아 쳐다보면서 동의를 구했다.

그럴 법한 일이었다. 그 장르가 어떻든지 한 10년쯤 공을 들여야 작품다운 작품이 나오는 게 아닌가 싶었다. 그러나 그 10년이라는 게 단순한 시간의 길이일 까닭은 없다. 말하자면 시간의 밀도랄까, 그런 다부진 고투가 뒤따르지 않는 시간은 열매를 맺지 못하는 법이 아니던가.

밖에서 군악대가 북을 울리면서 행군해 지나가는 소리가 들렸다. "아아 잊으랴 어찌 우리 이 날을/ 조국의 원수들이 짓밟아 오던 날을……." 그날이 마침 6월 25일이었다.

"저게 누가 작사한 거던가?" 정남형이 물었다. 그건 박두진 작사, 김동진 작곡으로 6·25 기념식에서 참으로 많이도 불렀던 노래였다. 현장은 멈칫거리면서 대답을 못하고 있었다. 방삼재던가 하는 시인이 개작한 노래가 떠올라서였다.

"아아 잊으랴 어찌 우리 그날을/ 조국의 산하가 두 동강이 나던 날을……."

이날은 그날이 되어 있고, 피아의 구분이 불분명하게 개사되어 있는 것을 다시 알았다. 남침이 아니라 '남북한이 서로 총칼을 들이댄 정황만' 서술되어 있었다. 노래를 고쳐 불러? 현장은 자신도 모르게 탄식을 뱉어냈다.

"정남형, 조지훈 시인의 「다부원에서」 기억하시지요? 전날 만났을 때, 김시옹 시인이 복사해 준 건데, 좀 길지만 내가 한번 읽어보리다." 현장은 점퍼 주머니에서 복사용지를 꺼내 들고 읽어나갔다.

[인용] 한 달 농성(籠城) 끝에 나와 보는 다부원(多富院)은
얇은 가을 구름이 산마루에 뿌려져 있다

"피아 공방의 포화가/ 한 달을 내리 울부짖던 곳"에 비하면 다부원은 일상으로 돌아와 있는 듯도 했다. 그러나 언덕은 포화로 이지러져 풀이 마르고, 나무는 가지가 꺾인 채 잎이 다시 올라올 기미가 안 보였다. 그게 "자유의 국토 안에" 조그만 마을 하나 살리기 위한 싸움의 결과였다. 한숨을 쉬다가 주변을 둘러보았다. "고개 들어 하늘에 외치던 그 자세대로/ 머리만 남아 있는 군마(軍馬)의 시체"며 "길 옆에 쓰러진 괴뢰군 전사(戰士)" 이들이 어찌 하늘 아래 목숨을 받아 움직이던 생령이란 말인가.

"싸늘한 가을 바람에 오히려/ 간고등어 냄새로 썩고 있는 다부"의 생령들! 죽음 뒤에는 하늘의 안식이 있다고 믿어 고단한 생애를 살아왔거늘, "이 가련한 주검에는 무슨 안식(安息)이 있느냐", 전쟁은 안주의 집을 파괴하는 일…….

어느 사이 임은정이 티슈로 눈물을 찍어내고 있었다. 현장과 정남형을 번갈아 쳐다보다가 물었다.

"피천득 선생은 이때 나이가 몇이었지요?" 전쟁을 당해 수필가 피천득 선생은 무엇을 했는가 묻는 눈치였다.

"사십 세 서울대학교 교수, 조지훈은 삼십 세 종군문인단…… 자기 나름의 고뇌 속에 시대를 짐 져나가는 수밖에……." 현장은 '총화진군' 그런 구호를 속으로 중얼거렸다. 그것은 제국주의자들이 인간을 죽음의 구덩이로 몰아넣는 명령이었다. 제국주의와 식민지, 그리고 노예……. 현장은 세네갈의 다카르 해안에 있는 고레섬을 떠올리고 있었다. 노예섬으로 불리는 고레섬에서 돌아올 수 없는 문을 통해 노예선에 실려 가는 피부 검은 아프리카 사람들에게 수필이란 '하얀 가면'에 지나지 않는 물건 아녔을까, 그런 생각을 했다.

"「수필」이란 수필을 쓰신 게 피 선생님 몇 살 때였지요?" 임은정이 정남현에게 물었다.

"「수필」은 1959년 경문사에서 나온 『금아시문선』에 처음 실렸어요. 『수필』이란 수필집이 나온 것은 1977년인데, 수필이란 그 글을 언제 썼는지는 못 찾겠네." 이런, 정남형의 표정은 낭패스러웠다. 화제를 현장에게 돌렸다.

"아프리카에서는 무슨 술 마셨소?" 정남형이 물었다. 현장은 아무 말 없이 침묵하고 앉아 있었다. "드시지요." 임은정이 말했으나, 별다른 반응들이 없었다.

셋은 각자 잔을 들어 피빛깔 와인을 아무 이야기 없이 홀짝거렸다. ✽

어화, 잔치 잔치

세네갈, 생-루이 항구의 출어 준비(촬영 : 우한용)

소설가는 일차적으로 자기 자신을 위해 소설을 쓴다. 언뜻 보아서는 도무지 이해가
안 되는 남의 일을 이해하려는 노력은 작가 자신의 인간형성에 기여한다. 인간형성
은 느끼고, 알고, 깨닫는 등의 층위에서 성장하는 것을 뜻한다.

어화, 잔치 잔치

아프리카를 다녀오면서, 현장이 하고 싶은 일 가운데 하나가 바오밥나무를 끌어안아 보는 것이었다. 바오밥나무는 현장이라는 행성 하나를 붕괴시킬 만한 위력을 지닌 나무였다. 현장은 이번 아프리카 여행을 계기로 자신의 정신 공간에 이념의 나무를 하나 심게 된 셈이었다. 그것은 아프리카 여행에서 얻은 작지 않은 수확이었다.

2019년 6월 19일, '문학의 집-서울'에서 소설가 현장을 대상으로 하는 문학 이야기판이 벌어졌다. 숭실대 고정재 교수가 사회를 맡아주었고, 지정 질문자로 소설가 주유노 박사가 출연해주었다. 그런데 현장은 '문학의 집-서울'을 '문학의 집-남산'으로 바꾸어 읽었다. 현장에게 '남산'은 하나의 역사이며, 도저히 그 밑바닥을 헤아릴 수 없는 늪이었다.

현장은 고정재 교수가 자기를 어떻게 이미지화하고 있는지 궁금했다. 요즈음 참을성이 거덜나는 중이라, 현장은 고 교수에게 브로셔에 들어갈 글을 어떻게 썼는지 궁금하니 보내달라고 슬그머니 청을 넣었다. 공교롭게도 첫 문장이 "현장은 거인이다." 그렇게 시작하고 있었다. 거인은 현장이 아프리카에서 얻은 바오밥나무의 이미지이기도 했다. 설명을 줄이는 방법은 본문을 그대로 제시하는 것. 예시하는 것만큼 확실한 전달이 어디 있을 것인가. 현장은 버릇대로 메일 내용을 잘라내어 모니터에 띄웠다.

현장은 거인이다. 그는 연구논문을 쓰는 학자이며, 기라성 같은 제자들을 길러낸 교육자이고, 동시에 깊은 맛이 우러나는 이야기를 만들어내는 작가이다. 그러나 여러 가지 일을 한다고 해서 거인이라는 호칭을 붙일 수는 없다. 그가 거인인 이유는 그가 머무는 영역 모두에서 나름의 성취를 이룬 결과, 남들보다 멀리 보고 또 많이 보기 때문이다. 특히 말년에 이른 지금 현장이 소설에 쏟아붓는 정열을 지켜보는 일은 말 그대로 눈이 부실 정도이다. 최근 몇 년간 여러 권의 소설집을 낸 그는, 우선 그 양만으로도 보는 이를 놀라게 한다. 더욱 놀라운 것은 그가 펼쳐 보이는 서사의 세계가 이전의 세계에 머무는 대신, 동서고금의 시공을 넘나들며 나날이 깊어지고 넓어져간다는 점이다.

학자이자 교육자로서의 삶은 평범한 작가에게는 하나의 구속이 될 수도 있겠지만, 현장이라는 거대한 서사의 성채에서는 사이좋은 친구들처럼 보기 좋게 어우러질 뿐이다. 그의 소설집에는 가끔 그가 직접 쓴 장문의 소설론이 수록되고는 하는데, 이것은 그가 분명한 문학적 자의식에 바탕해 자신의 작품활동을 펼쳐나간다는 것을 증명하기에 모자람이 없다. 소설론은 작품에 남겨진 미지의 빈 공간을 비춰주고, 작품은 소설론이 닿을 수 없는 삶의 실감을 감각하도록 만들어준다. D.H. 로렌스가 그러했듯이, 현장의 지성과 감성은 서로가 서로를 비춰주는 등불이 되어 새로운 아름다움의 세계를 환하게 비춰주는 것이다.

현장은 소설뿐만 아니라 에세이는 물론이고 감동을 주는 시도 적지 않게 창작하였다. 시간이 지날수록 더욱 거대해지는 미(美)의 성채를 보고 있자면, 마치 현장에게만은 시간이 거꾸로 흐르는 것은 아닌지 하는 착각이 들 정도이다. 이 와중에도 학자이자 교육자로서의 삶에도 충실한 모습은 감탄을 넘어 차라리 놀라울 지경이다. 자기만의 미시적인 영역에 갇혀버린 이 답답한 모던의 세계에서, 현장은 새롭게 등장한 다빈치형 예술가이자 지식인이라고 할 수 있다. 이 박학다식의 세계는 아마도 '오래된 미래'로서 우리가 나아가야 할 지(知)의 새로운 형상일 것이다. 현장은 끊임없이 경계 넘기를 하는 것처럼 보이지만, 어쩌면 그는 단 한 번도 경계를 넘은 적이 없는지도 모른다. 그에게 모든 글쓰기는 동일한 사유나 감정의 각기 다른 표현일 뿐이기 때문이다. 경계 자체를 하나의 추문으로 만들어버리는 현장의 그 치열한 예술혼이야말로 우리가 그의 문학을, 나아가 그의 글쓰기를, 마지막으로 그의 삶을 끊임없이 되돌아봐야 하는 가장 큰 이유일 것이다.

현장은 이런 칭송을 들어도 좋은가, 고개를 갸웃했다. 그리고 '말년'이라는 말은 빼도 좋겠다는 생각을 했다. 그거 빼자고 전화를 하려다가 그대로 두었다. 현장 자신이 생각하는 것과 남들의 생각이 같아야 한다면 그건 분명 억지였다. 나아가 폭력이었다. 그러고는 행사 안내장에 들어갈 걸로 쓴 자신의 글을 찾아보았다. 소설가로서 현장 자신의 이야기를 전개하는 글이었다. 하나의 행사를 위해 여러 편의 글을 써야 하는, 괴피스런 과정을 거쳐야 했다. 소설가가 소설을 쓰는 게 아니라 '잡문'을 써야 하는 것은 사실 고역이었다. 소설가가 무슨 글인들 못 쓸 것인가 하는 자부심 같은 게 없는 바는 아니지만.

내 경험으로 보건대, 소설가는 다중인격체이다. 소설가는 남의 이야기를 하는 사람이기 때문이다. 남이라는 게 참 성가신 존재다. 남의 이야기를 하자면 남을 잘 알아야 한다. 그런데 남을 안다는 게 야밤중에 숲속을 헤매는 것처럼 막막하다. 그래서 소설가는 많은 인간을 겪어보아야 하고, 인간에 대한 공부를 쉬지 말아야 한다.
남이라는 거대한 삼림 속에서 내가 이해하고, 내가 부여한 맥락에 어울리는 인간을 골라 남의 이야기를 한다. 그런데 실감나는 이야기를 하기는 매우 어렵다. 이야기의 실감은 내용의 진실성과 내용을 조직하는 탁월한 방법에서 발생하는 일종의 미적효과이다.

소설가는 일차적으로 자기 자신을 위해 소설을 쓴다. 언뜻 보아서는 도무지 이해가 안 되는 남의 일을 이해하려는 노력은 작가 자신의 인간형성에 기여한다. 인간형성은 느끼고, 알고, 깨닫는 등의 층위에서 성장하는 것을 뜻한다. 소설가는 감각이 풍성해야 하고, 이해력이 뛰어나야 한다. 그리고 인간 보편의 진실을 추구하는 지혜를 갖추어야 한다. 자신을 그러한 인간으로 길러나가야 한다.

소설가는 독자에게 겸손해야 한다. 내가 깨달은 인간이라는 게 겨우 이 정도인데 당신 보기에는 어떤가, 그렇게 물어야 한다. 소설가는 독자를 가르치거나 훈계하려 들지 말아야 한다. 또 독자를 위로한다든지 즐겁게 해주마고 엉너리치는 것도 금물이다.

소설을 쓰는 과정에서 소설가는 성장한다. 인간의 가치를 깨닫고, 인간 정신의 고귀함에 공감하며, 인간의 길을 찾아나서는 데 용감해야 한다. 이런 작업은 작가가 그리는 인물을 통해 구체화된다. 실제 세계를 넘어서는 허구적 상상력이 필요한 이유가 여기 있다.

허구적 상상력을 소설의 본질로 파악하는 시각이 널리 퍼져 있다. 많은 사람들이 소설을 허구 양식이라 하는 까닭이 이것. 허구란 때로 거짓말로 통한다. 인간사에 대해 거짓말하지 말자고 이 악물고 하는 거짓말이 소설인 셈이다. 현실을 정확히 포착하되 허구를 방법으로 구사하는 게 소설 양식의 특징이다.

독자는 소설가의 존재를 버티게 해주는 반려이다. 물론 소설가는 자기가 쓰는 소설의 일차 독자이다. 내가 더 성장해야 하는 인간이라는 깨달음이 있는 한 소설가는 계속 소설을 쓰지 않을 수 없다. 그래서 소설 쓰기는 운명의 아우라를 더불게 마련이다.

글발이 너무 당당하고 선언적이라는 느낌이 들었다. 당당함을 탓할 일은 아닐 것이나, 그 당당함을 뒷받침하는 논리를 추구하고 실천을 해왔느냐고 누가 묻는다면 그렇다고, 그렇게 살았다고 자신 있게 대답할 뱃심을 현장은 가지고 있질 못했다. 늪을 건너는 일, 그에 관한 한 현장은 층그림과 좌절의 연속이었다.

현장은 6월 19일이 다가오는 게 부담으로 느껴지기 시작했다. 공연히 이런 행사에 나선 건 아닌가 하는 후회도 들었다. 그러나 자신을 남에게 알리는 데는 이런 행사도 좋은 방법 가운데 하나라는 생각으로 자신을 안추르고 있었다. 그래 이제는 자유롭게 자신을 드러내도 된다, 하고 싶은 말 하고 돌아와라, 또 자신을 위한 잔을 높이 들라……. 이따금은 자신을 위해 투자를 해야 한다. 그게 운명적 존재로서 자신을 넘어서는 방법이 아닌가 그런 생각이 드는 것이었다. 그러나 그건 변명일지도 모른다는 생각이 동시에 뇌리에 찐득거렸다. 다중인격체로서 자기를 돌아보는 일로 생각하고, 너무 자의식을 발동하지 않기로 작정했다.

행사장에 예정 시간보다 한 30분 앞서 도착했다. 이런저런 이야기를 이런 순서로 하자고, 고정재 교수가 진행 계획서를 만들고 있었다. 고 교수는 손님으로 누구누구가 오는지 물었다. 손님이라는 말을 듣는 순간, 현장은 '중정'이라는 말을 문득 떠올렸다. 그것은 떠올리는 게 아니라 귀를 때리고 지나가는 쇳소리였다. 현장은 자신의 귀를 의심했다. 그게 단순한 이명이기를 바랐다. 여전히 귀에서는 후잉, 총알 날아가는 소리가 들렸다.

'문학의 집'은 중앙정보부가 이름을 바꾼, 국가안전기획부장이 공관으로 쓰던 건물이었다. 서울시에서 매입하여 시민을 위한 문화공간으로 활용하는 문화시설이 되었다. 김종필, 김용순, 김재춘, 김형욱, 이후락 그런 이름들이 현장의 눈앞을 지나갔다. 그러다가 김재규에 와서 하나의 형상을 얻었다. 흰옷을 입은 사내가 올가미에 걸린 채 공중에 대롱거리고 매달려 있는 모습. 현장은 등줄기로 땀이 흘렀다. 얼굴이 하얗게 질렸다. 현기증이 지나갔다.

"선생님, 어디 불편하세요?" 고 교수가 휘뚱하는 현장을 부축해 소파에 앉히면서 물었다.

"헛것을 본 모양인데, 괜찮소."

속으로는 괜찮지가 않았다. 다만 행사를 잘 마무리할 수 있을지 걱정이 되었다. 행사장은 건너편 건물 메인 홀, 행사는 거기서 진행될 예정이었다. 현장의 문학에 대해서 고약한 질문을 할 사람들이 와서 웅성거리고 있을 것 같은 두려움 때문에 등이 근지러웠다.

현장의 염려와는 달리 아는 얼굴들이, 한 30여 개 의자를 정돈한 가운데 앉아서 현장이 나타나기를 기다리고 있었다. 아는 얼굴들…… 저승길에는 아는 얼굴을 몇이나 만날 것인가, 고 교수가 글로 쓴 '말년'이란 어휘가 현장의 목을 죄고 있었다. 말년, 저승길…… 김재규…….

행사가 시작되었다. 사회자의 작가 소개가 있었다. 이어서 작가의 간단한 연설이 있은 다음 사회자와 지정 질문자의 질문이 이어졌다. 사회자가 물었다.

"선생님께선 어떤 글에서 문학의 모든 장르가 서사로 환원될 수 있다고 하셨는데, 문학의 질서를 위해서는 장르 개념이 여전히 유용한 것 아닌가 하는 생각이 드는데 말입니다. 저어……." 사회자는 그렇게 어정쩡하니 대답을 요구하고 있었다. 젊은 후배에게 부담을 주는 일 같아 마음이 쓰였다.

"장르라는 게 작가와 독자가 소통하기 위한 일종의 묵계 같은 건지도 모르죠. 작가는 소설을 쓴다는 생각을 하면서 소설을 씁니다. 그러면 독자는 그 글을 소설로 알고 읽습니다. 이러할 때 작가와 독자가 공유하는 일종의 묵계 혹은 코드 그게 장르 의식 아닐까 싶습니다. 내 소설을 읽은 분들은, 아 이건 현장답다, 그런 생각을 하실 분들이 있을 겁니다. 그것도 일종의 장르 개념 아닌가 싶은데 말이지요, 잘 모르겠습니다." 현장은 더 이야기를 할까 하다가 그 정도에서 그치기로 했다. 잠시 눈앞이 뿌옇게 흐려졌기 때문이었다.

사회자는 마이크를 지정 질의자 주유노에게 넘겼다. 주유노는 현장 선생님과 이런 자리에서 이야기를 할 수 있게 된 게 영광이라는 인사를 닦은 다음, 물었다.

"선생님은 소설 연구자는 물론, 교육자와 작가를 겸하고 계신데, 말하자면 트로이카 같은 분이잖아요. 요즈음 소설가의 문화적 위상을 어떻게 생각하시는지 궁금해요." 전에 언제던가 현장은 「세 갈래 길」이란 글을 쓴 적이 있었다. 자신의 삶을 요약하자면, 주유노가 말하는 그 세 가지 역할을 모두 했다는 뜻이었다. 그래서 어느 하나도 두드러지지 못했다는 자평을 곁들여 이야기한 글이었다. 그런데 그렇게 정리한 것이 사람들의 인식 가운데 들어박힌 모양이었다. 스스로 규정되기를 거부하는 작가가, 규정될 소지를 만드는 것은 실책이었다. 저항력이 현저히 떨어진 '말년'에는 작은 실책도 치명적이라는 것을 현장은 잘 알고 있었다.

"잘들 아시겠지만, 한때 소설가는 성직자나 교사 대접을 받은 적이 있었습니다. 거기서 소설가는 삶의 길을 제시하는 사제의 자리로 승격되기도 했고, 그러다 보니 소설가는 독자를 계도하는 위치로 자리가 높아지기도 했다는 것도 사실입니다. 소설가 스스로 정말 그런 줄로 알고 우쭐하는 작가가 왜 없겠어요? 그 결과 독자에 대한 작가 위상이 이상기온처럼 상승해가지고는 묘한 계층 개념이 생겼어요. 그런데 요즈음의 독자는 작가만큼 혹은 작가 이상으로 똑똑하잖아요?

작가가 나설 자리가 따로 없는 겁니다. 요컨대, 한 나라의 문학 수준은 작가와 독자가 함께 만들어내는 문화자본입니다." 현장은 정성을 다해 설명했다.

"문화자본이라면 프랑스의 사회학자 부르디외의 개념인데, 국가 단위의 문화자본도 있는 건가요?" 주유노는 요새 부르디외를 읽고 있는 모양이었다. 현장은 학생들에게 어떤 인물을 이야기할 때마다, 이 사람 살았나 죽었나? 그렇게 묻곤 했다. 학생들은 그런 질문이 떨어지자마자 자기들끼리 의미 있는 웃음을 흘렸다. 저 구석에서 누군가가, 여우야 여우야……! 그런 소리를 하는 게 들렸다.

"말이 거슬린다면, 문화력이라 할까, 그런 용어로 불러도 상관이 없을 건데……." 현장은 독자를 향해 '교육적 상상력'을 발동하는 중이었다. 아무거나 설명하고 가르치려 드는 게 선생의 습관이었다.

청중들에게 자유로운 질문을 하라고, 사회자가 '자유에 처단되는' 그런 톤으로 이야기했다. 물론 눈가에 주름을 잡으며 웃고 있었지만, 어투는 마른 나무처럼 단단했다.

지정 질문자는 아니지만, 적절한 기회를 봐서 한마디 해달라고 현장은 박외서 교수에게 부탁을 해두었다. 박외서 교수가 사회자를 향해 손을 들었다. 사회자가 이야기해도 좋다고 말했다.

"저는 오늘의 주인공 현장의 친구 박외서라고 합니다. 질문하기 전에 현장을 잠시 소개할까 합니다. 저 사람은 요즈음 소설 쓰기를 죽자 사자 하는데, 한편으로 그에 못지않게 건실한 농사꾼입니다. 농사

짓는 데서 힘을 길러 그 힘으로 소설 쓰고…… 발표하고, 아직도 학회에 나가기도 하고…… 나는 죽어도 저 사람 못 따라갑니다.

아무튼, 현장 선생은 소설의 속물성을 자주 이야기하는데, 꼭 그런가? 근거가 있는 이야기인가? 간단한 답을 해주기 바랍니다." 박교수는 청중을 둘러보며 무슨 이야긴가 덧붙일 듯 하다가 그대로 자리에 앉았다.

교수들끼리, 아주 말을 맞춘 것처럼 이야기들 하네……. 어떤 객이 그렇게 궁시렁거리는 소리가 들렸다. 그건 현장 자신의 안에서 들려오는 소리 같기도 했다. 어쩐 일인지 안과 밖이 넘나드는 것이었다.

"앞에서 주유노 박사가 이야기하기도 했지만, 소설가는 사람을 어느 한쪽으로만 보면 그 시각에 옭혀 세상을 제대로 못 봅니다. 세상은 속인과 성인들이 중첩적이고 역동적으로 뒤틀어 나가지 않던가요? 그러니까 소설가는 속인과 성인을 한꺼번에 엮어볼 수 있는 자리에 서야 하는 거지요. 전체적 조망이 가능한 자리에 서야 하는 게 소설가다, 그러니 소설가가 설정하는 관점이 객관성을 띠어야 한다, 그런 뜻인데, 말하자면 소설가의 이념적 편들기는 소설을 정치적 부속물로 전락하게 한다는 그런 뜻입니다만…… 대화문화 속의 소설을 생각한달까……." 현장은 말을 마무리하지 못하고 있었다.

"예를 들어주면 이해가 쉽겠는데요." 박외서가 좀 딱하다는 듯이 현장을 쳐다봤다.

"나는 소설을 이야기하려면 '속담'이란 말이 떠오르는데, 까닭이 있습니다. 속담은 속되지요, 양반 사대부는 속담을 입에 올리지 않는 법. 속인이란 받들어 모실 우상이 없는 사람들인데, 성인을 모르고 신을 섬기지 않는 사람들이 속인입니다. 이들은 사회적으로 스스로 자기 이야기를 할 기회가 주어지지 않습니다. 그들의 이야기를 구성하고, 구성한 이야기를 전달하는 인물이 있어야 하는데, 그게 소설가다, 그런 생각입니다." 박외서 교수는 고개를 갸웃했다. 뜻밖이라는 건지, 이야기 내용이 미흡하다는 건지, 제스처의 확실한 뜻을 알 수 없었다. 현장이 다시 이야기를 이어갔다.

"구체적으로 이야기하라는 말씀인 거 같은데……." 박외서 교수가 고개를 끄덕였다.

"이런 속담이 있잖아요? '가을 전어 굽는 냄새에 집 나간 며느리 돌아온다.' 가을철 전어 맛이 기막히다는 이야기를 할라치면 들고나오는 속담인데 말입니다, 며느리가 보따리 싸가지고 집을 나가는 그런 집구석의 집안 꼴아지는 양반 사대부 집안에서는 용납이 불가야라, 그런데 소설에서는 그런 이야기를 자주 하지요. 오죽했으면 며느리가 보따리를 쌌겠는가, 또 그 시시껄렁한 생선 전어 굽는 냄새를 맡고 나갔던 집에 돌아오는 며느리의 심정은 어떨 것인가, 그사이 어떤 곡절이 있었던가…… 그런 사태가 벌어진 무렵 나라의 경제 상황은 어땠는가, 소설가는 그렇게 캐물으면서 사람살이 함부로 잘라 이야기할 게 아니라고, 며느리 편에서 혹은 아들 입장에서, 아니면 가족 모두를 등장하게 해서 이야기를 만들지요. 인간에 대한 총체적인 이해를 도모하는 것이 소설가의 문학정신이라는 이야기는 이런 국면에서 정당성을 확보하게 됩니다." 현장은 아침에 미누라가 이야기 길게 하지 말라고 귀에 박아 넣던 숙지사항을 떠올렸다.

"소설가는 그들의 잃어버린 꿈도 이야기해주어야 한다고 보는데요, 어떠세요?" 사회자가 거들었다.

"속담의 진정한 의미를 알자면, 대화 맥락에 들어가야 합니다. 누가 어떤 자격으로 누굴 두고 그런 이야기를 하는가, 그 이야기를 듣는 당신은 거기 동의하는가, 동의하지 못한다면 그 이유가 뭔가? 당신의 과거가, 잃어버린 꿈이 무엇이기에 동의하지 못하는가. 그렇게 물어야 합니다. 속담은 거두절미인데, 소설은 머리부터 꼬리까지, 지금의 누추함과 함께 잃어버린 푸른 꿈을 동시에 포괄하는 의욕에서 출발하는 도전 행위입니다. 소설가는 속담의 구체적인 언어 행위 조건을 탐지하고 가치를 매기면서 인간의 보편적 의미 행위를 추적하지요. 소설가의 언어가 섬세해야 하는 이유가 아마 이 부근에 있을 것이고, 소설이 이전 소설에 대한 반역이라는 명제 또한 이 어름에서 정당성을 얻을 겁니다." 현장은 청중들을 둘러보았다. 저쪽 구석에서 웅성거리는 소리가 들려왔다. '숭어가 뛰니까 망둥이도 뛴다더니……' 당신은 숭어야, 망둥이야? 그렇게 물어오는 것 같았다. 자리가 끝나고 손님들에게 어떤 술을 대접해야 하는가, 그런 생각을 하면서였다. 궁정동, 시바스 리갈, 권총, 그리고 사형대에 걸린 올가미…… 그런 것들이 현장의 머릿속에서 보쉬의 그림에 나오는 괴물들처럼 우글거리기 시작했다.

비평가 정평남이 손을 들었다. 그는 현장의 대학 동기생이기도 했다.

"현장은 작품집 끝에다가 긴 글을, 아주 재미있는 글들을 달아놓는데, 아마 현장의 문학적 성실성일 터이고, 현장식으로 말하자면 이럴 겁니다.

소설은 작가가 최선을 다해 인간을 탐구하고 그걸 바탕으로 독자와 소통하는 일이라고, 현장이 이야기한 적이 있어요. 독자의 감수성과 지적수준이 작가의 문학적 역량을 지켜준다는 뜻일 터인데, 달리 말하면 작가와 독자는 서로 길들이고 가르치는 관계로 설정하는 것이지요. 서로 길들이고 가르치는 과정은 얼마간의 노고가 필수적으로 따를 겁니다. 현장이 오늘 자꾸 거드는 속담으로 말하자면, 작가와 독자가 '찧고 까부르는' 판에서 문학은 성장할 수 없다는 이야기가 될 것 같습니다. 소설가는 질문하고 제안하지요. 독자는 답을 모색하고 제안의 정당성 여부를 판단해봅니다. 소설가가 자기 내부에 비평의식을 길러두어야 한다는 논거는 바로 이건데 말입니다, 뭐랄까 이는 독자를 존중하는 한 방법입니다. 저는 이게 현장 선생의 문학적 성실성이라고 봅니다."

현장은 그게 문학적 위선이 되지 않기를 바란다면서 두 손을 깍지 껴서 힘을 주었다. 손마디에서 우두둑 소리가 났다. 뼈 부러지는 소리…… 고문…….

"저도 한마디……." 구석에 앉아서 창밖을 내다보고 있던 소설가

지선필이 손을 쳐들었다. 사회자가, 잠시 이야기가 끊겼는데 잘되었다는 듯이 그를 반겼다.

"소설가는 속인들 이야기를 하는 중에도 시대적 과제를 떠안을 결심을 두고 지내는, 스스로 몸 상하는 것도 모르고 골치 앓는 존재인지도 모릅니다. 속인으로 살다 보면 시대 과업이 잘 안 보여요. 시대적 과제는 속인들의 삶의 갈피 속에 교묘하게 숨어 들어가 의식을 마비시키기 때문일 겁니다. 그렇게 일상화되고 각질화된 과제를 문제로 불러내어 당대의 담론으로 끌어올리는 것이 소설가의 책무일 거라고, 저는 생각하는 편입니다. 현장의 경우 인류의 죄악이라는 문제를 과제로 다루어왔고, 다루고 있습니다. 사실 따지고 보면 현장 선생은 거대담론을 버리지 못하고 끌어안고 혼신투구하는 작가로 인상지어져 있습니다. 이번에 아프리카에 다녀온 것도 그런, 뭐랄까 자기실험의 한 과정이라고 나는 생각하는데, 현장 선생은 어떠신지……."
지선필 소설가는 사회자가 해야 할 이야기를 대신하기라도 하듯 이야기를 끌어냈다. 현장은 자기를 그렇게 이해해주는 지선필이 고마웠다. 그러나 달리 보면, 그 먼 데까지 가서 건져온 게 뭐냐고 묻는 투가 확실했다.

"입을 맞춘 것처럼 말씀하시는데, 우리는 그런 사이 아닙니다." 청중들이 오랜만에 킬킬거리면서 웃었다.

"그렇지 않아도 이야길 하려 하던 주제인데, 작가께서 말씀하시지요." 사회자가 현장을 쳐다봤다.

"내가 내 이야기하려니 좀, 상당히 쑥스럽습니다. 소설가로서 내가 다루어야 하는 과제로 부각된 것은 환경 파괴 문제, 폭력과 테러 문제, 식민지와 노예제도 문제 등이었는데요, 환경 문제는 인류가 지구 위에서 계속 살아갈 수 있는가 여부와 연관됩니다. 폭력과 테러는 인간의 자기파괴의 문제이고, 식민지와 노예제도는 인간의 자존감을 말살하는 죄악이라고 생각한 나머지 그에 대해 관심을 가져왔습니다. 이들 인류의 죄악에 대한 통렬한 반성 없이는 인간성의 왜곡을 면치 못할 것입니다. 삼십 년 전에 발표한 『생명의 노래』는 '총체적 환경소설'이라는 평을 받은 장편소설입니다. 폭력과 테러 문제는 「악어」라는 제목으로 작업이 거의 완성되었습니다. 식민지와 노예제도 문제에 관심이 있어서, 아프리카에 갔다 왔는데, 세네갈과 모르코 겨우 두 나라 다녀와서 아프리카 그 거대한 대륙이 어찌 전모를 드러낼 수 있겠습니까? 그래서 단편 형식으로, 말하자면 연작 형식으로 작업을 진행하고 있습니다. 아마 금년 말에 책이 나오지 않을까, 여러분 다시 만날 기회가 된다면 그 책 하나씩 드리고 제가 막걸리도 사겠습니다." 사회자가 옆에 앉은 지정 질의자 주유노를 쳐다봤다. 이야기를 이어가 보라는 뜻이었다.

"학교 다니면서 선생님께서 밥 사주시고 술 받아주신 게 헤아릴 수 없이 많은데, 그렇게 공부하는 동안 행복했습니다. 그런데 아직 물어보지 못한 게 하나 있습니다. 그게 뭐냐면, 선생님은 왜 소설을 쓰는가 하는 질문입니다." 좀 바보 같은 질문인가, 하면서 주유노는 입을 가리고 웃었다. 사회자가 현장을 쳐다봤다.

"내가 선생 노릇하면서 살아온 터라 그런지 몰라도, 소설가는 일차적으로 자기교육이나 자기형성을 위해 소설을 쓴다고 봅니다. 자신의 감수성을 윤택하게 하고, 논리를 정련하며, 윤리를 세워나가는 작업을 소설 쓰기를 통해 해나가는 셈이지요. 자기교육이니 자기형성이니 하는 것은 결국 삶의 과정 아닐까요? 소설가는 소설 쓰기를 통해 '문학을 산다' 그렇게 말할 수 있을 겁니다. 살림살이라는 말처럼 소설가의 '문학살이'는 그의 인생살이에 통합될 겁니다. 소설 쓰기는 삶의 과정 그 자체인 셈이지요. 어떤 소설가에게도 마찬가지일 테지만……." 현장은 그런 이야기를 하면서, 소설가 해춘송을 쳐다보았다. 한 말씀 하라 한다면, 하다 보니까 그렇게 되는 거지, 무슨 자기교육이니 형성이니 그런 거창한 걸 들춰내시나, 그런 반응이 올 것 같았다. 현장은 빙긋 웃고는 말을 이어갔다.

"소설가의 소설 수준은 결국 소설가의 자기교육의 수준이나 마찬가질 겁니다." 현장은 근간 명상단편 소설을 꾸준히 발표하는 소설가 능소헌을 쳐다봤다. 명상으로 자신의 존재를 초월하려는, 그 현요한 언어 작업은 교육이니 형성이니 하는 영토를 한결 넘어서는 일처럼 생각되었다. 언어로 도달할 수 없는 길을 언어로 넘어서자 하는 그 일은 언어 속에 존재를 던져넣어 거기서 뿜어져 나오는 무한적광을 보고자 하는 도도한 구도 아닌가 싶었다. 현장은 왼손으로 턱을 한번 쓰윽 쓸고서는 말을 이었다.

"소설가의 자기교육과 연관된 과제는『맥놀이』라는 장편으로 구상하고 있는 중입니다. '한국 종'이라는 학명을 얻은 범종(梵鐘)은 과학과 예술, 그리고 종교적 초월을 지향하는 복합문화물이거든요. 그 종의 울림에 나타나는 '맥놀이'는 현세에서 명명한 초월세계로 흘러가면서 인간의 영혼을 정화합니다. 소설을 쓰는 과정에서 나 자신이 그러한 정신세계에 도달할 수 있을지는 모릅니다. 그러나 시도를 해볼 작정입니다. 불가능을 알면서 추구하는 게 예술의 본질 조건이라면, 그러한 시도 자체의 의미가 결코 작지 않을 것으로 봅니다. 욕심이겠지만, 내가 울리는 범종의 맥놀이가 여러분들의 가슴에 미치기를 바랍니다." 현장은 오늘 이야기할 것은 다 했다는 안도감에 후유, 자기도 모르게 숨을 내쉬었다.

"하나만 더……" 맨 앞자리에 앉아 청중들에게 카메라를 들이대곤 하던, 소설가 은지명이 손을 들었다. 아, 빠트릴 뻔했군요, 사회자가 손을 내밀어 발언을 청했다.

"가만있자. 나는 현장 선생과는 사십 년 지기입니다. 현장의 소설 가운데는 여행에서 소재를 얻어 작품화한 예가 적지 않다고 보는데. 사람들은 현장의 소설을 '여행소설'로 규정하기도 하더라구요. 저어 뭐시냐, 작가로서 현장 선생은 그런 평에 만족하시는지?' 현장은 자신이 '여행소설가'로 규정되는 것을 극구 마다하는 편이었다.

"은지명 선생님 고맙습니다. 사실 따지고 보면 소설 앞에 붙이는, 농민소설, 범죄소설, 과학소설 등의 관형어는 소설을 분류하고 특정

하기 위한 수단일 뿐, 그게 소설의 본질이 될 수는 없겠지요. 그럼에
도, 내가 여행소설에서 나아가 여행소설 작가로 치부되기는 상당히
거북해요. 여행과 관광이 혼동되는 시대에 '여행'은 진정성을 잃기
쉽습니다. 팔자 좋게 해외로 돌아다니며 구경한 이야기를 소설로 썼
다는 평을 듣기는 당혹스럽습니다. 구태여 말하자면 나는 여행 중에
얻은 소재를 소설화하는 과정에서 인간 보편성의 문제를 추구하는
편입니다. 다문화주의의 이상이 인간 보편성의 이해를 지향하는 것
이라면, 내 작업은 오히려 다문화소설의 특징이 두드러진다, 그렇게
보아주신다면……."

수용하겠다는 말은 달지 않았다. 작가는 자신이 규정하는 축과 남이
성격을 부여하는 두 축에 따라 위상이 매겨진다는 생각 때문이었다.

"이런 질문은, 무식하다는 걸 자랑하는 행위가 되지 않나 모르겠는
데요, 선생님의 대표작이 무엇인지 궁금해서요." 현장이 같이 공부한
'산문반' 수강생 서실로 여사가 물었다.

"나의 대표작? 앞으로, 죽기 전에 쓸 수 있지 않겠나, 서둘러 대표
작 내놓으면 그 뒤에 뭘 해요? 인간의 정신적 성장은, 아니 작가의
문학 능력은 죽기 직전까지 계속된다는 게 나의 속다짐이기 때문에,
지금 대표작을 이야기할 계제는 아닌 거 같습니다. 그게 대표작이 되
고 안 되고는 제쳐두고, 죽기 직전까지 손질하고 다듬을 수 있는 작
품 하나는 마련해두어야 하겠지요. 괴테가『파우스트』를 가지고 그렇
게 한 것처럼. 그러니까 나의 대표작은 여전히 미래형입니다." 서실

로 여사는 잘 알았다는 듯이 눈을 찡긋해 보였다. 사회자가 서두르는 모습이 보였다. 모임이 끝나고 다른 데 약속이 있어서 가보아야 한다던 이야기가 생각났다.

"아쉽지만, 이렇게 현장 선생님의 문학 이야기판을 마무리하겠습니다. 작가 선생님 애쓰셨습니다. 그리고 청중 여러분 대단히 감사합니다." 사회자가 현장에게 다가와 악수를 청했다.

의자 물리는 소리가 와글와글했다. 청중들이 뒤숭숭하니 움직이는 소리 가운데, 뒤풀이 어디야? 사인 받아야 하는데, 사진은 안 찍어? 핸드폰으로 보내…… 어수선한 가운데, 현장은 접수대 쪽으로 밀리다시피 다가갔다. 현장의 책을 손에 든 팬 몇이 사인을 부탁했다. 현장이 접수대 책상에 앉자, 현장이 쓴 『사랑의 고고학』을 손에 든 여성이 다가와 핸드백을 뒤지다가 현장에게 필기구가 있는가 물었다. 현장은 필기구를 챙기지 못한 상태였다.

"누구 펜 있어요?" 얼굴 잘 다듬은 한 여성이 주위를 돌아보았다.

"거어 발음 잘해야지, 성희롱이야!" 어떤 사내의 말이었다.

현장의 뒷골로 띠잉 하니 전류가 흘렀다. 현장은 책상을 짚고 일어서려다가 다시 주저앉았다. 앞 건물 2층 옥상 빨랫줄에, 새까만 바지가 걸려서 바람에 흔들렸다. 어디서 총성 세 발이 울렸다. 와아. 아우성이 일었다.

바오밥나무 무성한 가지 사이로 까만 새들이 세차게 날아들었다. 현장이 앰뷸런스에 실려 가면서 본 환상이었다. ❋

에디톨로지는
버릇이 고약하다

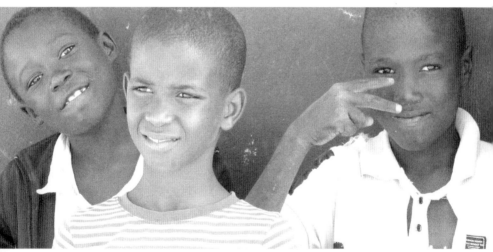

세네갈, 보나바 마을 한글학교 어린이들(촬영 : 우한용)

사실 그로서는 이게 내 작품의 전범이다. 그렇게 내세울 만한 작품이 없었다. 나름 대로 변화를 추구해왔다. 그런데 최근 현장은 남다른 시도를 한다고는 하는 중이었다. 말로야 남다르다고 강조하지만, 벌써 남들이 다 이야기하고 실천한 그런 것이었다. 이른바 '크리티픽션'을 시도하는 것이었다.

에디톨로지는 버릇이 고약하다

치통과 바오밥나무, 그 두 항목을 두고 현장은 며칠을 끙끙 앓았다. 현장은 아프리카 세네갈에 다녀와서, 거기서 얻은 소재로 소설을 써서 책을 하나 묶을 생각이었다. 소설 열 편쯤을 모아 하나의 연작소설을 구상하는 과정은, 약간 과장하자면 이가 솟을 지경이었다. 소설집 원고를 정리하는 중에 소설에 대한 자신의 편견을 들춰보았다. 소설에 대한 예의를 따져보기도 했다. 그러느라고 달포를 멈칫거렸다. 그사이 이가 많이 상한 모양이었다.

출판사와 교섭하는 일은 이전부터 해오던 방식이 편했다. 원고를 출력해가지고 출판사를 찾아갔다. 사실은 그날이 발치를 하기로 한 날이었다. 이를 빼고 원고를 넘길까, 원고를 넘기고 이를 뽑을까 하다가, 아무래도 원고를 넘기고 이 앓는 게 낫지 싶었다. 치통을 달고 원고를 검토하는 것보다는 원고 넘기고 치통을 견디는 게 한결 수월하겠다는 생각이었다. 현장은 2호선 전철을 타고 합정역에서 내렸다. 파주 가는 버스를 갈아탔다. 편집장 장정수가 출판사 건물 접견실에서 기다리고 있었다.

"사장님은?" 현장이 물었다.

"강원랜드에 가신다고 했습니다." 현장은 그럴 수도 있지 하면서, 편집장이 권하는 소파에 앉았다. 턱이 알알하니 아팠다. 풍치 때문이었다. 이빨이 솟았는지 흔들거리는 느낌이 혀에 감지되었다.

"또 소설집 내시게요?" 편집장이 물었고, 현장은 원고가 든 가방을 내려다봤다. 소설집을 너무 자주 내는 거 아닌가 그런 질책 섞인 질문으로 들렸기 때문이었다. 현장은 주눅이 드는 기분이었다.

"여기 차 좀 내와요!" 편집장의 쇳소리 섞인 목소리는 차분했다. 금방 얼굴 허연 아가씨가 찻잔이 올려진 쟁반을 가지고 들어왔다. 어디서 보았는지 낯익은 얼굴이었다.

"이번 소설집에서 새로운 시도를 하신 게 있다면, 뭐라고 해야 할까요?" 조금 고약한 질문이었다. 다른 사람도 그렇겠지만, 소설가는 자기 말에 책임을 져야 한다는 생각을 불러왔기 때문이었다. 그 책임이라는 것은 자신이 가르친 내용을 자기가 실천해 보이는 것이라고, 현장은 생각해왔다. 그런데 생각해보면 자신이 없었다. 그런 학행일치가 어찌 만만하겠는가. 편집장이 그걸 알아채고 공박을 하는 모양이었다. 사장 모동걸 씨는 전화를 받자마자, 예 해드려야지요, 누구 말씀인데 그렇게 긍정적으로 나왔다. 전에 언제던가 모동걸 사장은, 긍정적 사고는 십자가에 달렸다가도 살아나게 한다는 이야길 했다. 그러면서 대학 교수들도 학생들에게 긍정적 자긍심을 심어주어야 한다는 주장을 길게 늘어놓았다.

제대로 가르치자면, 특히 대학에서는 자기가 공부해서, 연구해서 얻은 결과를 발표하는 식으로 해야 할 터였다. 그러나 가르침이라는 게 대개 남들이 연구한 결과를 이야기해 전해주는 식이었다. 그러다 보니 간접화법을 이용한 인용문이 남발되곤 했다. 이런 식이었다.

'소설 쓰기'를 소설 창작이라고도 하지요. ― 누가? 창작이라는 말은 새롭게 만들어낸다는 뜻입니다. ― 사전에 정의된 내용. 어원이 그렇고, 소설의 역사가 그렇다. ― 전거가 뭔가? 흔히 하는 말로, 모든 소설은 이전 소설의 반역이라 한다. ― 흔히, 누가? 그렇게 강의 언어는 인용에서 인용으로 이어졌다. 다행인 것은 그렇게 간접화법으로 이야기해도 학생들은 전거가 무엇인지, 그게 정말 가감 없이 받아들여도 되는지, 도무지 질문을 하지 않았다. 대화를 강조하는 현장이었지만, 독백의 올가미에 옭혀 꼼짝을 못했다. 그런데 출판사라는 데를 와서 편집장한테 제대로 된 질문을 받는 셈이었다. 사실 학생들이 집요하게 질문을 해댔다면, 현장은 정년을 하지 못했을지도 모른다는 생각을 하지 않는 것도 아니었다.

"장정수 편집장께서는 어떤 새로움을 기대하시오?" 편집장은 겸손하게 양손을 겹쳐 잡고서 슬슬 비비면서, 그걸 다시 물어야 하는가 하는 식으로 현장을 쳐다봤다.

"뭐랄까, 현장 선생님만의 스타일이랄까, 뭐 그런 거가 있어야……."

"스타일은 때로 어느 작가를 틀지우는 거푸집이 되기도 합니다."

"거푸집이라면, 이를테면 주형 같은 걸 뜻합니까?" 주형(鑄型)? 그렇지, 적절한 단어야, 현장은 고개를 끄덕거렸다.

"그렇지요, 한눈에 딱 알아볼 수 있는 그런 스타일, 현장표 소설 그런 거 말이지요." 현장은 비싯하게 입을 일그러뜨렸다. 현장표 소설이라니…… 이름을 아예 현장표로 바꿔? 현장은 고개를 가로저었다.

"작가는 작품으로 말한다, 그렇게들 얘기하잖아요?"

"좀 무리가 있기는 하지만, 그런 셈이지요."

현장은, 당신이 내 작품 읽었으면 잘 알 터인데 왜 그렇게 고약하게 질문을 하는가 되묻고 싶었다. 사실 그로서는 이게 내 작품의 전범이다, 그렇게 내세울 만한 작품이 없었다. 나름대로 변화를 추구해 왔다. 그런데 최근 현장은 남다른 시도를 한다고는 하는 중이었다. 말로야 남다르다고 강조하지만, 벌써 남들이 다 이야기하고 실천한 그런 것이었다. 이른바 '크리티픽션'을 시도하는 것이었다.

크리티픽션에 대한 의욕, 그 이유는 사실 간단했다. 작가가 자기 자신의 작품에 대한 비평적 성찰을 지속하지 않는 한 뒤처진다는 주장이었다. 현장 자신의 말로는, 작가는 자기 내면에 비평가를 모시고 살아야 한다는 것이었다. 비평의식의 내재화……

"작품으로 말하기 전에, 자기 이야기를 풀어서 얘기할 기회도 있어야 하겠지요."

"그게 뭔데요? 자기 작품에 대한 자기해설 말씀인가요?" 현장은 고개를 세차게 저었다.

"소설의 창조성이 의문시되는 시점에서 소설을 다른 각도로 보아야 한다는 것인데……."

"어떻게요?" 대드는 투로 물었다.

"소설 쓰기는 편집하기다, 그런 얘기가 됩니다." 소설 창작이나 소설 쓰기라는 용어보다는 소설 쓰기를 편집하기로 바꾸어놓아야 한다는 생각을 슬그머니 들이밀어보았다.

"그거 작가의식의 후퇴 아닙니까?" 장정수 편집장은 약간 삐딱한 투로 말했다.

"꼭 그렇지는 않아요." 현장은 편집이라는 게 무엇인지를 설명하려는 지점에서, 소통론을 전공했다는 최교환이라는 시사평론가가 회사로 편집장을 찾아왔다. 인사를 나누고 편집장이 테이블 머리에 앉고, 현장과 최교환은 마주 앉았다. 현장은 잘 되었다 싶어 자기주장을 펴보고 싶었다.

"소설 안 팔린다고 이마에 주름 잡고 징징거리는 작가들도 있던데, 현장 선생님께서는 여전히 왕성하게 소설을 쓰시니 대단하십니다." 현장은 빙긋 웃었다. 대단하다는 게 비아냥거리는 느낌이 배어나와

서었다.

"송충이 솔잎 먹어야 산다지요? 소나무 없어지면 어떻게 하지요?"

"소나무 있는 산으로 이사를 하거나, 정 안 되면 갈잎이라도 먹어야 하지 않을까요?"

"마찬가지로, 소설 안 팔리면, 다른 글을 쓰든지 통닭집이라도 해야겠지요."

"족발이나 순대 팔아도 상관없어요, 요컨대 소설가가 자세를 낮추고, 창작이란 소리 빼고, 소설을 새로 규정해야 할 것 같지 않아요?"

"소설을 새로, 달리 규정한다면?" 사회평론가의 질문이었다.

"소설 쓰기는 편집하기이다, 그런 식으로 말입니다."

"소설 쓰기가 편집하기라? 재미있는 발상이네요." 시사평론가 최교환이 다리를 바꿔 괴었다.

"이번 소설집에도 그런 원칙, 선생님 말씀대로 편집하기 개념을 도입했습니까?" 편집장의 말에 현장이 고개를 끄덕였다.

이야기판에 끼어들 것처럼 하던 시사평론가 최교환이, 설명 듣기 전에 편집장 장정수에게, 원 미니트! 하면서 눈을 찡긋했다. 자기 책 출간 일자를 앞당겨달라는 이야기가 가림대 너머로 들렸다. 다른 거 제쳐놓고. 그런 일이 있었구나, 그리고 보니 텔레비전에서 자주 보았던 얼굴이었다. 둘은 허허거리고 웃으면서 다시 소파에 와 앉았다.

"죄송합니다. 편집이라면 에디팅을 말씀하는 거지요?" 편집장이 물었다. 시사평론가가 거들었다.

"얼마 전에, 『에디톨로지』라는 책이 나와 제가 출연하는 방송에서 다룬 적이 있었습니다." 그래서 책이 많이 팔렸는지 궁금했다. 질문을 참았다.

 "사실 인생도 에디팅이지요……." 시사평론가가 현장을 쳐다보면서 동의를 구했다. 현장은, '경영학의 최종 목표는 자기경영'이라는 이야기를 하던 친구 윤경영을 떠올렸다. 대학민국 윤리경영 최고상을 받은 친구였다.

 "말하자면 그렇네요. 그렇게 나가면 소설도 인생의 편집이 되겠네요. 그런데 소설은 허구일 테고, 인생의 허구적 편집이 소설이고, ……소설을 가지고 자기 인생과 대비하고, 자기 인생에 깔을 넣고, 인생을 한번 뒤집어보고 하는 게 소설이라면, 소설이라면……." 그렇게 이야기하면서 현장의 설명을 기다렸다. 현장은 '소설이라면'이라는 구절에 귀가 갔다. 하기는 소설이라는 게 라면 끓이듯이, 쉽게 처리해서 내놓는 예가 없는 게 아니었다. 현장은 혼자 빙긋 웃었다. 편집장과 평론가가 현장의 얼굴을, 이해 못하겠다는 듯 건너다보았다. 이빨이 들뜬 느낌이고, 잇몸이 아팠다.

 "우리 이야기 가운데 말이 어려워서 못 알아듣는 거 없지요? 왜 그렇지요? 남이 쓰던 말을 우리가 편집하고 있기 때문인데, 말하자면 말은 시간과 공간의 먼지가 잔뜩 끼어서 한마디만 들으면, 아 저거 하고 그 말을 알아본다는 겁니다. 어시장에서 어물전 주인이 광어와 도다리 금방 구분하듯이……."

"하늘 아래 새로운 말은 없다, 그런 뜻인가요?" 역시! 현장은 편집장을 향해 엄지를 척 들어올렸다.

"그럼 스타일이라는 건, 남들이 다 쓰는 말을 조금 달리 쓰는 데서 나타나는 말의 무늬 같은 거겠군요? 그렇군요. 왜 문체를 대비 개념으로 설정하는지 알 것 같아요. 간결체 대 만연체, 강건체 대 우유체 …… 하는 식으로 말이지요." 편집장이 득의의 웃음을 흘렸다.

"그건 백 년 전 이야기고…… 소설 쓰기가 편집하기라는 설명의 다른 근거는 뭔가요?" 시사평론가가 물었다.

"소재를 어떻게 짜 맞추는가 하는 게 편집이지요. 말하자면 인간의 일생이라는 것이 태어나고, 성장하고, 사랑하고…… 그러다가 죽는 거로 마무리되는 거잖던가요? 그런데 태어나는 게 똑같지 않다는 말입니다. 사람은 사회·역사적 맥락 속에, 그리고 문화적으로 규정되는 조건 속에서 태어나는데, 그런 태어남이라는 모티프를 어떻게 편집하는가 하는 데 따라 소설이 달라질 수 있을 거고, 그게 소재를 편집하는 일 아닐까, 그렇게 생각할 수 있지 않겠어요?" 현장이 편집장 쪽으로 눈을 주고 말했다.

"한 인간으로 보면, 자기 출생은 자기가 편집하지 못하는 영역입니다. 선택이 불가능하니까." 시사평론가의 말이었다. 현장은 맞다고, 간단히 응대했다. 아마 실존주의 철학을 염두에 두고 있는 발언이라는 생각이 들었다. 왈 '이름보다 실재가 먼저다' 하는 그 명제.

"앞에서 소설이 인생의 허구적 편집이라는 말도 잠시 있었습니다만, 사실과 허구의 관계도 편집 개념으로 설명될 수 있을 것 같습니다만." 현장은 소설은 허구적 상상력의 산물이라는 것을 떠올리고 있었다. 사실과 허구는 우연과 필연만큼이나 복잡한 논리로 설명해야 하는 사항이었다. 그러나 독자들은 사실과 허구를 대립하기보다는, 작가의 경험과 허구를, 너의 과거와 소설적 핑계대기, 그렇게 양분법으로 환원하는 것이었다.

"혹시, 이미지네이티브 에디팅, 상상적 편집이라고 하면 오해가 없을 듯한데…… 어떠세요, 작가 선생님은?" 편집장이 묻는 듯 던지는 제안이었다. 현장은 아니라고 할 머리는 없지만, 그렇다고 전폭적인 긍정을 하기도 맘이 놓이지 않았다. 편집 자체가 상상적인 작업이기 때문이었다.

"내 경험과 남의 경험을 결합하는 것이 소설 쓰기일 터인데, 경험의 직접성과 간접성이 문제가 될 것입니다. 말하자면, 밥 딜런의 〈블로잉 인 더 윈드〉에 나오는 수많은 경험들은 어떻게 얻은 것일까? 대답이 될까? 대답 못해요. 주체 안에서 나의 경험과 남의 경험은 차원이 다른, 혹은 위상이 다른 경험으로 재구성되는 겁니다. 경험과 경험이 만나는 언덕의 언저리를 불어가는 바람 같은 것, 그게 소설 작중인물의 이미지를 만드는 메커니즘일 겁니다." 시사평론가가 하품을 했다. '생은 갈수록 쓸쓸하고 사랑은 한갓 괴로울 뿐.' 현장은 자기가 하는 말이 소설에 대한 사랑일지도 모른다는 생각을 했다. 박두진의 시 구절을 떠올리면서였다.

"생각을 좀 달리해서, 아니 생각을 달리 편집하자면, 인간은 본래 DNA의 편집으로 이루어지는 존재 아닌가 싶습니다." 편집장은 잠시 말을 멈추고 있다가, 왠지 이런 시가 생각난다면서 박재삼의 시를 뒤틀어 넣으면서 말했다.

"'그 기쁜 첫사랑의 산골 물소리가 사라지고/ 그다음 사랑 끝에 생긴 울음까지 녹아나'는, '울음이 타는 가을 강' 말이지요. 소설이 편집이라면 '그 기쁜 첫사랑의 산골 물소리'는, 단내나는 그 뜨거운 호흡은, 그놈의 DNA의 편집에 어떻게 편집되어 들어갑니까?' 다소 열을 올리는 어투였다.

"편집자로서 소설가는 시간, 공간의 편집자일 뿐만 아니라 논리와 감성의 편집자이기도 해야 합니다. 신문 편집자는 대개 사건의 편집을 합니다. 시인은 정서적 편집에 집중합니다. 영어로 한다면 이모티브 에디팅이랄까, 그런데 소설가가 편집하는 이야기는 감정가치로 물든 이야기를 편집하는 겁니다." 둘은 현장의 설명이 적실치 않다는 눈치를 보였다.

"철학자의 공화국에서 내쫓아야 한다는 시인, 요즈음은 그게 소설가의 처지인데, 그 이유는 청년들의 감정을 솟구치게 한다는 것이었지 않아요? 파토스에 대한 로고스의 승리랄까, 그런 것인데, 소설가는 감정편집자이기도 해요." 시사평론가가 손을 들었다.

"정서 얘길 하시는데, 분노조절장애 증상 때문에 얼마나 많은 사람이 죽는지 아세요? 정서보다는 역시 논리를 바탕으로 하는 리얼리즘이라야 하는 게 아닌가, 그런 생각인데요, 선생님 소설은 어떤 경향이신지요?" 시사평론가의 질문이었다. 논점을 다소 벗어나 있는 듯했다.

"분노조절장애 증상, 그거 뭐랄까 내적으로 정서가 에디팅이 잘 안되어 있어서 그렇지 않을까요? 그건 소설의 경향과는 관계가 적은 화제 같기도 하고……. 난 규정되길 싫어하는 리버럴 에디터랄까, 그렇습니다. 리얼리즘이니 모더니즘 그런 데 둥지를 틀지 않는……." 현장은 정말 그런가 하는 생각이 안 드는 것도 아니었다.

"소설을 에디팅으로 개념 전환을 하면 돈이 될까요?" 세속사 다 뒤지고 다니는 시사평론가라지만, 하필 돈을 이야기하는가, 멀리 와서…….

"아무튼 돈 된다면 눈을 부릅뜨고 덤벼드는데, 우습지도 않아요. 무슨무슨 치료 하는 게 왜 그렇게 많아요? 연극치료, 음악치료, 미술치료 그런 거야 그렇다 하더라도, 숲치료로 시작해서 원예치료, 애완동물치료 등등, 생각도 잘 안 떠오르는데, 치료라는 게 너무 많아요. 치료가 설사 났어요." 현장은 불평 비슷하게 말했다. 그렇게 치료를 편집하다 보니 자신의 앞에 앉아 있는 두 사람과 비슷해진다는 느낌이 들었다.

"내러티브 테라피, 테라피 드 라 나라티브, 돈 될까요?" 편집장이 말했다.

"소설 쓰기는 자기 존재의 강화, 자기형성에 기여하는 문화장치일 터인데, 돈은 되면 좋지만, 내가 돈 들여 사서 돌리더라도 책은 나와 야지요." 현장이 편집장을 쳐다봤다.

"이야기가 딴 데로 가는 감이 있는데, 시대를 바꾸는 저작들은, 장르가 아예 없거나 불분명해요. 니체가 내놓은 『차라투스트라』 그건 잠언집이기도 하고, 철학 서적이기도 하고, 연극작품으로 보아도 아무 상관이 없어요. 그런데 그게 서구 20세기 개막을 알린 책이 아니던가, 그런 얘깁니다. 그러니 돈 생각하기 전에 작품을 먼저 써라, 아니 에디팅해라······." 사실 현장이 그런 이야기를 하는 데는 딴 생각이 있어서였다. 전에 '세계정신포럼'이라는 데서 식민주의와 연관된 발표를 부탁해왔다.

"예에, 저 왕 회장입니다." 그렇게 시작된 전화는 발표자 가운데, 부득이한 일로 예정한 발표를 하지 못하게 되었는데, 휘딱 하나 써달라는 게 왕원지 회장의 간곡한 부탁이었다.

마침 현장은 아프리카 여행을 계획하고 있었고, 세네갈에 가서 식민지 이후의 언어 상황을 보고 오려던 참이었다. 식민지와 언어 문제를 주섬주섬 자료를 찾아 엮어서 제출했고, 발표는 경험과 입담으로 겨우 창피를 면했다. 그리고 그때 발목이 단단히 잡혀버렸다. 중국 청도 중국해양대학교에서 세미나를 하고 난 다음 공자의 고향 곡부, 맹자의 고향 맹부, 태안과 태산 그런 데를 여행한다는 것이었다. 이번에는 지난겨울에 발표한 데 이어, 식민지 언어 담론을 허구서사 형식으로 엮어보자는 계획이었다. 현장은 소설집 원고를 정리하면서 세계정신포럼에서 발표한 원고를 꼭 작품집에 넣고 싶었다. 그래서 그걸 어설프게 서사적으로 편집을 했던 것이다. 그것은 집착일 게 분명했다. 현장의 근간 표어는 '사지(捨之)하라!'는 것이었다.

"커뮤니케이션의 다른 형식이군요. 소설이라고 붙이지 않고 편집이라고 해서 논문과 소설을 같은 작품 안에서 소화했단 말씀이지요? 흥미롭습니다. 저희랑 뭐 하나 해보실래요?" 시사평론가가 은근히 이끌었다.

"뭘 도모하려면 손에 쥔 게 있어야 합니다. 책이 나오면 만나지요." 현장은 좀 늘쩡거리는 투로 나왔다.

"소뿔도 단김에 뺀다는 말은 구태여 하지 않겠습니다. 출판사에는 원고 메일로 보내고, 프린트본은 절 주세요. 작가 하나 띄우는 건 아주 쉬워요." 시사평론가는 서두르는 눈치가 역력했다.

"내가 일백 킬로, 체중인데 잘 안 뜰 겁니다." 그렇게 말하면서도, 그런 기회 자주 올 게 아닌 듯했다. 편집장을 쳐다봤다. 왈, 눈치를 보고 있는 중이었다. 욕심 때문이었다. 그러나 말은 달랐다. "나는 욕심 없는 인간이다." 현장은 가끔 그런 소리를 했다. 그런데 소설을 쓰면서, 자신이 욕심 사나운 인간이라는 것을 확인하게 되었다. 현장은, 자기 자신의 삶을 재편집하는 중이라고 생각했다. 소설 텍스트와 자기 삶의 공집합 부분에 삶의 진실이 숨어 있는 건지도 모를 일이었다.

"그렇게 하세요. 메일 보내시면 회사에서 프린트해 볼랍니다." 고맙소, 인사를 하면서 현장은 자기도 모르는 사이에 고개를 깊이 숙이고 있었다.

"그런데 책을 찍기는 찍는 거요?" 현장은 출판 여부를 확인하고 싶었다. 올해 책이 나와야 현장이 생애 과제로 계획하고 있는, '일년일책'의 목표를 달성할 수 있었다.

"사장님이 찍는다고 했다면서요?" 불뚝 내미는 소리가 퉁명스러웠다. 현장은 출판사의 인적 구조를 잘못 편집했던 모양이었다.

"그러지 마시고, 편집장의 고유 권한인데……." 현장은 자기도 모르게 손을 잡아 손바닥을 맞비볐다. 손바닥 잘 비비는 놈이 출세한다던 중대장 강철만의 얼굴이 떠올랐다. 잘못 편집하는 겁니다, 그런 반응이 나올까 봐 마음을 졸였다.

"이 소설집 나오면 서사편집론 강의가 쇄도하길 바랍니다." 편집장의 말이었다. 이미 퇴근 시간 가깝게 시곗바늘이 12와 6을 향해 일자로 곧게 서 있었다.

"내가 저녁 사겠소." 현장의 제안이었다.

"사장님도, 아마, 오실 겁니다." 그러면 네 사람 식탁이 마련될 것이고, 장어 값만 일 인분이 4만 원이니 16만 원에다가 술값하고 하면 20만 원은 착실히 깨지겠다는 계산이었다. 자리를 잘 편집해야 하겠다는 생각이 들었다. 현장이 식대 속셈을 하고 있는 사이, 시사평론가는 편집장에게, 여기서 서울까지 대리운전하면 얼마가 나오는지 묻고 있었다.

식당 옥호가 희한했다. '伴鷗亭 — e좋은 鰻餐(반구정 이좋은 만찬)'이라니 현장은 말장난이 심하다는 듯, 중얼거렸다. 황희 정승의 정자에다가 장어 요리 갖다 붙이고 어떤 아파트 이름을 거기다가 연결하는 방법, 그것은 분명 편집이다. 그런가 하면 수많은 사람들의 목이 그의 편집에 따라 날아간 한명회, 그의 정자는 압구정(狎鷗亭)이다. 정자 이름으로 황희와 한명회는 대립쌍으로 편집된다.

"식사는 회사 편에서 내야지요, 선생님은 가만 계세요." 편집장이 만류하고 나왔다. 출판사 접견실에서부터 자신은 마구 편집되어 들어가는 중이었다.

"장어 꼬리 드시고 회춘하세요." 시사평론가가 장어 꼬리를 현장 앞으로 밀어놓으면서, 눈웃음을 지었다. 회춘하라니……, 현장은 자기 얼굴이 많이 상한 건 아닌가, 두 손으로 얼굴을 쓸어보았다. 손바닥에서 비린내가 풍겼다.

"회춘하면 막내 두신다는 뜻인데, 포텐셜이…… 이스 잇 파서블?" 편집장의 말이었다. 현장을 성적 무능자로 편집하는 중인 것 같았다.

"그거 안 먹어도 쌩쌩하다오. 그대들이나 드시오." 현장이 장어 꼬리를 두 사람 앞으로 밀어놓았다.

"어두일미라고들 하지요? 사실은 어두육미라고 해서, 물고기는 머리가 맛있고, 육고기는 꼬리가 맛있다는 건데, 이유는 명확하지 않아요. 그리고 물고기도 물고기 나름이라, 체구가 작은 물고기들은 머리 먹기 여간 고약스럽지 않아요. 육고기 꼬리도 마찬가진데 쇠꼬리가 꼬리곰탕 정도지 다른 동물의 꼬리는 먹을 게 별로 없어요." 이쯤에서 말을 접어야 할 것 같았다. '말 많은 집 장맛도 쓰다'는 속담이 생각났다. 조선옥에서든가 '주중무언진군자(酒中無言眞君子)'라는 주련을 본 적도 있었다. 술에 취해도 말이 없어야 진짜 군자라는 뜻이다. 다른 편집도 있었다. 술 취해서까지 말이 없다면 어찌 군자겠느냐는 전복적 버전이 그것이었다.

"아무튼 우리는 에디톨로지 세상에 살고 있는 겁니다." 현장은 그렇게 정리했다.

한참들 말없이, 숯불에 구운 장어 도막을 양념장에 찍어 먹으면서 딴생각들을 했다.

"사실, 어두일미는 사실을 지시하거나 가리키는 게 아니라, 행동의 근거를 설명하는 일종의 예시로 편집된 말인 것 같더라구요."

현장은 그렇게 전제하고 설명을 덧붙였다. 거기 맛있는 거 못 먹고, 입고 싶은 거 못 입으면서, 자식들 키우는 우리 어머니들 이미지가 편집되어 있다는 것이었는데, 이런 식이었다. 동태찌개 끓여서 어른들부터 한 토막씩 나누다 보면, 자기한테는 대가리나 하나 돌아온다. "동태 대가리는 왜 엄마만 먹어?" 딸이 대들면, 어두일미란다, 그렇게 대답하고는 돌려 앉는다. 아이들이 달려들어 동태 대가리를 서로 차지하려고 다투다가 어떤 놈은 목에 가시가 걸려 캑캑거리고…… 그런 편집도 있다는 것이었다.

"선생님은 뭘 그렇게 많이 아세요?" 편집장이 시큰둥하니 나왔다.

아는 게 좀 있어야 편집을 유려하게 할 수 있다는 이야기는 입 밖에 내지 않았다.

"문학의 쓸모가 점점 줄어드는 거 같지 않아요? 작가로서……." 시 사평론가가 하는 제안이었다.

"문학도 학은 학인데, 명명이 잘 된 건 아니지요. 어떻든 공부가 꼭 해박함에 이르러야 하는 건 아닐지 모르잖소. 다만 쓸모는 있어야지. 박학다식을 자랑하는 것은 스노비즘일 거요. 벼슬하면서 뻐기는 사람은 대개 말로가 부끄러운 데로 빠져요." 현장은 이 친구가 알아듣나 보자는 셈으로, 고전을 인용하고 있었다. '학불필박 요지유용(學不必博 要之有用) 사불필달 요지무괴(仕不必達 要之無愧)'라는 말을 풀어 이야기한 것이었다. 남송시대 나대경(羅大經)이라는 이가 지은『학림옥로(鶴林玉露)』라는 책에 나온다는 한 구절이었다. 누구한텐가 들어서 아는 이야기였다. 그 이야기를 전한 사람과 현장 자신은 새로운 버전을 편집하고 있었다.

현장은 장어구이 한 토막을 입에 넣고 어기차게 씹었다. 송곳니 하나가 벌컥 무너져 내렸다. 한 달 전부터 이따금 통증이 느껴졌는데, 그런대로 참고 지냈다.

"에이 씨이……!" 현장은 자기도 모르게 내뱉고는 고개를 돌려 바닥을 향해 입안에 든 이물질을 뱉어냈다. 그때 늦어서 미안하다고, 뛰다시피 들어오는 출판사 사장의 바지에 피가 튀고 말았다.

"당신 뭐야?" 사장 모동걸이 와락 소리를 질렀다. 편집이 되질 않는 상황이었다. 그러나 따지고 보면 그것도 특이한 형태의 편집인 것만은 사실이었다.

"별 염병할 놈의, 재수 옴 붙었네. 이게 이래 봬두, 말야 프라다 제품인데……." 현장은 자리에서 일어났다. 왠지 〈악마는 프라다를 입는다〉는 영화제목이 생각났다. 급한 것은 치과에 다녀오는 일이었다.

"오해 마시길 바랍니다. 내가 가끔 욱하고 그렇습니다." 사장이 다가와 손을 내밀었다. 현장은 사장이 내미는 손을 잡지 않았다. 맘대로 하세요. 사장의 말이 멀리 뻗어가는 메아리처럼 들렸다.

"우리 사회는 소통이 문제가 있는 것 같습니다." 지켜보고 있던 시사평론가가 남의 이야기하듯 말했다.

"아프리카에 다녀오셨다고 들었는데요." 편집장이 끼어들었다.

"편집장이랑 얘기 나누세요. 나는 다른 일이 있어 나갑니다." 식당 압구정을 나가는 사장의 등 뒤로 짙은 그늘이 고여 보였다.

"아프리카 다녀온 줄은 어찌 압니까?" 현장이 물었다.

"여행문화라는 잡지에 선생님의 글과 사진이 실려 있었습니다. 이 소설집에다가도 아프리카 사진을 장별로 넣으면 어떨지요?"

"편집이 달라집니다. 독자들이 소재 중심으로 읽을 겁니다. 그러고는 나도 거기 다녀왔는데, 하면서 별다른 흥미를 안 느낄 겁니다." 편집장은 사진에 관심이 없다는 듯이 말했다.

"집에 가서 원고 보낼지는 다시 생각해보기로 하겠습니다." 현장은 힘이 빠져 있었다.

"그럼 계약을 안 하시겠다는 말씀인가요?" 현장은 금방 대답을 하지 못했다.

현장이 식당 압구정을 나왔을 때, 전신주 위에서 까마귀들이 까악까악 지나가는 사람을 향해 악을 쓰고 있었다. 까마귀들이 다다라야할 '마른 나뭇가지'가 없는 모양이라고 했다. 쩍 하고 입맛을 다셨을 때, 볼이 휑하니 비어 있는 느낌이었다. 현장은 서둘러서 돌아가길 재촉했다.

"부처님의 진신사리는 케이나인 투스, 송곳니, 그겁니다." 자신은 지금 진신사리를 하나 잃어버린 건지도 몰랐다. 식당 압구정 계단에서, 안녕하세요 인사하는 아가씨를 만났다. 비린내가 풍겼다. 화장실을 다녀온 편집장이 아가씨의 손을 잡았다. 그게 어떤 편집인지 감이 잘 안 잡혔다.

현장은 바오밥나무 가지 사이에서 지저귀는 까마귀 소리에 귀를 막고, 주차장을 향해 천천히 걸었다. 서울로 돌아가는 차편은 편집되어 있지 않은 상태였다. ✽

바오밥나무 마을의 베로니카에게

 어제, 베로니카가 보낸 편지 잘 받았습니다. 세네갈에서 한국까지, 대양을 건너고 대륙을 지나 서울에 도착한 편지를 들고 나는 잠시 다카르의 해안을 생각했습니다. 신선한 바람이 일렁이고 햇살이 물결을 간지럽히던 그 풍경 말이지요.

 피봉을 뜯지 못한 편지를 들고, 우표에 그려진 바오밥나무 그림을 한참 들여다보았습니다. 바오밥나무는 아프리카 검은 대륙에 뿌리를 박고 생명을 키워내는 거수입니다. 세네갈의 바오밥나무는 마다가스카르의 바오밥나무처럼 우아한 나무가 못 됩니다. 세네갈의 바오밥나무는 덩치만 크고 가지는 멋대로 뻗어서 심란하잖아요. 하기는 거구에다가 아름다움까지 지니는 게 어디 쉽겠습니까만……. 바오밥나무는 지구를 다른 행성과 연결해주는 상상의 나무이기도 해요. 우리 상상력을 우주로 통하게 하는 나무는 가히 성스런 신목입니다.

편지 갈피마다 베로니카의 숨결이 배어 있는 듯합니다. 요새 이메일이나 카톡으로 전달되는 건조한 연락과는 사뭇 다른 분위기가 살아 있었습니다. 해서 맘먹고 답장을 하는 것이니 내가 이야기를 좀 길게 하더라도 귀찮게 여기지 않고 읽어줄 줄로 압니다. 이렇게 전제할 때는 싫다고 손을 내젓지 못하리라고 미리 갈래를 타놓는 겁니다.

편지는 참 특이한 글입니다. 우선, 편지는 읽을 사람이 정해진 글. 읽을 사람이 정해져 있기 때문에 남이 함부로 뜯어보지 못하는 글이기도 합니다. 고백적인 글이 되는 셈이지요. 고백을 한다는 건 목숨을 건 결단을 배면에 깔고 있는 무서운 행위입니다. 내 죄가 이렇게 중합니다, 그런 고백을 했을 때 너는 너의 지은 바 죄대로 죽어야 한다, 그런 명령이 내리면 꼼짝없이 죽어야 하는 것. 고백에는 사특한 계산이 스며들지 못합니다. 편지는, 편지를 받는 사람에게 고백을 들을 자격이 있는가 반성하게 하는 역할도 합니다.

그런데 편지를 펼쳐놓고 공개적으로 읽을 수 있게 하면, 공동의 수신인들 사이에 막강한 결속력을 지니게 합니다. 성서에 기록된 편지들은 이야기하는 인간, 호모 나란스가 빚어낸 인류의 문화유산입니다. 성도들이 처한 상황이 얼마나 고달프고 곤고한지를 확인하면서, 그런 환난 가운데 인간이 지켜나가야 할 도리를 조목조목 이야기하는 대목에서 누가 감히 큰기침을 하겠습니까. 그러니 편지를 쓰는 사람은 개인이 아니라 시대의 이념을 선언하고 선지자의 예언을 하는 셈이지요. 공고한 공동체 의식을 불러오는 편지인 겁니다.

편지는 답장을 요구하는 강력한 견인력을 지니고 있습니다. 사랑한다는 고백을 편지로 받았을 때, 가슴이 미어질 것처럼 부푸는 것은 물론, 나도 당신 사랑한다는 이야기를 하기는 해야 하는데, 그게 그렇게 어려울 줄이야, 내 존재 전체가 걸린 그 한마디는 누가 대신해 줄 수 없는 겁니다. 내가 답을 하라는 소명, 우리말에 그런 게 적절치 않은데 독일어의 베루프, 불러냄, 그런 소환의 요구가 편지에는 담겨 있습니다. 그렇기 때문에 물음은 매우 강력한 명령이 됩니다. 따라서 물음에 응답을 피하는 건 비윤리적입니다. 거꾸로 말하자면 물음에 답을 하는 게 윤리적인 행위입니다.

편지는 존재를 확인하는 말걸기입니다. 사실 인생이란 끝없는 존재물음, 정확한지는 모르지만 독일어로 '자인스 프라게'라고 할 수 있을 겁니다. 너무 거창한가요? 아닙니다. 나는 살아 있는 당신에게 편지를 쓴다, 내가 믿는 것처럼 당신은 살아 있는 게 확실하지요? 그렇게 묻는 게 편지입니다. 아주 옛날식으로 기체후일향만강(氣體候 一向萬康)하옵시며…… 한다든지, 요즈음 어떻게 지내시는지요? 그런 간단한 시후 인사 가운데 받는 사람의 안강(安康)을 묻는 데서 나아가 그의 존재 이유, 레종 데트르(raison d'être)를 부여하는 말 걸기, 그게 편지입니다. 당신은 건강해야 하고, 평안해야 하는 존재입니다, 그런 일깨움이 그 문안 속에 들어 있는 것이 편지입니다.

이런 질문 기억하세요? '쿠오 바디스, 도미네?' 사도 바울이 폭력과 학정이 난무하는 로마에서 죽게 되었을 때, 견디다 못하고 낙심해서 로마를 떠나야겠다고 합니다. 로마의 성도들을 버리고 도시를 빠져나갈 궁리를 하고 있을 때, 홀연 나타난 예수 앞에서 던진 물음입니다. 나를 데려가소서 그렇게 간구하지 않은 데는 까닭이 있는 것 같습니다. '쿠오 바디스, 도미네?' 흔히 '어디로 가시나이까, 주여?' 그렇게 번역되는 이 물음에 대한 답은 바울의 발길을 다시 로마로 돌려 거기서 순교함으로써 신앙의 보편성을 위해 썩는 밀알이 되도록 몰아치는 불의 말씀이 되거든요. 물음에 대한 답은 그렇게 가혹하기도 한 겁니다. 이제 보내주신 편지로 돌아가야 하겠네요, 글을 쓰다 보면 담쟁이 넝쿨처럼 너우러지는 생각의 줄기를 거머잡아야 하겠기에 말입니다.

나더러 관심의 폭이 넓다고 하셨는데, 그게 칭찬인지 아닌지는 잘 모르겠습니다. 나는 대개 물음에서 여행이 시작됩니다. 소설 본문에도 여기저기 그런 이야기를 했습니다. 바오밥나무는 진작 얘기했고. 시인이 대통령을 지낸 나라는 어떤 나라인가 하는 의문이 나를 세네갈로 이끌었습니다. 세네갈이 시인공화국이 아닌 거야 알지만, 레오폴드 생고르가 어떤 시인인가는 참으로 궁금했습니다. 그의 전기도 사다 놓고 펼쳐보았습니다. 그의 시전집이며 번역시집도 찾아놓고 읽었습니다. 자기 나라에 대한 추억과 젊음의 안타까움과, 시대적 소명의 엄숙함, 평화를 위한 기구 등 두보의 시를 읽는 분위기가 살아나기도 했습니다. 그의 시를 읽을수록 세네갈이라는 나라는 지도를 떠나 나의 의식 공간에 뚜렷하게 떠올라 나를 불렀습니다. 그것은 마치 탐탐 소리를 내는 북이나 발라퐁 같은 리듬악기의 가락 속에 일렁이는 충동이기도 했습니다.

아울러 다른 의문이 생겼습니다. 세네갈의 언어 문제였습니다. 그건 생고르가 프랑스어로 시를 썼기 때문이기도 하고, 세네갈이 프랑스의 식민통치를 받았는데 식민지가 끝나고도 프랑스어를 공용어로 사용하는 사태는 무언가? 그런 의문이 들었고, 그런 물음에 답하다 보니 '네그리튀드'니 '프랑코포니' 등을 들춰봐야 했습니다. 식민지 체험이 있는 한국과 세네갈을 비교해보면서, 자국어를 사용하는 민족, 자국어를 표기하는 문자가 있는 나라…… 등을 생각하는 중에 의문이 꼬리를 물었습니다. 식민지, 언어제국주의, 인간에 대한 보편적 사랑 그런 항목들이 의문의 핵심이었습니다. 현지에 가보면 그런 의문의 꼬투리가 조금 벗겨질까 해서 세네갈에 갔던 겁니다.

그럴지 모릅니다. 인문학이 그렇듯이 소설을 쓰는 일은 많은 부분이 일종의 도상 작전입니다. 나는 현실에서 인간의 문제를 발견하기도 합니다만, 내가 읽는 책 가운데 삶의 어떤 진실을 발견하곤 합니다. 현실은 실감이 가득할 것 같지만 사실 그렇지 못합니다. 시간과 공간의 제약 때문이고, 내 시야에 들어오는 사태의 진부함 때문입니다. 혹은 사건의 당혹감…… 그래서 나는 소설을 읽습니다. 내가 읽는 소설은 내가 쓰는 소설과 내적인 의미 맥락이 긴밀하게 연결되어 있습니다. 그것은 내 삶의 실감입니다. 아니 오히려 소설이 현실보다 더 압축적인 실감을 가져다주기도 합니다. 남의 소설을 통해 내 삶의 도상작전을 수행하는 게 내 소설 읽기인 셈이지요. 내 말로는 소설 쓰기와 소설 읽기가 모두 '지적 편집'입니다.

사람들은 소설 쓰기를 삶의 밖에 따로 존재하는 문자 행위로 인식하는 데 익숙해져 있습니다. 그렇지 않습니다. '살아간다'는 말을 생각해보기로 합니다. 주체와 주체의 행위가 분리되지 않는 세계가 살아간다는 말 속에 자리 잡습니다. 내가 내 삶을 살아간다고 할 수 있고, 그 과정이 나의 삶입니다. 내가 마르그리트 뒤라스의 『연인』을 읽는 일이나 헤밍웨이의 『노인과 바다』를 읽는 일은 그 자체가 내 삶의 두어 페이지를 편집하는 작업입니다. 마찬가지로 피천득 선생의 「수필」을 읽고 거기에 서사를 부여하는 일 또한 내 삶의 한 실체입니다. 편집된 실체. 아니, 편집해가는 실체.

어떤 인물의 독서 행위는 소설 소재가 될 수 없는 것인가. 아닙니다. 독서 행위도 행위입니다. 그리고 그건 때로 분명한 사건으로 결구되는 것입니다. 독서 행위를 소설로 다루지 못하는 이유는 독서가 삶의 맥락과 분리되어 있다는 편견 때문일 것입니다. 독서 과정은 간단치 않습니다. 내가 읽은 책이 내 의식 공간에 자리 잡아야, 그래서 내 삶의 과정에 작용하는 것이라야 진정한 의미의 독서가 될 것입니다. 그래서 '독서소설'을 생각해보게 됩니다. 의식인의 독서 과정이 소설에 들어올 수 있는 가능성을 생각하는 겁니다. '독서수필'에 익숙한 분들은 소설 속에 독서가 들어오는 것에 거부감을 가질

지 모릅니다. 그러나 나는 아니라고, 그렇지 않다고 생각합니다. 독서가 하나의 현상이고 행위라면, 더구나 구조가 분명한 사건이라면 그게 소설로 들어오는 것은 자연스럽습니다. 그 독서 행위가 소설적 의미에 기여하는가 하는 문제는 달리 따져봐야 하는 유보 사항일 겁니다.

이야기하는 김에 좀 더 하렵니다. 편지에서, 그게 고백 같은 건데, 쓰지 못할 문제가 없을 것 같아서요. 소설가가 자기 이야기를 소설 속에 털어놓으면 어떻게 되는가, 그런 문제인데, 잘 아시는 것처럼 나는 선생 노릇으로 생애를 버텨온 사람입니다. 생애를 버텨오다니? 그렇게 묻고 싶지요? 생애를 누린다는 이들이 없지 않지만, 불교에서 말하듯이 고통의 바다를 건너는 일은 끝없이 견디면서 버텨내야 하는 자기수련의 과정인 것 같습니다. 여름날 산봉우리를 넘어 솟아오르는 흰구름은 환희롭습니다. 한시에서 청산백운기(靑山白雲起)라고 관용적 수사가 되어 있는 풍경 아래 펼쳐지는 인간사는 고달픈 역정으로 넘쳐납니다. 산과 강과 숲은 생존을 위한 투쟁으로 가득합니다. 인생의 축복은 땀으로 씻어야 비로소 제 모습을 드러내는 건지도 모릅니다. 헌신하는 자세로 올리는 기도라야 응답이 있는 것처럼 말이지요.

소설을 쓰면서 문학을 가르친다는 건 양면성이 있는 듯합니다. 가르치는 사람을 연구자라고 합시다. 문학 연구자 편에서 보면, 문학 가르치기와 소설 쓰기는 딴 동네 일인 것처럼 생각되기 쉽습니다.

하나는 연구라 하는 반면 다른 하나는 창작이라고 하잖아요. 그런데 소설가의 자리에서 보면 문학 연구자는, 꾀바른 어느 철학자 말대로, '어둠이 내려야 날기 시작하는 미네르바의 부엉이' 아닌가 그런 생각을 하게 합니다. 작가의 창작 활동 그 자체를 이론화하기보다는 이미 나온 창작물을 대상으로 이론을 만들어야 하기 때문이지요. 그런데 문제는 소설이 현실을 너무 앞질러 갈 수 없다는 데 있습니다. 예를 들자면 소설에서 제4차 산업혁명의 결과로 이렇게 눈부신, 온 인류가 바라마지 않던 사회가 되었다는 '전망'을 함부로 할 수 없다는 겁니다.

사람 살아가는 지향과 현실은 참 다릅니다. 한정된 범위의 삶을 살아가면서 마음속에는 세상 모든 일에 한꺼번에 관여하고 이해하는 것처럼 생각하기 십상입니다. 내가 쓰는 소설은 물론, 논문이나 발표문은 어쩌면 한정된 사람만이 흥미를 가질 겁니다. 소설이 궁극적으로 추구하는 것이 인간 삶의 총체적 파악이라고 하는데, 한정된 독자를 위한 소설은 소설의 이념에 어긋난다고도 하겠지요. 그러나 의식은 어차피 정신 작용의 구획에 갇히게 마련이 아닌가 싶습니다. 이탈리아 피렌체 우피치 미술관에서 보티첼리의 〈비너스의 탄생〉을 바라보는 사람에게 본젤라또 아이스크림은 딴 동네일지도 모릅니다.

외부의 자극에 대해 총체적으로 반응하는 것은 몸밖에 없습니다. 그러니까 나에게, 나의 몸으로 친다면 논문 쓰기를 소설에 끌어들이는 것은 나의 총체적 실천과 연관이 있는 겁니다. 장르 구분을 못하는 작가라는 비난을 들을지도 모릅니다만, 장르를 새로 만들어가는 작가들은 그런 편잔에 귀를 닫는 편입니다. 다만 그게 편견 아니기를 조심하면서 말이지요. 저는 김춘수 시인의 표현대로 '나는 시방 위험한 짐승'인지도 모릅니다. '나의 손이 닿으면 너는 미지의 까마득한 어둠이 된다'는 구절로 이어지는데, 제목이 「꽃을 위한 서시」니까 꽃을 구체적으로 형상화하려 하면, '꽃'은 미지의 어둠 속으로 사라진다는 막막한 절규를 듣게 됩니다. 이처럼 명징한 것이라고는 없는 소설가의 내면을 다스려줄 위안을 바오밥나무에게서 얻을 수 있을까요.

홍 목사님 뵈면, 내가 과분한 말씀을 들어 염치없다 하더라고 전해주세요. 내게 영성이 느껴진다는 게 홍 목사님의 실감이라면 그걸 말리거나 탓할 일은 아닙니다. 그러나 내가 생각하는 영성은 다른 데 있기 때문에 다시 생각하게 됩니다. 인간은 하도 복잡하고 다면적이라서 몇 마디 말로는 해명이 안 되는 존재일 겁니다. 신과 야수 사이에서 진자운동을 하는 게 인간이라고 하는 이야기가 떠오릅니다.

언어적 수사의 껍데기를 벗겨내야 인간의 속살이 보입니다. 인간의 속살은 상처입니다. 농부의 땀 젖은 옷자락, 어린아이 기저귀 갈아주는 엄마의 등판, 탕아가 되어 돌아온 아들을 품어 안는 아비의 품이라든지 그런 데서 영성이 내비칠 겁니다. 특히 렘브란트의 〈돌아온 탕아〉란 작품은 허무의 나락으로 떨어진 예술가의 자기구원과 연관되어 있기 때문에 사뭇 전율을 느끼지 않을 수 없습니다. 책상 앞에 앉아 소설을 쓰는 소설가의 머리 위에 원광이 어린다면 아마 글쓰기에 몰두하는 어느 인간의 에너지가 방출되는 자력장이 아닐까, 그런 엉뚱한 생각도 해봅니다.

이제 편지를 마무리해야 하겠습니다. 세네갈을 찾아갈 때는 식민지와 식민지 언어, 노예와 노예제도, 노예무역 그런 역사의 상처를 확인하려 했지요. 이들은 내 작품 가운데 산발적으로 다루었습니다. 워낙 거창한 문제들이라 총체적으로 다루자면 오랜 시간 자료를 찾고 구상하는 준비를 해야 할 거 같습니다. 아프리카에서 남미와 카리브해 지역으로 팔려간 노예들은, 아이티공화국 같은 데서는 독립해서 나라를 세우기도 했습니다. 아이티공화국이 독립한 것은 물경 1804년이었습니다. 그런데 미국으로 건너간 노예들은 사우스캐롤라이나, 노스캐롤라이나, 루이지애나 같은 남부 지역에서 사탕수수와 면화 농장에서 다른 데와 똑같이 처참한 노예로 살았습니다. 그리고 그들은 크레올 문화를 형성했고, 재즈를 만들어 처절하게 무너지는 삶을 달래왔습니다.

올해 8월에는 미국 루이지애나엘 다녀오려 합니다. 거기 가기 전에 베로니카가 읽은 원고는 출판사에 넘길 예정입니다. 아마 가을에는 책이 나올 겁니다. 책을 내는 일은 버겁고 긴장이 되기도 합니다. 세상을 향해 물음을 던지는 행위이기 때문입니다. 물음에 어떤 답이든지 답이 돌아오면 다행입니다. 질문을 했는데 답 없이 침묵의 시간만 흐른다면, 파스칼의 말마따나 '이 무한한 우주의 영원한 침묵이 나를 두렵게 한다.'는 지경에 빠지게 됩니다. 독자가 침묵한다는 걸 확인하기 위해 소설을 쓴다면 딱한 일이지요. 달리 생각하면 작가는 소설이란 무엇인가 쉼없는 질문을 해야 하는 존재이기도 합니다.

베로니카처럼 내 소설이 재미있다는 이야기를 하는 독자를 가끔 만납니다. 어떤 독자는 내 소설을 읽고 자신의 장래 인생길을 바꾸었다는 이야기를 하기도 합니다. 별 같은 독자들이지요. 그런데 별은 별끼리 눈을 섬벅이고 이야기를 나누는 것 같습니다. 내가 별들과 이야기를 하자면 지상에 별이 되어야 하겠지요. 지상의 별이라니……꽃들이 아마 지상의 별일 터인데, 우리 밭에 방치된 채 정념으로 타오르던 개양귀비가 이울었습니다. 국화가 피기를 기다리기는 시간이 너무 아득합니다. 아무튼 나는 유성처럼 흘러가는 별을 만날 날을 잊지 않고 지냅니다. 그 별이 나 자신의 외로운 모습이 될지도 모릅니다. 외롭지 않고 어떻게 기도할 수 있겠습니까. 소설 쓰기도 기도와 비슷한 일 아닐까 모르지요.

소설은 지상의 별입니다. 지상은 이승입니다. 달리 말하면 '이 세대'인데, 이를 어떤 번역판 성경에서는 '문화'라고 옮기고 있습니다. '여러분을 둘러싸고 있는 문화는 늘 여러분을 미숙한 수준으로 끌어낮추려 하'기 때문에 본받을 만한 게 아니라는 겁니다. 소설을 읽을 때도 혼탁한 세태만 읽지 말고, 별빛을 읽어야 할 것입니다. 개똥벌

레 기억하세요? 반딧불이…… 여름밤 숲 근처를 별무리처럼 떠다니는 발광충, 개똥밭의 별…… 여름이라면 마땅히, 모기 들끓는 숲과 함께 그 별을 보아야 하는 거지요.

별은 혼자서 별자리를 만들지 못합니다. 별자리, 조디악을 만들자면 별이 몇몇 있어서 어떤 형상을 이루어야 합니다. 큰곰, 백조, 오리온 하는 식으로 말이지요. 세네갈 이야기를 본격적으로 쓰기 힘들 때, 이른바 연작으로 소설을 구성할 수 있었습니다. 모티프가 비슷하거나, 어떤 인물이 몇몇 국면에서 다른 느낌을 받을 때 이를 다른 소설로 써서 느슨하게 얽어놓음으로써 별자리 같은 어떤 형상을 이루도록 하는 게 연작소설입니다. 세네갈 여행을 하기 전후해서 내 관심이 세네갈로 줄기를 뻗었던 작품을 느슨하게 연결해본 게 이 소설집입니다.

이제 밤이 깊었습니다. 편지를 마치려 합니다. 세네갈이 그리운 것은, 내가 아는 사람들이 거기 살고 있기 때문일 겁니다. 목사님들, 전도사님들, 그리고 젊은 봉사단원들 아울러 한인회장님, 그 댁 식구들, 또 지영 페미네…… 그런 얼굴이 떠올라 세네갈은 내게 정다운 나라가 됩니다.

'바오밥나무 그늘 아래' 비를 맞고 피어날 풀꽃을 그려보면서 잠을 청해야 할 것 같습니다. 이참에 아내 로즈원의 소식도 전해야겠군요. 로즈원은 투바 옆에 있는 엠바케, 바라 부소 댁에서 만난 엄마들, 애들 이야기를 하다가 자기가 애들 만난 장면을 그림으로 그리기도 했습니다. 며칠 사이에는 고래섬 풍경을 화폭에 옮기고 있습니다. 로즈원의 그림을 이 책에 넣고 싶은데, 그럴 기회가 될지 모르겠습니다.

평강을 빕니다. 베로니카가 많이 익숙해졌을 프랑스어로는 이 인사가 이런 게 될 겁니다.

Que la paix soit toujours avec vous!

2019년 7월 17일, 제72회 제헌절에
서울에서 우한용